Vom gleichen Autor erschienen außerdem
als Heyne-Taschenbücher

Tausend blaue Tränen · Band 1638
Gold wirft blutige Schatten · Band 1714

JOHN D. MacDONALD

DER TOD
WIRFT GELBE SCHATTEN

Roman

WILHELM HEYNE VERLAG

MÜNCHEN

HEYNE-BUCH Nr. 5458
im Wilhelm Heyne Verlag, München

Titel der amerikanischen Originalausgabe
THE DREADFUL LEMON SKY
Deutsche Übersetzung von Brigitte Straub

Genehmigte, ungekürzte Taschenbuchausgabe
Copyright © 1974 by John D. MacDonald
Copyright © der deutschsprachigen Ausgabe 1976 by
Marion von Schröder Verlag GmbH, Düsseldorf
Printed in Germany 1978
Umschlagfoto: Bildagentur Mauritius, Mittenwald
Umschlaggestaltung: Atelier Heinrichs, München
Gesamtherstellung: Presse-Druck Augsburg

ISBN 3-453-00852-9

DEN TREUEN FREUNDEN
VON TRAVIS McGEE

Das Leben ist weder ein Spektakel
noch ein Fest:
es ist eine mißliche Angelegenheit.
Santayana

1

Ich lag in tiefem Schlummer an Bord meines Hausbootes. Allein. Allein in einem Bettchen von den Ausmaßen eines Fußballfeldes. Allein in einem Traum, der mir den Schweiß aus den Poren trieb. Überlebensgroße Bestien verfolgten mich. Da brachte ein Schuß Stahlbarren zum Singen. Noch einer. Ich schreckte aus dem Schlaf hoch, nur, um das dezente Warnklingeln der Alarmanlage zu vernehmen, die an meinem Bett ertönt, wenn jemand den Fuß auf die *Pik As* setzt. Es war fast vier Uhr morgens.

Das konnte ein Halbwüchsiger sein, der auf Deck umherschlich und es auf dort liegengelassene Kameras, Kofferradios oder eine Flasche Scotch abgesehen hatte. Oder ein harmloser Betrunkener. Oder ein betrunkener Freund. Es konnte auch Ärger bedeuten. Ich wußte nicht, wie lange ich nach dem ersten Klingelton noch geschlafen hatte. Ich zog mir Shorts an und tappte durch die Dunkelheit vom Bug an der Kombüse vorbei zur Lounge. Dort befindet sich die Tür, die nach achtern führt. Schlaftrunken tastete ich nach der Pistole in dem leicht zugänglichen Versteck. Sie fühlte sich kalt an in meiner Hand.

Ich hörte ein schwaches Klopfen an der Tür. Zaghaft, verstohlen. »Trav?« Die heisere, halb flüsternde Stimme eines Mädchens. »Trav McGee? Trav, Liebling?«

Ich tat einen Schritt auf die Tür zu, von wo aus ich durch den Spion nach draußen spähen konnte. Ich konnte die Umrisse eines Mädchens erkennen, das sich aus dem Licht der Hafenbeleuchtung weg in den Schatten der Tür drückte. Sie schien allein zu sein.

Ich rief durch die verriegelte Tür: »Wer ist da?«

»Trav? Mach kein Licht an, bitte!«

»Wer sind Sie?«

»Ich bin's! Carrie. Carrie Milligan.«

Einen Moment zögerte ich. Dann steckte ich das Schießeisen in den Hosenbund. Es lag mir auf dem Magen. Ich schloß die Tür auf, ließ sie eintreten und verriegelte die Tür aufs neue.

Sie schlang einen Arm um mich, drängte ihre zierliche Figur an mich und atmete tief durch. »Hallo«, sagte sie. Und: »Mach kein Licht an. Ich möchte dich da nicht mit hineinziehen, kapiert?«

»Mit hineinziehen?«

»Du weißt genau, was ich meine. Wenn mir jemand gefolgt ist, wenn sie mich hier in der Nähe aus den Augen verloren haben und sie sehen auf dem Boot das Licht angehen, dann könnten sie neugierig werden.«

»Die Kapitänskajüte kann ich verdunkeln.«

»Schön. Dann läßt sich's leichter reden.«

Ich nahm sie bei der Hand und führte sie in der Dunkelheit zurück. Durch die Bullaugen drang gerade genug Licht, so daß das Mobiliar in der Lounge zur Rechten und zur Linken düstere Schatten warf. Als wir meine Kabine erreicht hatten, ließ ich ihre Hand los und zog die schweren Vorhänge vor das Backbord-Bullauge. Dann knipste ich die Leselampe über dem Bett an, die einen hellen, kreisrunden Lichtfleck wirft, der ausreicht, ein Buch zu beleuchten, den übrigen Raum aber im Schatten läßt. Das Licht fiel auf vor nicht allzulanger Zeit geträumte Träume wie über zerfledderte Seiten hin. Die Vision zerstob, zurück blieb die von weichem Licht umflossene Mädchengestalt.

Sie hatte nur einen Arm um mich gelegt, weil sie in der anderen Hand ein Päckchen und ihre Handtasche trug. Das Päckchen hatte die Umrisse eines Schuhkartons. Es war in braunes Packpapier eingewickelt und mit Bindfaden verschnürt.

»Ich weiß, ich weiß«, sagte sie und drehte sich von dem Licht weg. »Ich habe mich nicht gut gehalten, verdammt noch mal. Ich sehe nicht mehr so aus wie damals. Wie lange ist's her? Sechs Jahre. Damals war ich vierundzwanzig, stimmt's? Und jetzt sehe ich aus wie vierzig.«

»Wie geht's Ben?«

»Keine Ahnung.«

»Oh.«

»Tja, so ist das. Ich lebe seit . . . seit mehr als drei Jahren nicht mehr mit ihm zusammen. Hab' ihm nahegelegt, sich zum Teufel zu scheren.«

»Oh.«

»Hör auf mit diesem ›Oh‹! Weißt du, es hat mir einen kleinen Stich versetzt, als ich das große alte Boot sah. Wirklich. Wußte gar nicht, daß ich für etwas, das mich an Ben erinnert, noch so empfinden könnte. Dachte, das wäre alles vergessen. Na ja, wir waren auch glücklich auf dem Kahn. War die einzig glückliche Zeit meines Lebens, wenn ich's recht bedenke. Frisch verheiratet und keinen Cent im Portemonnaie, aber ein großes Boot, auf dem man die Flitterwochen verleben konnte.« Sie ließ sich auf dem Stuhl in der Ecke beim Wandschrank nieder, außerhalb des Scheins der Lampe. Mit veränderter Stimme sagte sie: »Ich hätte mich für dich entscheiden sollen.«

»Du weißt sehr gut, daß ich nicht heirate«, erwiderte ich. Ich setzte mich aufs Bett ihr gegenüber.

»Weiß ich, weiß ich. Was ich nicht weiß, warum ich so darauf aus war, unter die Haube zu kommen. Deshalb habe ich Ben Milligan geheiratet. Himmel! Was meinst du, was er in Wirklichkeit war? Ein Milchbart. Seine Mutter hat fünfundzwanzig Jahre damit verbracht, hinter ihm her zu sein, ihn zu bedienen, ihm zu erzählen, wie großartig er sei. Dann reichte sie ihn an mich weiter. Die große Heule konnte man kriegen, weiß Gott, weiß Gott! Er hielt es in keinem Job aus. Niemand nahm ihn für voll. Diesen Stümper. Stümper! Stümper! Hatte vierzehn Jobs in zwei Jahren. Zuletzt tat er sich nicht einmal mehr nach einem um. Er blieb zu Hause und sah sich den Quatsch im TV an, hatte nur noch sein Body-Building im Kopf. Muskeln. Nichts wie Muskeln. Wenn ich von der Arbeit nach Hause kam, mußte ich kochen. Zumindest mußte ich auf dem Heimweg eine Pizza oder Hamburger besorgen. Trav, hättest du mich nicht warnen können?«

»Sicher hätte ich das.«

»Warum hast du's dann nicht getan?«

»Und dabei ein blaues Auge riskieren sollen?«

»Na gut. Ich war verliebt. Gott sei's gelobt, daß wir keine Kinder haben. Ich glaube, daß es an ihm lag, nicht an mir. Aber er weigerte sich, deswegen zum Arzt zu gehen. Wurde immer fuchsteufelswild bei dem Gedanken, ich könnte annehmen, etwas sei mit seinem perfekten Körper nicht in Ordnung. Wie immer, McGee, das war vor langer Zeit. Es ist vergessen. Ich bin nicht hierhergekommen, um über mein grandioses Eheleben auszupacken. Auf dem Weg hierher habe ich gedacht, ich kenne Travis McGee ja gar nicht richtig. Aber dir bin ich einmal sehr nahe gewesen. Ich mußte jemanden finden, dem ich vertrauen konnte. Bin eine irre Menge Namen durchgegangen. Dann bist du mir eingefallen. Hab' mir überlegt: Vielleicht hat er jemand für eine Nacht an Bord? Oder lebt mit einem Mädchen zusammen? Vielleicht ist er weggezogen oder verheiratet? Mein Gott, schließlich waren sechs Jahre vergangen, nicht wahr? Ich betrat das Boot, und die sechs Jahre waren wie weggewischt. Du siehst blendend aus, weißt du das? Wirklich blendend. Du hast dich nicht im geringsten verändert. Das ist nicht fair. Sieh mich an!«

So was passiert. Leute kommen zu einem wegen irgend etwas Bestimmtem und bringen nicht den Mut auf, einem zu sagen, was sie auf dem Herzen haben. Deshalb fangen sie an zu reden. Was sie brauchte, war Hilfe. Da war so ein ängstlicher Unterton in ihrer Stimme, und außerdem sprudelte sie die Worte zu hastig hervor.

Ich half ihr ein bißchen. »Was ist in der Schachtel?« wollte ich wissen.

Sie stieß heftig den Atem aus. Das klang schon fast wie ein Seufzer. »Du kommst am liebsten gleich zur Sache, nicht wahr? Was ich in dem Karton habe? In diesem Karton, meinst du? Einmal hast du mir erzählt, du hättest einen sicheren Platz, um etwas aufzubewahren. Gilt das noch?«

»Ja.«

Sie kam zu mir herüber und stellte den Karton neben mich auf das Bett. Mit einer raschen sicheren Bewegung riß sie die Schnur ab und entfernte das braune Papier. Meyer behauptet, man könne ganze Abhandlungen darüber schreiben, wie sich der Charakter eines Menschen beim Auspacken von Päckchen offenbare.

»Was ich in dem Karton habe«, erklärte sie, »ist Geld.«

Sie hob den Deckel. Es war Geld. Der Karton war bis oben hin voll mit gebrauchten Scheinen, einige lagen lose darin, die meisten waren jedoch säuberlich gebündelt, wobei unter jeder Verschnürung eine mit einer Rechenmaschine getippte Aufstellung stak. »Das sind vierundneunzigtausendzweihundert Dollar. Plus zehntausend für dich, dafür, daß du mir das Geld aufbewahrst, bis ich es holen komme.«

»Das ist nicht nötig.«

»Mir ist es das wert. Und ich fühl' mich besser so.«

»Ist es erlaubt, eine Frage zu stellen?«

»Möglichst nicht. Mangelnde Neugierde ist im Honorar inbegriffen.«

»Ist es gestohlen?«

»Bank- oder Lohngeldraub oder so was Ähnliches? Nein.«

»Und wenn du nicht zurückkommst?«

»Ich werde zurückkommen, um es mir zu holen . . . welchen Tag haben wir heute?«

»Früh, sehr früh am Morgen des 16. Mai. Ein Donnerstag.«

»Okay, sollte ich es bis zum 15. Juni nicht abgeholt oder dir bis dahin keine Nachricht gegeben haben, komme ich nicht mehr. Dann soll es meine Schwester Susie bekommen. Erinnerst du dich an meinen Mädchennamen?«

»Dee. Carrie Dee.«

»Eigentlich hieß ich Dobrowsky. Sie hat den Namen beibehalten. Susie . . . Susan Dobrowsky. Wenn, dann bringst du ihr das Geld. Das ist ebenfalls im Honorar inbegriffen. Und erzähl niemandem davon, daß ich hier war. Weiter brauchst du nichts zu tun, um dir die zehn zu verdienen.«

»Wo wohnt deine Schwester?«

»Ach, entschuldige. Sie lebt in Nutley, New Jersey. Sie ist jünger als ich. Kindergärtnerin. Sie muß jetzt so alt sein, wie ich war, als ich dich kennenlernte. Dreiundzwanzig? Ja. Vor zwei Monaten hatte sie Geburtstag. Sie ist nett, aber . . . naiv. Keine Ahnung, wie's im Leben zugeht. Schön wär's, wenn sie es nie zu wissen kriegte. Na gut, wirst du's an einem sicheren Ort für mich aufbewahren?«

»Klar, wird gemacht.«

Sie schwankte, tat einen unsicheren Schritt, drehte sich abrupt um und plumpste auf mein Bett neben dem Karton. Der Karton hüpfte hoch und fiel um. Geldscheine und -bündel verteilten sich über das Bett. Sie schüttelte den Kopf. »Ich bin todmüde und fühle mich verdreckt, Trav. Hab' die Sachen zu lange an. Ich kann mich nicht mehr riechen. Man sollte diese Klamotten vergraben. Für zehntausend, mein Lieber, könnte ich dich da noch um drei Dinge bitten?«

»Ein Bad, eine Schlafstelle und Kleider zum Wechseln?«

»Ich habe Größe achtunddreißig.«

Als sie in der großen Wanne saß, Wasser und Seifenschaum um sich spritzte, während sie sich die streichholzkurzen hellen Haare wusch und sich abschrubbte, suchte ich nach einer ausgedienten Munitionsbüchse, so einer mit Gummiringverschluß und einem Metallbügel, welche luftdicht abschließen. Ich tat das ganze Geld, außer den zehntausend, in den Munitionskasten und schob ihn in die Bilge. Die zehn Riesen tat ich in das Versteck, in dem ich mein eigenes Geld verwahre. Dabei überschlug ich, daß ich damit noch vier bis fünf Monate länger pausieren konnte. Ich ziehe mich aus dem Berufsleben zurück, wann immer ich es mir erlauben kann. Wenn die Moneten aufgebraucht sind, verdinge ich mich wieder. Bergungsarbeiten. Wenn man pensioniert wird, ist man sowieso schon zu alt, um das Leben noch voll zu genießen. Deshalb nehme ich mir meine Pension auf Vorschuß, so oft mir dies möglich ist. Was wären die Strände ohne die Strandlöwen? Wie sollten sich die kleinen Strandnixen denn in ihren Ferien amüsieren, wenn nicht der eine oder andere von uns da draußen den Tagedieb machte? Nachdem das große Geld sicher verstaut war, ging ich in die Gästekabine, um dort in dem riesigen Bettkasten zu wühlen. Der ist immer voll von Mädchenkleidern, die an Bord zurückgelassen werden. Sie stammen aus den Häfen, die ich mit meinem altersschwachen Hausboot erreichen kann, und bleiben gleich an Bord für das nächste Mal. Es hat keinen Zweck, die Kledage zum Reinigen zu geben und wegzuhängen. Auf diese Weise kann man sich wenigstens aus dem Stegreif versorgen.

Ich suchte ein paar Bordfähnchen für sie aus, einen rosafarbenen, ärmellosen Rollkragenpulli und einen Frotteehänger, wie er jedem steht. Er stand ihr tatsächlich und schleifte auf dem Boden hinter ihr her, während sie mir dabei half, das Gästebett herzurichten. Jeder zweite Atemzug von ihr wurde zu einem Gähnen, und die Augen fielen ihr schon halb zu. Als ich nach drei Minuten, nachdem sie im Bett lag, noch eimal hereinkam, um sie zu fragen, ob sie eine Tasse heißer Schokolade oder einen Drink wolle, beantwortete sie meine Frage mit einem langen, sanften Schnarchlaut. Es klang ein bißchen wie das Schnurren einer Katze.

Ein paar Minuten stand ich gegen den Türrahmen gelehnt, blickte in dem Halbdunkel auf sie nieder und versuchte, die Carrie Dee von damals in meinem Gedächtnis lebendig werden zu lassen, bevor Ben in ihr Leben trat: ein hübsches Mädchen, das bei Peerless Marine arbeitete und hin und wieder auf den Partys in und um Bahia Mar auftauchte. Meine Vermutung geht dahin, daß wir nicht zu entscheiden vermögen, was für uns wirklich von Bedeutung ist im Leben und was unwesentlich. Das Rollenbuch des Lebens wird durch die Zufälligkeiten von Ort und Zeit abgewandelt. Später sagen wir dann, etwas geschah mit Absicht.

Daß ich Carrie begegnete, geschah nicht mit Absicht. Weder von meiner noch von ihrer Seite aus. Ein Fernsehteam, das einen

Werbefilm drehte, hielt sich eine Woche lang in Bahia Mar auf. Der Alabama Tiger lud die Leutchen jeden Abend zu einer Party auf sein schwimmendes Domizil ein. Der Boß des Teams war untersetzt, ziemlich behaart und laut. Seine modischen Anzüge, eine schimmernde Perücke, sein Beruf und seine Selbstüberheblichkeit gaben ihm das Gefühl, unwiderstehlich zu sein. Um Mitternacht ging ich an Deck der *bama Liebe*, um etwas frische Luft zu schnappen und nach den Sternen zu sehen, sofern welche am Himmel sein sollten. Der Boß-Macker hatte weiter unten an Deck, bei dem umgestürzten Beiboot, ein Mädchen in der Mache. Er hatte ihr bereits die Kleider über die Hüften hochgeschlagen. Sie wehrte sich, schrie und quiekte. Aber ihre Proteste gingen im phonstarken Stimmengewirr von Tigers Gästen unter.

Ich befreite sie aus seiner Umarmung. Er schlug um sich und fluchte, als ich ihn an der Reling entlang zu der Stelle trug, von wo aus ich ihn blitzsauber fallen lassen konnte — ins Schwimmbassin der Jacht. Es platschte ganz schön, als er drei Meter tiefer ins Wasser plumpste. Nachdem ich mich versichert hatte, daß er schwimmen konnte, überließ ich es ihm, sich freizustrampeln. Ich ging zu dem Mädchen zurück. Es war Carrie, und sie war nicht gerade groß in Form. Die Kleider hingen ihr in Fetzen vom Leib. Sie war einem hysterischen Anfall nahe. Ganz offensichtlich war sie nicht in der Lage, zu der Party zurückzukehren. So brachte ich sie zur *Pik As*. Dort trieb ich einige Sachen für sie auf, die ihr paßten. Eine halbe Stunde verbrachte sie allein für sich im Vorschiff, um wieder zu sich zu kommen.

Es hatte sie ziemlich mitgenommen. Der Widerling war ihr denn doch zu nahe gekommen. Sie sah gespensterhaft bleich aus. Nach menschlichem Ermessen mußte sie durch die Beinahe-Vergewaltigung so geschockt sein, daß sie für eine ganze Weile kein Verlangen nach einem Mann verspüren sollte. Und was mich betraf, so hätte ich alles vermeiden sollen, um sie wieder aufzuregen. Und trotzdem wirkte dieser Vorfall seltsamerweise stimulierend auf uns beide. Wir saßen da und unterhielten uns, rückten näher aneinander, sprachen, rückten noch näher, küßten uns, und schließlich trug ich sie in mein Bett. Wir verbrachten einige zärtliche Stunden miteinander, sehr zärtliche Stunden — auf eine eigenartige Weise. In der Körpersprache gab sie mir zu verstehen: *So* sollte es sein. Und ich bat sie: Ersetze die Erinnerung daran durch *diese*.

Es blieb eine Episode. Wir kamen höchstens mit einem Blick oder einer flüchtigen Bemerkung darauf zurück. Da ich sie nun aber in diesem biblischen Sinne ›erkannt‹ hatte, avancierte ich zum guten Onkel. Sie erwählte mich, um sich bei mir Ratschläge einzuholen, wie sie ihr Leben leben sollte. Monate später stand für sie fest, daß ich mit Ben Milligan einverstanden zu sein hatte. Ich glaube, sie redete sich tatsächlich ein, daß ich mit ihm einverstanden sei. Sie wollte ein angenehmes Leben leben. Das ist an sich kein ausgefallener Wunsch, aber schwierig zu realisieren.

Ich machte die Tür hinter mir zu. Dann mixte ich mir einen Drink und zog mich an. Nach dem Drink war es an der Zeit für Fruchtsaft und Kaffee. Nach dem Kaffee war es an der Zeit, sich ihre Handtasche näher anzusehen. Ungewisses Dämmerlicht erhellte die Kabine. Auf bloßen Füßen bewegte ich mich geräuschlos durch den Raum. Ich fand die Tasche unter dem Kopfkissen, zwischen der Matratze und den Sprungfedern. Ich nahm sie vorsichtig heraus und ging mit ihr zur Kombüse, wo ich sie unter dem Licht über dem Tisch der Eßnische öffnete.

Hallo, Carolyn Milligan! Da war die Zulassung, ausgestellt in Florida, für einen zwei Jahre alten Datsun, das Nummernschild trug die Ziffern 24 D-1313. Ich fand die Wagenschlüssel und tat sie in die Tasche meines Hemdes. Die Berufsangabe, die im Führerschein vermerkt war, tauchte in der Zulassung nicht auf. Nehmen wir an, daß sie noch immer Sekretärin ist. Ich schrieb die Ziffern des Nummernschildes auf und die angegebene Adresse: 1500 Seaway Boulevard, Apt. 38 B, Bayside, Florida. Kamm, Lippenstift, Watte, Streichholzbriefchen, Gehaltsstreifen, Flugzeugtickets (bereits in Anspruch genommen). Ein Sammelsurium verschiedener Kleinigkeiten. Intime Dinge. Mrs. Milligan arbeitete also für eine Firma für Baubedarf, die sich Superior Building Supplies nannte und deren Adresse lautete: Junction Park, Bayside, Florida. Ihr blieben nach den Abzügen – 171,54 Dollar die Woche. Im April war sie in Jamaica gewesen und hatte im Montego Bay Hotel gewohnt. Sechshundert Dollar und ein paar Zerquetschte trug sie in ihrer Geldbörse bei sich. Ferner enthielt ihre Tasche einen Waffenschein. Sowie drei Pillensorten. Alle führen sie drei Pillensorten bei sich – die Minimalration. So passen sich die Menschen an eine sich rapide verändernde Umwelt an.

Es wurde schon langsam hell. Ich schloß die As hinter mir ab und schritt durch die Morgenkühle, die nicht lange anhalten würde, und durch die Nuancen von schattenhaftem Grau, um mich auf dem Parkplatz nach ihrem Wagen umzutun. Ich fand ihn. Leuchtendes Orange. Die Polster: Lederimitation. Einunddreißigtausend Kilometer gefahren. Nichts von Bedeutung im Handschuhfach. Im Kofferraum zwölf Flaschen eines Poliermittels für gewerbliche Zwecke, »Tru-Kut« genannt. Ich öffnete eine der Flaschen, benetzte meine Finger mit der Flüssigkeit, verrieb sie und schnüffelte. In der Tat: ein Poliermittel. Für gewerbliche Zwecke. Eine milchigweiße Lösung, die nach übermäßig mit sanitären Mitteln gescheuerter Herrentoilette roch und Schleifsandpartikel enthielt. Demnach besorgte die Sekretärin für den Boß-Macker von Superior Building Supplies die Auslieferung.

Sonst nichts von Belang. Die Reifen waren neu, offenbar waren sie erst kürzlich ausgewechselt worden. Die Windschutzscheibe war gesprungen, vermutlich war ein Kieselstein dagegengeflogen. Der Tank war halb voll. Ich schloß den Wagen wieder ab. Es schien sich niemand für mich zu interessieren. Drüben, beim Kai der Charterboote, machten sie sich fertig, um aus dem Hafen zu tuckern und zur Flußmündung hinunter zu röhren. Die ersten Frühaufsteher trafen ein, um die Läden zu öffnen. Die Zimmermädchen der Frühschicht meldeten sich beim Portier des Motels.

Ich schlenderte auf einem anderen Weg zur As zurück. Ich schloß die Tür auf, tat die Schlüssel in die Tasche zurück, tat die Tasche unter die Matratze zurück, während sie sich weiter in den neuen Tag hineinschnarchte. Im Morgenlicht sah man deutlich, daß sie die Jahre nicht allzugut überstanden hatte. Tiefe Falten hatten sich um den Mund herum eingegraben. Unter den Augen lagen Tränensäcke, ein leichtes Doppelkinn deutete sich an, die Haut war unrein. Im Schlaf runzelte sie die Stirn. Nach meiner Rechnung mußte sie dreißig sein. Der Körper wirkte jünger, das Gesicht älter als dreißig. Eine Wucht war dieses Paar gewesen. Ben und Carrie. Wie aus einem Reiseprospekt. Und doch war zuviel knabenhafter Trotz in Bens Gesicht. Zuviel pseudo-maskuline Herzhaftigkeit in seinen Manieren. Seine Mami hatte ihn zu lieb gehabt.

2

Carrie durchschlief den ganzen Vormittag. Es wurde Nachmittag, und sie schlief noch immer. Gegen drei ging ich zu ihr hinein, legte ihr die Hand auf die Schulter und rüttelte sie sanft. Sie maunzte unwillig. Dann gab sie sich einen Ruck und riß die Augen auf. Sie hatte einen erschreckten Gesichtsausdruck. Als sie mich erkannte, wurden ihr die Lider wieder schwer. Sie hielt sich die Hand vor den Mund und fing ein Gähnen auf, das mehr wie ein Ächzen klang.

»*Wasislos?*« brummte sie. »*Wievieluhrisses?*«

»Drei Uhr nachmittags, meine Liebe. Schlaf weiter. Du scheinst es nötig zu haben. Ich werde dich einschließen und für eine Weile an den Strand gehen.«

»Hör zu. Wenn du zurückkommst, weckst du mich. Okay?«

»Verstanden.«

Es hatte einer solch großen Willensanstrengung bedurft und derartiger Mühen, wieder in Form zu kommen, so daß ich gelobt hatte, mich nie wieder gehenzulassen. Das bedeutete Sonne, Schweiß und tägliche Körperübungen. Niemals wieder Nikotin, mäßig im Trinken, viel Protein. Meyer arbeitete an einer ausführlichen und komplizierten Abhandlung über die bleibenden Auswirkungen der Ölkrise auf die internationalen Währungen. Jeden Tag um drei Uhr unterbrach er diese Arbeit und gesellte sich zu mir an den Strand, um sein tägliches Pensum zu absolvieren. Meyer ist nie zu dick noch wirkt er jemals schlank. Er ist bloß vierschrötig, zäh wie Juchten und behaart wie ein Braunbär aus den Adirondacks.

Er glaubt an maßvolles Körpertraining, sagt, er sei nicht an masochistischem Exhibitionismus interessiert. Deshalb sehen wir, abgesehen vom Schwimmteil, in der Trainingsstunde wenig voneinander.

Er saß bereits auf seinem Handtuch direkt am Wasser, als ich die letzten hundert Meter meines Ein-Meilen-Laufes beendete. Nachdem ich keuchend anhielt, nahm ich noch ein kurzes Bad im Meer. Danach streckte ich mich neben ihm aus.

»Du solltest ein bißchen laufen«, sagte ich zu ihm.

»Ich würde ja, wenn ich nur könnte. Wenn dich die Leute am Strand laufen sehen, wissen sie auf den ersten Blick: Der trainiert, kann gar nicht anders sein bei den Muskeln und der Bräune.

Außerdem hast du diesen doof-angestrengten Gesichtsausdruck wie ein Exjockei, der sich in Form hält. Du hast den richtigen Stil, ziehst die Knie an, wie sich's gehört, schwingst mit den Armen durch und hältst den Kopf hoch. Aber stell dir vor, ich würde hier den Strand hinunterpesen. Sie würden sich nach mir umdrehen. Und gleich noch einmal. Ich hab' so wenig von einem Läufer oder einem Jockei an mir, daß man sich eigentlich nur vorstellen kann: Der läuft vor etwas weg. Deshalb schweift ihr Blick den Strand entlang, um zu sehen, was hinter mir her ist. Sie können nichts entdecken. Aber nur um sicherzugehen, setzen sie sich ebenfalls in Trab — mir nach. Zuerst nur einige wenige, dann ein Dutzend, dann eine ganze Meute. Immer schneller und schneller. Werfen einen Blick zurück. Fangen zu rennen an. Es würde gar nicht lange dauern, dann hättest du zwei- oder dreitausend Leute, die den Strand entlangdonnern, denen die Augen aus den Höhlen treten und deren Haare sich im Nacken sträuben. Eine kapitale Massenbewegung, bei der alles und jeder, der sich ihnen in den Weg stellt, in den Sand gestampft würde. Du willst doch nicht etwa, daß ich eine solche Katastrophe verursache, wie?«

»Ach, Junge.«

»Es muß nicht eintreten, aber ich will's gar nicht erst ausprobieren.«

»Meyer.«

»Nachdem es einmal angefangen hat, könnte es passieren, daß ich aufgebe, und sie machen weiter. Der sogenannte ›Schneeballeffekt der Panik‹.«

»Meyer, erinnerst du dich an Carrie Milligan?«

»Eine Herde von durchgehenden . . . was? An wen?«

»Vor ungefähr sechs Jahren . . . da habe ich Carrie und Ben die *Pik As* geliehen. Nicht, um damit auf eine Kreuzfahrt zu gehen, nur so, damit sie ihre Flitterwochen an Bord verleben konnten.«

»Und mir aufgetragen, auf sie aufzupassen. Sehr lustig. Ich meine, ich habe sie nur ein einziges Mal zu Gesicht gekriegt. Moment mal. Sie arbeitete doch drüben bei Peerless Marine im Büro. Hübsches kleines Ding. Ich habe vergessen, warum du ihnen die *As* geliehen hast.«

»Ich schuldete Dake Heath einen Gefallen. Das war es dann, um was er mich bat: ihnen die *As* zu leihen. Er war ihr Halbbruder, und er wollte, daß alles für sie arrangiert würde, wie es sich gehört. Carrie und Ben waren pleite, und Dake ging's genauso. Deshalb willigte ich ausnahmsweise ein.«

»Um deine Frage zu beantworten: Ja, ich erinnere mich an sie. Warum?«

Ich erzählte ihm alles. Zwar hatte ich Carrie versprochen, es niemandem zu sagen. Aber sämtliche Regeln sind außer Kraft gesetzt, wenn Meyer ins Spiel kommt. Außerdem war es eine Art Selbstschutz. Wenn jemand aufkreuzt, einem so viel Geld anvertraut und verlangt, daß man es wegpackt und sicher für ihn aufbewahrt, muß man besondere Vorsichtsmaßnahmen treffen. Das Filzen der Handtasche und des Wagens zum Beispiel. Für den Fall, daß die Hüter des Gesetzes sich dafür interessieren, wollte ich plausible Antworten auf ihre Fragen geben können und jemanden an der Hand haben, der meine Angaben bestätigen konnte, wenn dies nötig war. Und falls jemand Carrie schnappen und sie so lange in die Mangel nehmen sollte, bis sie ihm verriet, wo er nach dem Geld zu suchen hatte, wäre es nett, wenn wenigstens Meyer Bescheid wüßte, warum mich schließlich das Glück verlassen hatte. Und es würde mich verlassen. Vielleicht nicht dieses oder das nächste Mal, aber einmal ganz bestimmt. Und wie bei allen anderen würde mich die ganze Zeit nur ein einziger Gedanke beherrschen:

»Nicht ich! Noch nicht! Laß mir noch Zeit!«

Meyer war neugierig, was das Geld anbelangte. Deshalb beschrieb ich ihm die Bündel, wovon jedes einzelne fein säuberlich mit weißem Bindfaden verschnürt war und Banknoten in verschiedenen Werten enthielt, deren Gesamtsumme jeweils zehntausend ausmachte. Nicht zu vergessen die losen Lappen, die wahrscheinlich von einem angebrochenen Packen stammten. Demnach müßte sie fünftausendachthundert ausgegeben haben. Bei jedem Bündel war unter den Bindfaden der Abrechnungsstreifen einer Rechenmaschine geklemmt. Ja, offensichtlich waren sämtliche Streifen auf derselben Maschine getippt. Doch so genau hatte ich sie mir auch wieder nicht angesehen. Es handelte sich um gebrauchte Scheine, die aber einen relativ sauberen und ordentlichen Eindruck machten, vielleicht fluoreszierten sie im Dunkeln, oder irgend jemand besaß eine Liste von den Nummern. Oder sie waren — aparterweise — bei Nacht in einem kleinen Hinterzimmer hergestellt worden.

»Du kennst sie besser als ich«, sagte Meyer.

»Ich kenne sie nicht gut.«

»Hast du eine Ahnung, was es mit dem Geld und ihr auf sich hat?«

»Wie meinst du das?• Daß sie es gestohlen hat? Ich weiß es nicht. Sie ist nicht der Faulenzertyp. Die arbeitet. Irgend etwas muß passiert sein, wodurch sie das Gefühl hat, daß sie ein Recht auf die Piepen hat. Sie kam völlig erledigt bei mir an. Sie konnte nicht mit Sicherheit sagen, daß sie verfolgt wurde, meinte, es könne aber sein. Wie dem auch sei, ich werde es für sie aufbewahren. Wenn sie kommt und es sich abholt — keine unnötigen Fragen. Dann waren's leicht verdiente Zehntausend, so leicht, daß ich ein mulmiges Gefühl dabei habe.«

Eine spätnachmittägliche Brise kräuselte die Wasserfläche weit hinter der trägen Brandung und wirbelte Bonbonpapier über den dunkelfeuchten Strand. Zwei hochgewachsene junge Bikini-Damen schritten vorüber, braungebrannt, gut gebaut, wie zwei junge Löwinnen, die sich ihrer Körper sicher sind. Die Sonne hatte ihre Haare gebleicht, und das Salzwasser hatte sie verfilzt. Sie wiegten und drehten sich in ihren Hüften im wollüstigen Rhythmus ihres ausgedehnten Spaziergangs in der Sonne.

Meyer lächelte und seufzte hörbar. Es bedeutete beides zugleich: Vergnügen und Melancholie, derart junge Dinger vorbeiparadieren zu sehen. Sie wissen so wenig von der Welt und doch so beängstigend viel. Sie bewegen sich am Rande des Lebens und sind der Meinung, mittendrin zu sein. Bald danach erhoben wir uns, schüttelten den Sand von unseren Handtüchern und zockelten über die Fußgängerbrücke heimwärts. Wir verabschiedeten uns voneinander. Als ich an Bord der *As* ging, überfiel mich jäh die beklemmende Empfindung, daß irgend etwas mit Carrie passiert sei, irgend etwas Schlimmes an Bord gekommen sei — in Gestalt eines brutal-grausamen schleicherischen Lebewesens.

Aber es war alles in Ordnung. Solch düstere Ängste überkommen uns immer wieder einmal, jeden von uns. Wir vergessen sie wieder, es sei denn, ein solches Angstgefühl erweise sich als Vorahnung. Dann sagen wir: Ich hab's gewußt, ich hab's gewußt!

Sie wartete darauf, geweckt zu werden. Wartete mit gekämmtem Haar, einem Hauch Rouge auf den Lippen sowie frisch aufgelegten Lidschatten. Sie täuschte ein süßes Erwachen aus ihrem Schlummer vor, nur, um mich in den Pfefferminzduft meiner eigenen Zahnpasta hinabzuziehen. Sie murmelte: »Hallo, hallo.«

Es hätte so leicht sei können. Es wäre nicht einmal nötig gewesen, den Mund aufzumachen, das Für und Wider zu erörtern. Geschickt und so einladend direkt, wie sie es angefangen hatte, würde sich all dies erübrigen. Darum: Steig aus deiner Badehose und begebe dich liebevoll in die Dame. Danke, Madame. Die Anerkennung für ein gut geführtes Boot. Nur ein ausgemachter Trottel konnte ein Angebot, das einem derartig frei Haus gemacht wurde, zurückweisen. Aber ich war mir über ihr Motiv nicht im klaren. Sollte das als Draufgabe zu den Zehnern gemeint sein? Oder sollte es mir das Hirn vernebeln, damit ich weniger neugierig wäre? Oder brauchte sie Selbstbestätigung? Das Problem, jemand anderes Spiel zu spielen, besteht darin, daß man in eine Rolle gedrängt wird, die einem nicht liegt. Man kennt seinen Text nicht.

Deshalb löste ich mich von ihr, setzte mich nach dem heißen Kuß auf und lächelte auf sie herab, indem ich ihr eine Haarsträhne aus der runden Stirn strich. »Du hast aber eine Menge Schlaf gebraucht.«

»Sieht ganz so aus«, erwiderte sie verdrossen.

»Während du geschlafen hast, habe ich nachgedacht.«

»Sieh mal einer an!«

»Nehmen wir mal an, der 15. Juni rückt heran und Carrie kommt nicht, sich ihr Geld abzuholen. Möchtest du dann nicht, daß ich herausfinde, warum du es nicht geschafft hast? Oder wer dich davon abgehalten hat, zu mir zu kommen?«

»Das wäre mir in dem Fall verdammt egal, nicht wahr?«

»Genau deswegen frage ich.«

»Die Antwort ist: nein. Überbringe das Geld meiner Schwester. Das ist alles.«

»Sie wird wissen wollen, woher es stammt.«

»Du kannst ihr sagen, daß es von mir ist.«

»Vielleicht ist sie so etepetete und nimmt es nicht. Was dann?«

Sie biß sich auf die Unterlippe und blickte nachdenklich vor sich hin. »Ich könnte ihr vielleicht schreiben. Sie anrufen. Irgendwas, um ihr irgendeinen Anhaltspunkt zu geben.«

»Würdest du mir auch einen geben?«

»Nein. Ich möchte nicht darüber sprechen und nicht darüber nachdenken, ist das klar? Es handelt sich um mein ganz persönliches Problem.«

»Du zahlst mir genug, du kannst von mir erwarten, daß ich dir helfe.«

»Aber was anderes möchtest du nicht von mir, stimmt's? — Schön. Ein Mädchen sollte es nicht zu offensichtlich machen. Dann kann es sich keinen Korb holen.«

»Kostenlose Angebote machen mich mißtrauisch.«

»Ein Sonderangebot aus dem Schlußverkauf. Wir waren eine Nacht zusammen. Vor langer Zeit. Erinnerst du dich? Damals war ich in Ordnung für dich, aber nicht jetzt. Nicht, wie ich heute bin. War eine blöde Idee von mir. Tut mir leid, alter Junge.«

Ich nahm ihre Hand und verabscheute mich selbst dafür, daß ich an ihren Fingerspitzen jene kleinen Schwielen erfühlte, die man sich bei Büroarbeiten holt. McGee registriert alles, wie das Paranoiker nun mal so an sich haben.

Ich küßte ihren schlaffen, kühlen, teilnahmslosen Mund. Während ich mich erhob, sagte sie: »Danke bestens, keine Almosen. Die Regung war da und ist verflogen.«

»Wie du meinst.«

»Vermiese ich dir den Tag?«

»Viel Auswahl läßt du mir nicht. Alles, was ich tue, ist falsch.«

»So geht es immer. Laß' dich bloß nicht mit einem Experten ein.«

»Zumindest kann ich dir versichern, daß du noch immer sehr attraktiv bist, Carrie.«

»Sicher, sicher.«

»Ich meine es.«

»Vor sechs Jahren, da war es dir ernst. Aber vor sechs Jahren war ich auch jemand anderer.«

»Du bringst zwei Dinge durcheinander. Zugegeben, ich habe mich nicht so verhalten, wie es von mir erwartet wurde. Bin eben auf der Hut. Was hast du eigentlich erwartet? Nach sechs Jahren kreuzt du hier mit einem Packen Geldscheinen auf und verlangst von mir, daß ich den für dich aufbewahre. Du gibst an, du hättest Ben rausgeworfen. Ich bleibe am Leben, weil ich meine Karten auf den Tisch lege. Ist es Spielgeld? Hast du es auf der Straße gefunden? Oder wurde es erpreßt? Ich kenne einige Leute, die darauf aus sind, mich festzunageln. Die könnten sehr wohl ein Mädchen, das ich vor sechs Jahren gekannt habe, dazu benutzen, um an mich heranzukommen und mich auffliegen zu lassen. Gezinktes Geld. Gefälschtes Geld. Fast jeder ist bestechlich. McGee geht es nur deswegen so gut, weil er äußerst vorsichtig ist. Carrie, und wenn du Miß Universum wärst und hier vor mir liegen und mit den Wimpern klimpern würdest, ich hätte genau dasselbe gesagt. Vorsicht bei kostenlosen Angeboten. Ich prüfe alles nach, was sich nachprüfen läßt. Was ich in deiner Tasche gefunden habe, paßt zu den Schwielen an deiner Hand. Das Zeug in deinem Kofferraum riecht wie echtes Poliermittel für gewerbliche Zwecke.«

Sie wirbelte blitzschnell herum und fuhr mit ihrer Hand unter die Matratze, um nach der Tasche zu fühlen.

»Sie ist da«, sagte ich. »Ich habe sie zurückgelegt.«

Sie setzte sich auf, zog das Laken bis zum Kinn hoch und starrte mich an. »Du meine Güte, bist du schnell!«

»Und am Leben. Sei froh, daß du dein Geld am richtigen Ort verstaut hast, vorausgesetzt, daß du es noch immer hier lassen möchtest.«

»Das möchte ich. Es hätte mehr sein können.«

»Ein ganz schönes Sümmchen. Du überzahlst mich.«

»Überlaß das ruhig mir. Paß auf. Mach dir keine Gedanken wegen des Geldes. Ja? Es ist nicht gezinkt oder sonstwas. Es ist so was wie . . . wie mein Anteil an einer Unternehmung. Aber es besteht die Gefahr, daß es jemand in die Finger kriegen möchte.« Sie lächelte plötzlich. »He! Danke dir, daß du mir meinen Stolz zurückgegeben hast.«

»Jederzeit zu deiner Verfügung. Wie wär's mit Steak und Eiern?«

Sie lehnte ab, obwohl ihr der Vorschlag zu gefallen schien. Sie wollte fort. Sie wartete, bis es ganz dunkel war, bevor sie ging. Sie hatte die geborgten Kleider an und trug ihre schmutzigen Sachen in einer braunen Tüte bei sich. Sie entfernte sich im Schein der Hafenbeleuchtung, wobei sie einen weiten Umweg zu ihrem Wagen machte. Ich hätte erwartet, daß sie sich umschauen würde, aber sie tat es nicht.

Irgendwie mochte ich sie immer noch. Die sechs Jahre hatten sie vorschnell altern lassen. Sie hatten sie auf die Probe gestellt und härter gemacht. Ihre Augen waren wachsam, ihre Fröhlichkeit voller Zynismus. Es gibt in letzter Zeit zu viele von ihnen auf der Welt, zu viele von jenen hoffnungsvollen Damen, die erwachsene Jungen heiraten und ziemlich bald ihrer Hoffnungen beraubt sind. Sekretärinnen, Krankenschwestern, Telefonistinnen, Verkäuferinnen, Lehrerinnen, Taxifahrerinnen und Vertreterinnen. Sie leben ein Junggesellendasein. Ihr allzu parates Lachen kann die morgendliche Trostlosigkeit nicht überdecken. Routinierter Sex, schicke Konversation. Probleme werden sorgfältig kaschiert. Fanatische Emanzen sind das nicht. Aber eben auch keine Frauen, die sich um einen Mann ›kümmern‹ wollen. Weiß Gott, sie verstehen es, ihr eigenes Wohl im Auge zu behalten. Alles, was sie wollen, ist, einen erwachsenen Mann ihr eigen zu nennen, mit dem sie ihr Leben teilen können, wobei jeder nur an sich selber denkt. Doch es gibt eine ganze Menge mehr erwachsener Damen als erwachsener Herren der Schöpfung.

Ich wünschte ihr alles Gute. Alleinstehende Damen können in ganz schön verrückte Situationen kommen. Ich wünschte ihr wirklich alles Gute.

3

Zwei Wochen verstrichen. Zwei wunderschöne Maiwochen. Eine Brise, die ständig vom Atlantik her wehte, hielt die Küste Floridas, die ja geradezu von vulgärer landschaftlicher Schönheit ist, einigermaßen frei von Nebel, Smog und Matsch. Die schon ein bißchen tattrigen Herrschaften kamen aus ihren Zimmerfluchten, ließen sich unter dem hohen, hellen Himmel in der Sonne braten und waren froh, daß ihnen die Augen nicht tränten und sie atmen konnten, ohne Hustenanfälle zu kriegen.

In den Anzeigen für Luxuswohnungen wird immer dieser schicke Appeal mitgeliefert, als da sind: Swimming-pool, Grünflächen, eigener Sandstrand, an dem sich ein lebenslustiges Völkchen von Anfangsdreißigern tummelt. Leutchen von der Art, wie man sie in Reiseprospekten im Mondschein an Bord eines Luxusdampfers miteinander tanzen sieht. Dieselben Menschen, die immer zu sagen pflegen, das Wichtigste im Leben sei die Gesundheit. Doch wenn die Wohnungen dann fertiggestellt und bezogen sind, der Makler seinen Profit und sich aus dem Staube gemacht hat, um irgendwo anders die Aussicht zu verschandeln, dann stellt sich heraus, daß sämtliche Bewohner jenseits der Siebzig sind. Sie dösen vor sich hin und blinzeln in die Sonne wie Eidechsen und fragen sich, ob dies nun wirklich das Paradies ist, oder ob es nur ein großer Ausverkauf ist, ein Inflationsspielchen, bei dem man mithalten muß, wobei die Frage ist, wer oder was eher draufgeht — man selbst oder die Moneten.

Wie dem auch sei. Meyer griff die Sache auf. Es handelte sich um eine kleine Notiz auf der Lokalseite. Er kam damit am 30. Mai an. Es war am Frühnachmittag. Ich befand mich an Deck der *As*, hantierte mit Metern von Nylontuch herum und einem geliehenen Apparat, mit dem man Messingringe in Stoff stanzen kann. Ich war wütend darüber, daß mir die Arbeit, die ich mir selbst aufgehalst hatte, so langsam von der Hand ging. Schweiß tropfte auf die Stanzmaschine, das blütenweiße Nylontuch und die Teak-Imitation des Decks aus Vinyl.

»Was gibt's?« fragte ich sauer.

»Das«, entgegnete Meyer und reichte mir den Zeitungsausschnitt.

Fußgängerpech

Bayside hatte den vierten Verkehrsunfall in diesem Jahr zu verzeichnen. Mrs. Carolyn Milligan wurde am Mittwochabend gegen 10 Uhr 30 auf der Landstraße 858 noch innerhalb der Stadtgrenze angefahren und getötet. Roderick Webbel, der Fahrer des Lastwagens, von dem Mrs. Milligan überfahren wurde, gab an, daß er sie nicht gesehen habe. Offensichtlich muß Mrs. Milligan kurz zuvor vom Bürgersteig auf die Straße getreten sein. Die Getötete war alleinstehend und wohnte 1500 Seaway Boulevard. Sie war Angestellte der Firma Superior Building Supplies, Junction Park, Bayside. Die Polizei ist noch mit der Untersuchung des Unfalls befaßt. Die Schuldfrage ist bis zur Stunde ungeklärt.

Ein dicker Schweißtropfen fiel von meiner Nasenspitze und machte einen unschönen dunklen Fleck auf den Zeitungsausschnitt. Er zerlief sternförmig. Auch meine Finger hinterließen schmierige Abdrücke auf dem Zeitungspapier. Meyer folgte mir in den Schatten des Sonnensegels bei der Deck-Steuerung.

Ich lehnte mich mit der Hinterfront gegen das Armaturenbrett und stellte einen bloßen Fuß auf den Steuermannssitz. Die Brise brachte mir Kühlung.

»Verkehrsunfall?« überlegte Meyer, um, als ich ihn anstarrte, hastig hinzuzusetzen: »Rhetorische Frage, selbstredend.«

»Selbstredend. Und doch, wer zum Teufel kann einen Verkehrsunfall ausschließen? Verdammter Mist — wie man's auch nimmt!«

Ich bin mit einer Fantasie begabt, die dann lebendig wird, wenn es mir lieber wäre, sie täte es nicht. Das Mädchen war ein lebendiges Wesen aus Fleisch und Blut gewesen, hübsch anzusehen und temperamentvoll. Dann — ein heftiger Schlag, ein winziges Flämmchen erlischt im Hinterkopf, der Körper wird durch die Luft gewirbelt, Blut spritzt umher, bis schließlich ein geschundenes Bündel von Haut und Knochen in der Böschung hängenbleibt.

»Meyer, sie hat mir ihre Anweisung gegeben. Bring das Geld meiner Schwester, hat sie mir aufgetragen. Das war alles. Sie meinte, wenn sie nicht zurückkäme, um sich das Geld zu holen, sei es völlig wursch, wer sie daran gehindert habe.«

»Und«, fiel Meyer ein, »sie hat dich dafür bezahlt, daß du dich daran hältst.«

»Weiß ich.«

»Ja, und?«

»Ich sehe das so. Zweitausend wären ein mehr als fairer Preis gewesen. Damit hätte ich meine Reise nach Nutley und zurück bestreiten können, und es wäre immer noch ziemlich viel übriggeblieben. Jetzt hat sie Achttausend gut bei mir.«

»Für einen letzten Dienst?«

»Den sie nicht wünschte.« Ich ballte die rechte Faust und versetzte mir einen kräftigen Schlag auf den Oberschenkel, was ganz schön weh tat. »Wir schreiben den Wonnemonat Mai, Meyer, und die Dame wird eine lange Zeit im Grabe ruhen. Ich werde tun, was ihr Wunsch war, nämlich: das Geld Ihrer Schwester überbringen. Dabei werde ich mich versichern, daß an der Sache nichts faul ist, niemand meiner Fährte folgt und nicht irgend jemand womöglich auch noch die Schwester um die Ecke bringt.«

»Ich bewundere deine rationale Denkweise.«

»Das ist keine romantische Angelegenheit, verdammt noch mal.«

»Habe ich das behauptet?«

»Aus deinem Gesichtsausdruck, den ich als gönnerhaft, leicht amüsiert, um nicht zu sagen: arrogant bezeichnen möchte, hätte man das schließen können.«

»Du deutest ihn falsch. Ein Gesicht ist nichts weiter als Haut,

Fett und Muskeln, über Schädelknochen gezogen. In Wirklichkeit habe ich besorgt ausgesehen.«

»Weswegen?«

»Du könntest mich da in etwas hineinziehen.«

»Was dich betrifft, so wirst du brav zu Hause bleiben und an deiner Abhandlung malochen.«

»Ich komme da im Moment nicht weiter, ich muß auf die Übersetzung von Auszügen aus schwedischen Zeitschriften warten. Könnte mich auch selber durchwursteln, aber . . .« Er zuckte die Achseln, entfernte sich und nahm ein Stück Segeltuch in die Hand. Er betrachtete einen der Ringe. »Ist der krumm geworden?«

»Ziemlich.«

»Das wird nicht gut aussehen.«

»Nein.«

»Travis, kennen wir überhaupt jemanden in Bayside?«

»Muß mal scharf nachdenken.«

So gingen wir unter Deck, und während ich das Buch im Schreibtisch suchte, öffnete Meyer zwei kalte Tuborg. Keine Freunde in Bayside. Keine. Meyer blies auf der Flaschenöffnung der Tuborgflasche. Das Tuten eines Nebelhorns in weiter Ferne.

»Und was haben wir in Nutley zu suchen?«

»Berechtigte Frage.«

»Könnten wir von einer Lebensversicherung kommen?«

»Hört sich gut an, ist aber doch nicht ganz das Richtige.«

»Die gute alte Vereinigte Gemeinnützige Leben und Unfall. Diese hübschen Blankopolicen. Ich kann da mit der Schreibmaschine alles mögliche reintippen.«

»Weiß ich. Weiß ich. Das könnte sich aber als Sackgasse erweisen. Tod durch Unfall, Freunde! Wie die Zeiten nun einmal sind, kommen sie dir heute zu rasch auf die Spur. Das ist nicht das Wahre. Wie wär's damit: Als sie vor zwei Wochen hier war, habe ich mir Geld von ihr geborgt. Könnte ihr ja eine Schuldverschreibung gegegeben haben. Ich bin in der Lage, das Darlehen zurückzuzahlen, aber, was ihre Erben oder Rechtsvertreter anbelangt, da rücke ich nichts raus, bis ich nicht das Schuldscheinchen in Händen habe.«

»Und du nimmst etwas Bargeld mit. Der Glaubwürdigkeit halber.«

»Ganz recht! Könnten es auch so drehen, daß wir uns zusammen das Geld pumpten und beide den Wisch unterschrieben haben. Laß uns auf Gaunerpärchen machen, das sich auf dem Grundstücksmarkt betätigt und darauf aus ist, sich, was rechtens der Toten gehört, unter den Nagel zu reißen. Wir zahlen nur, wenn wir müssen. Aber so, wie die Sache aussieht, müssen wir nicht.«

Meyer schloß die Augen und dachte lange und intensiv nach. Er nahm einen tiefen Schluck von dem Tuborg. Schließlich nickte er. »Das gefällt mir.«

»Wir nehmen das ganze Bargeld mit«, informierte ich ihn.

Er sah bestürzt aus. »Das ganze?«

»Wir werden von diesem stattlichen Wasserfahrzeug aus operieren. Komfortabel, auch wenn der Luxus einer gewissen Vulgarität nicht entbehrt. Hau ab, alter Junge, und pack deine Zahnbürste ein!«

Nachdem er gegangen war, befragte ich mein Hafenhandbuch und suchte mir unter den verschiedenen Jachthäfen von Bayside den aus, der mir der beste schien. Es war der Westway-Bootshafen, und er wurde von Cal und Cindy Birdsong geführt. Ich hängte mich ans Telefon und bekam einen jungen Mann vom Büro namens Oliver an die Strippe. Sicher, sie hätten ein nettes Plätzchen für die *Pik As,* eines, das eine Sechzig-Fuß-Jacht mit fließend Wasser, elektrischem Licht und Telefon aufzunehmen imstande sei, außerdem nicht zu abgelegen. Ich sagte ihm, wir würden am Freitag eintreffen, voraussichtlich so um Mittag herum. Die Gebühren schienen mir allerdings ein wenig hoch gegriffen. Oliver wollte wissen, wie lange wir bei ihnen zu bleiben gedächten? Ich erklärte ihm, daß das schwer zu sagen sei, sehr schwer zu sagen. Er riet mir, auf einen hohen, runden Wasserturm zuzuhalten, nördlich vom Stadtzentrum. Wenn ich auf dessen Höhe angelangt sei, würden Schilder den Weg zu dem Privatkanal weisen, der geradewegs auf den Hafen zuführe. Er würde da sein, um mich einzuweisen. »Sie können die Einfahrt nicht verfehlen«, meinte er.

Nachdem ich die Hafenbehörde informiert hatte, daß wir ausliefen, einige Lügen mit Irv Diebert gewechselt, die Wäsche abgeholt, mit Johnny Dow ausgemacht, daß er die Post aus dem Schließfach nehmen und aufheben sollte, die Tanks aufgefüllt, die Telefonkabel ausgestöpselt und die *Mu^wnequita* fein säuberlich im Dock vertäut hatte, wo sie geschützt und geborgen lag, war es nach vier Uhr. Wir tuckerten zum Kanal hinaus und drehten nordwärts bei.

Als es an der Zeit war, einen Drink zu nehmen, überließ ich Meyer das Steuerrad, begab mich unter Deck und brach die letzte Flasche Plymouth Gin an, die im United Kingdom abgefüllt wurde. Die anderen sind in den USA auf Flaschen gezogen. Ginfreunde, das ist nicht dasselbe. Es ist zwar immer noch ein gar nicht so übler Gin, aber eben nicht jenes Ginchen von der superben Sorte, die Extra-Klasse mit dem trockenen ›Biß‹. Die wesentliche Technologie und deren Verbreitung haben etwas Selbstzerstörerisches. Kaum ist ein Produkt so exzellent, daß es eine ergebene Anhängerschaft gewinnt, kommen so ein paar Heinis mit blankgewichsten Schuhen von der Preis- und Computerfront, übernehmen den Laden und haben im Handumdrehen raus, wie weit sie die Qualität vermindern und dennoch den Marktanteil vergrößern können. Sie argumentieren, daß es idiotisch sei, hunderttausend Stück von einem Produkt herzustellen und zu verkaufen, wobei pro Stück ein Profit von dreißig Cents herausspringt, wenn man, bei intensivierter Werbung, fünf Millionen Stück absetzen und einen Fünf-Cent-Gewinn pro Stück erwirtschaften kann. So kommt es, daß die Welt schließlich aller guten Dinge verlustig geht, vom pharmakafreien Putenfleisch über Hühnereier bis hin zu biologisch gedüngten Tomaten. Und unverfälschtem Gin.

Ich füllte zerstoßenes Eis in zwei handfeste Glasbecher, kippte etwas Sherry hinein, kippte ihn wieder aus, füllte Plymouth Gin nach, rieb die Glasränder mit Zitronenschale ab, spritzte Öl auf den Gin, warf die Schale weg und trug die Gläser hinauf zur Decksteuerung, wo Meyer gerade seine rasantesten zwölfsilbigen Flüche für eine Yacht aktivierte, die an uns vorbeigezogen war und eine drei Meter hohe Kielwelle hinter sich ließ. Ich sah diese kommen und balancierte auf meinen Zehenspitzen: drei nach Steuer-, drei nach Backbord. Kein Tropfen ging verloren.

Wir stießen mit den Gläsern an, nippten probeweise und nahmen dann einen großen Schluck. Köstlich. Die Vögel kreisten, Sonnenstrahlen tanzten auf dem Wasser, und die *As* rumpelte dahin, unmerklich verlangsamt durch einen faulenden Schiffsboden. Es schickt sich nicht, sich in gehobener Stimmung zu fühlen, wenn man dabei ist, den Tod einer dahingeschiedenen Freundin aufzuklären. Und doch ist es irgendwie erhebend, so etwas wie eine Mission zu haben. Eine saubere Sache. Eine noble Intention, wie töricht auch immer das Unterfangen sein mag. Hinter uns, zwei träge Stunden hinter uns, lag Lauderdale mit seinen dreizehn großen Docks und 17 000 Wohnbooten. Im Feierabendverkehr würden um diese Zeit 150 000 Menschen immer gereizter werden. Vor uns lag das dunkle Geheimnis, das eine tote Lady in ihrem zerschmetterten Schädel mit ins Grab genommen hatte. Der Fahrende Ritter, der sich seine Selbstachtung erkämpft, seine Fingerkuppen gegeneinanderlegt, um mit seinen Handflächen eine Drachenfalle zu formen. Los, riskieren Sie schon einen Blick hinein. Bei Gott, tatsächlich ein Drachen! Welche Farbe bitte, Kumpel?

Vor Einbruch der Dunkelheit fand ich den Ankerplatz, den ich schon einmal zuvor benutzt hatte, eine geschützte Bucht zwischen zwei kleinen Mangroveninseln. Glücklicherweise hatte niemand einen Damm zu diesen Inseln gebaut und eines jener gastronomischen Glasmonumente darauf errichtet, die die Menschenmassen anziehen. Ich steuerte das Hausboot behutsam in die Bucht, ging von Bord, um vier Taue an starken, verkrümmten Mangrovenstämmen festzuzurren. Die Nachtluft war voll umherschwirrender Insekten, die sich hungrig zirpend auf meinen Ohrläppchen niederließen. Deshalb verrammelten wir die *As* und pfiffen auf abendliche Brise und nächtliche Szenerie und machten es uns in der Lounge gemütlich.

Während Meyer eine große Anzahl winziger Lamm-Medaillons grillte, dröhnte ein Motorboot zwischen den Sandbänken heraus und steuerte in Richtung Kanal. Die Leute an Bord schrien wie die Wahnsinnigen, machten das Heulen von Wölfen nach, Pantherbrüllen, Empörungsschreie. Plötzlich das irre Lachen einer Frau. Dann ein scharfes, gebieterisches Bellen. Dreimal. Tacktack-tack. Gläserklirren in der Lounge. Ein heftiger Anprall gegen die Täfelung. Das Motorboot wurde schneller. Wieder lachte die Frau wie irre. Es gelang mir, mich aufzurichten. Ich rannte an Deck und riß die Hai-Flinte aus ihrem ölverschmierten Versteck. Doch warum sollte ich auf ein winziges Licht in der Ferne schießen? Der Motorenlärm verlor sich schon.

»Warum das?« wollte Meyer wissen, der plötzlich neben mir stand.

Ich antwortete erst, als wir wieder unter Deck waren, außer Reichweite der blutrünstigen Insekten. »Nur so. Aus Daffke. Um der Selbstdarstellung willen. Der gute alte Junge zeigt's diesen reichen Bastarden, daß ihnen diese gottverdammte Welt nicht allein gehört. Es war eine Handfeuerwaffe, und sie waren schon weit weg. Daß die uns überhaupt getroffen haben, war reiner Zufall.«

»Die hätte auch sauber zwischen die Rippen gehen können — haben wir ein Glück gehabt.«

»Angeturnt und besoffen. Bier und Schnaps und zu viel Sonne. Die oberen Zehntausend und der Plebs, wie Kreti und Pleti in einem Topf. Man stelle sich das vor.«

Meyer begab sich wortlos zu seiner Braterei zurück. Während des Essens wirkte er bedrückt. Er hat so seine eigene Art, die Dinge in seinem gebildeten, gedankenschweren Kopf zu verarbeiten. Die Gewehrkugel war so oberflächlich in die Außenwand eingedrungen, daß ich sie mit dem Daumennagel herauspuhlen konnte. Das deformierte Projektil lag auf dem Tisch neben meiner Tasse. Ein Stückchen metallene Scheiße, das von einem zwergenhaften Roboter stammte. Ich hatte Klebeband über die sternförmige Einschußstelle des Backbord-Bullauges geklebt.

»Laß mich mal raten«, sagte er.

»Du meinst, du hast eine Erklärung dafür? Na, dann schieß los!«

»Zu meinem zwölften Geburtstag bekam ich eine einschüssige zweiundzwanziger Flinte für kleine Reichweiten. Das war ein aufregendes Abenteuer, so eine Donnerbüchse zu besitzen. Bei jedem Schuß gab es einen dünnen, bösen Knall, gefolgt von einem exotischen Duft von verbranntem Pulver und Öl. Eine Zinnbüchse, in einiger Entfernung aufgestellt, hüpfte hoch, kaum daß ich meinen Zeigefinger auch nur den Bruchteil eines Zentimeters gekrümmt hatte.«

»Meyer, der Killer.«

Er lächelte. »Du greifst mir vor. Es gab gute und schlechte Vögel. Einer von den schlechten war der Bootsschwanz. Aus der Familie der *Icteridae, genus Quiscalus*. Ich weiß nicht mehr, warum diese Vögel so einen schlechten Ruf hatten. Vielleicht fressen sie den anderen Vögeln die Eier aus den Nestern. Auf jeden Fall war es erlaubt, einen von ihnen um die Ecke zu bringen, während es verpönt war, einem Rotkehlchen etwas zuleide zu tun. Ich hatte Bootsschwänze durch das Fernglas meiner Mutter beobachtet. Ein fantastisches Farbenspiel. So ein Irisieren auf schwarzem Grund, als ob ein dünner Ölschimmer über Tusche läge. Ich hatte im Umgang mit der Flinte genug Vernunft bewiesen, um die Erlaubnis zu erhalten, sie mit in den Wald hinter unserem Haus zu nehmen, vorausgesetzt, daß ich alle Regeln befolgen würde. Für Bootsschwänze galten die Regeln nicht. Ich machte mich an einem Sonnabendnachmittag, nachdem es geregnet hatte, auf die Pirsch. Ein Bootsschwanz nahm gerade ein Bad in einer Pfütze und flog dann zu einem Ast. Ich zielte und drückte ab. Der Vogel fiel vom Ast, direkt in die Pfütze, schlug zuerst wie wild mit den Flügeln und lag dann still. Ich ging hin und besah ihn mir. Sein Schnabel öffnete und schloß sich unter der Wasseroberfläche. Ich nahm ihn auf in der vagen Vorstellung, ich könne ihn vor dem Ertrinken retten. Ein letztes Aufbäumen ging durch seinen Körper, dann lag er endgültig reglos. Unvergeßlich, unerträglich der Gedanke daran — noch immer. So leblos wie ein Stein, ein abgestorbener Ast oder wie ein Zaunpfahl. Ich erzähle dies alles sehr bewußt, Travis. Siehst du die Narbe an meiner Daumenkuppe? Ich wollte mit einem Taschenmesser ein Loch für einen Mast in ein Borkenboot bohren, wobei die Klinge zuschnappte. Das hat ganz schön geblutet. Da die Sache in den Daumennagel ging, tat es auch weh. Es tat so weh, wie mir niemals zuvor etwas weh getan hatte. Das war zwei Monate, bevor ich den Star tötete. Der Vogel lag in meiner Hand. Dieses fantastische Irisieren war weg. Er sah schmutzig aus, die Federn gesträubt und durchnäßt. Ich legte ihn hastig auf das feuchte Gras. Ich hätte ihn nicht so einfach fallen lassen können. Ich legte ihn sanft hin. An meiner linken Hand klebte Blut. Vogelblut. So rot wie mein Blut. Und der Schmerz des Bootsschwanzes war wie der meine gewesen. Das wußte ich jetzt. Ein wilder Schmerz.«

Er schwieg. Schließlich sagte ich: »Du meinst, daß . . .«

»Wie soll ich dir das erklären? Travis, du mußt wissen, daß das Gewehr eine Abstraktion war, genau wie die Kugel. Der Tod war eine Abstraktion. Eine winzige Bewegung mit dem Finger. Ein Knall. Ein Geruch. Ich konnte ein Gewehr, eine Kugel und den Tod nicht in ihrer wirklichen Bedeutung begreifen, bis der Vogel starb. Da erst wurden sie Realität. Ich hatte diesen Tod geplant. Er war schmutzig. Ich hatte Schmerz verursacht. Ich hatte Blut an meinen Händen. Ich wußte nicht, wie ich mich verhalten sollte. Wie vor mir selber fliehen, in die Welt zurückkehren, die die meine gewesen war, bevor ich den Bootsschwanz tötete?

Ich wollte jene neue Erfahrung vergessen, die mir mein Ich offenbart hatte. Ich war, wirklich und wahrhaftig, von Entsetzen erfüllt in Erkenntnis der Realität. Ich habe niemals wieder einen Vogel getötet und habe nicht die geringste Absicht, es noch einmal zu tun, es sei denn, einen, der hoffnungslos dahinsiecht. Hier nun die Quintessenz meiner Analogie: Diese jungen Leute in dem Boot haben nie ihren Vogel getötet. Sie haben sich nicht die Finger an der Realität schmutzig gemacht. Sie haben nur in Westernfilmen imaginäres Blut fließen sehen. Sie kennen den Tod nur aus dem ›Paten‹ und ›Bonnie und Clyde‹. Sie haben keine Ahnung von der Realität. Sie wissen noch nicht, und erfahren es vielleicht nie, was der Tod bedeutet. Wie abscheulich er ist. Die Schließmuskeln versagen, es riecht nach Fäkalien und Urin. Eine häßliche Stille tritt ein, in der schwarzes Blut stockt, klumpt und anfängt, übel zu riechen. Für sie ist das Gewehr, das jemand aus dem Futteral nahm, eine Abstraktion. Da gibt es keinen Bezug zwischen der Bewegung eines Zeigefingers und dem ersten übelriechenden Schritt, den man in die Ewigkeit tut. Das nennt man Gefühlsarmut, die ihre Wurzeln in mangelndem Assoziationsvermögen hat. Und sie . . .«

Er war immer langsamer geworden, seine Stimme klang unsicherer. Er lächelte seltsam scheu und zuckte die Achseln. »Es haut nicht hin, nicht wahr?«

»Doch, es haut genau hin.«

»Nein. Denn dann könnten sie nur ein einziges Mal töten. Aber manche töten weiter. Sinnlos.«

»Manche. Die Verrückten. Die Ausgeflippten.«

»Ich theoretisiere zuviel, Travis. Ein Freund von mir, Albert Eide Parr, hat eine Abhandlung mit dem Titel geschrieben ›Ob Sie eine Idee beim Anblick des Sonnenuntergangs oder eines Bienenstocks haben, hat nichts mit deren Wert und Möglichkeiten zu tun‹. Ich scheine viel zu viele Ideen beim Betrachten meiner Kindheit zu bekommen.«

»Diesmal haben sie uns nicht erwischt.«

»Immer derselbe alte Realist.«

Wir räumten auf und hauten uns früh in die Falle. Ich lag in dem geräumigen Bett und konnte nicht einschlafen. Voller Neid dachte ich an Meyer, der im Gästeraum bereits sanft entschlummert war. Als er in Indien eine Studie für die Regierung machte, hatte er gelernt, abzuschalten und sofort einzuschlafen. Während ich bei der Army war, konnte ich es auch, ohne daß ich je darüber nachgedacht hatte. Aber inzwischen hatte ich den Dreh nicht mehr richtig raus.

Meyer hatte mir sehr genau erklärt, wie er es macht.

»Du stellst dir einen schwarzen Kreis vor, etwa zwei Zentimeter hinter den Augen, groß genug, um deinen Schädel von einem Ohr zum anderen zu füllen, von der Schädeldecke bis zum Kinn. Du mußt wissen, daß jeder Gedanke ein Muster auf dieser perfekten Schwärze hinterläßt. Deshalb brauchst du nichts weiter zu tun, als der Schwärze ihre Makellosigkeit zu erhalten und zuzusehen, daß sie jungfräulich und mathematisch rund bleibt. Während du dies versuchst, atmest du langsam und gleichmäßig ein und aus. Bei jedem Ausatmen spürst du, wie du ein winziges bißchen mehr in der Matratze versinkst. Im Nu schläfst du.«

Er tat es. Ich nicht. Einmal hatte ich Meyers System einer hypernervösen jungen Dame beigebracht, wobei ich ihr erklärt hatte, daß es bei mir nicht wirke und bei ihr sicher auch nicht. Ich sagte: »Na, los schon, versuch's, Judy. Ist ja doch nichts weiter als Mumpitz. Gut. Judy? Heh! Judy? Judy!«

In dieser Nacht war ich mir der Welt um mich herum mehr als bewußt. Ich war nur ein Pünktchen auf der Wasserkarte zwischen zwei kleinen Eilanden. Über mir wurde das Deck von Sternenlicht erhellt, das Jahre und Trillionen von Kilometern gereist war. Unter dem Schiffsrumpf, im Schlick, Sand und Tang des Meeresgrunds würgten und schlangen winzige Kreaturen an den Exkrementen der Zivilisation. Die Sterne, die am entferntesten lagen, hatten, seit das Licht sie verließ, ihre Position im Universum so verändert, daß die Lichtwellen eine Kurve im All beschrieben. Wenn unser Planet einmal in Rauch aufgegangen sein würde und jegliches Leben darauf erstorben, würde das kalte Sternenlicht noch immer seinen gekrümmten Weg durch die Unendlichkeit nehmen, um auf dunklem, erstarrtem Gestein aufzutreffen. Plätschernd schlug das Wasser gegen die Bootswand. Ich hörte, wie ein großer Kahn den Wasserweg hinunterschipperte. Er mußte von einem Idioten gesteuert sein, der ein Wettrennen mit dahintreibenden Palmstämmen und Ölfässern veranstaltete. Wahrscheinlich, um eine Verabredung einzuhalten. Minuten, nachdem der Motorenlärm verklungen war, erreichte die Flutwelle die *As*, machte deren Trosse ächzen und ließ irgend etwas in der Kombüse erklirren. Ein Nachtvogel wurde aufgestöbert.

Er erhob sich von einer der Inseln und stieß ein heiseres, unheimliches Krächzen aus. In weiter Ferne war das insektenhafte Gebrumm der Lastwagen auf den Nord-Süd-Highways zu hören, die auf die Warenhäuser zurollten, beladen mit Eillieferungen von Plastiktieren, Küchentabletts, Lidschatten, Aschenbechern, Toilettenbürsten, Keramikkrokodilen und all dem anderen Krimskrams, der ein ständig steigendes Sozialprodukt garantiert.

Mein Herz schlug dumpf. Das Blut kreiste, nährte, heilte, wehrte unliebsame Eindringlinge ab und besorgte die sekretorischen Vorgänge. Mein undiszipliniertes Gedächtnis schwankte und taumelte dunkle Korridore hinab, durchdrang Türen, die ich versucht hatte, geschlossen zu halten. Ein Schweißtropfen kitzelte mich an der Kehle. Ich schleuderte das Laken beiseite.

Wo hatte Carrie Milligan das Geld hergehabt?

Hatte sie irgend jemand davon erzählt, daß ich es für sie aufbewahrte?

Was hatte das Geld damit zu tun, daß sie dieselben Sachen zu lange getragen hatte?

War sie gekidnappt worden?

Hatte das Geld etwas mit Schmuggel zu tun?

Glücksspiel?

Raubüberfall?

Bringen wir das Moos nach Nutley, händigen wir das ganze Sümmchen der kleinen Schwester aus und gehen danach fischen, am besten auf die Isla de las Mujeres.

Aber ruhig Blut, Freundchen, versuch erst mal zu schlafen. Was denn, was denn! Der schwarze Kreis muß ganz rund sein. Mit jedem Ausatmen sinkst du tiefer. Völlig kreisrund . . .

4

Ein guter Bootshafen — und die sind weiß Gott rar — ist ein Geschenk des Himmels. Der Privatkanal, der zum Westway-Bootshafen führte, war zirka sechshundert Meter lang. Das Becken war für Schiffe mit Tiefgang ausgebaggert worden. Die Einfahrt hatte man verengt, damit die Anlagen vor der Brandung und hohem Seegang geschützt waren. Das Dock für Motorschiffe erstreckte sich, vom Eingang aus gesehen, südwärts. Die Anlegestellen für kleinere Boote befanden sich am südlichsten Ende des Beckens. Die annähernd achtzig Hellingen für größere Wasserfahrzeuge konnte man nicht verfehlen. Sie lagen gleich rechts, wenn man die Einfahrt heraufkam.

Ein sonnengebräunter junger Mann in Khaki-Shorts trat aus dem Büro des Dockmeisters, bedeutete mir mit einer Armbewegung, ihm zu folgen, und sprang auf einen Elektrokarren. Ich begab mich nach Steuerbord und folgte ihm zu der bezeichneten Helling. Dabei beschrieb ich mit dem Schiff einen Halbkreis und stieß rückwärts zwischen die schmalen Piers. Meyer ging nach vorn und legte, als wir ganz drin waren, die Trossenschlingen über die Poller. Als der junge Mann mit der Handkante über seine Kehle fuhr, zog Meyer beide Haltetaue an den Buline-Klampen fest. Ich drosselte meinen kleinen Diesel. Der junge Mann war höflich. Er half uns mit den Tauen, bat um Erlaubnis, an Bord kommen zu dürfen, und händigte mir ein Merkblatt aus, auf dem fein säuberlich die Vorschriften, Gebührensätze, Anweisungen, Dienstleistungen, die in Anspruch genommen werden konnten, und Öffnungszeiten vermerkt waren. Ich fragte ihn, ob er Oliver sei. Er sagte, Oliver sei zu Tisch. Er war Jason. Jason verfügte über den Körper eines Jockeis, besaß einen Christus-Kopf und trug eine goldumrandete Brille.

Die Instruktionen waren klar und präzise. Ich half ihm, uns an die Elektrizität anzuschließen. Er prüfte mit einem Meßgerät, ob die Stromzufuhr klappte. Ich sagte ihm, daß wir Telefonverbindung wünschten, und er erwiderte, er würde später mit den nötigen Geräten kommen. Ich probierte das Wasser, das in einem Schlauch an Bord geleitet wurde, und wies Meyer an, die Tanks auslaufen zu lassen, während ich zum Büro des Dockmeisters ging, um die üblichen Formalitäten zu erledigen.

Auf dem Weg zum Büro konnte ich die Dockanlagen bewundern. Betonpiers, massive Spanten, die durch übergroße galvanisierte Bolzen zusammengehalten wurden. Die Abfalleimer staken in Fiberglasbehältern. Es waren Rettungspfähle mit Rettungsringen und Feuerlöschern angebracht. Die Unterwasserkabel und Hochspannungsleitungen waren unter den Docks verlegt. Rund dreißig Hellingen standen leer. Die fünfzig Boote, die ich zählte, machten einen soliden Eindruck und sahen aus, als seien sie in Schuß, besonders ein halbes Dutzend Motorsegler, die in Reihe hintereinander lagen. Eine weiße Katze, die im Bug eines großen Schiffes saß, hörte auf, sich zu putzen, und fixierte mich, während ich vorüberging.

Eine große, kräftige Frau stand hinter dem Tresen des Büros. Sie hatte sehr kurz geschnittenes schwarzes Haar und energische Gesichtszüge. Sie war barfuß und trug gelbe Shorts, ein weißes T-Shirt und einen goldenen Ehering. Sie war wohl gute 1,80 m groß, und obwohl das Gesicht so geschnitten war, daß es fast ein wenig maskulin wirkte, hatten ihre bloßen Beine nichts Maskulines, auch nicht das, was sie unter dem T-Shirt aufzuweisen hatte. Sie war fast so sonnengebräunt wie ich. Das verlieh ihren kühlen blauen Augen eine eigentümliche Leuchtkraft und ließ ihre Zähne weiß, sehr weiß erscheinen.

»Mr. McGee?«

»Ja. Sie haben hier einen großartigen Bootshafen.«

»Danke. Ich bin Mrs. Birdsong. Er wurde auf den Tag genau heute vor zwei Jahren eröffnet.«

»Meine Gratulation.«

»Danke.« Ihr Lächeln war förmlich. Das war eine, die sich die Leute vom Leibe zu halten verstand. Achtundzwanzig? Schwer zu sagen. Indianischer Gesichtsschnitt. Gesichter wie diese altern kaum zwischen achtzehn und vierzig.

Wir erledigten die Formalitäten. Ich zahlte für drei Tage im voraus und erklärte, es könne sein, daß wir länger blieben. Ich fragte sie, wie das mit einem Mietwagen sei, und sie ging mit mir zu einem Seitenfenster, von wo aus sie auf ein Texaco-Schild hinter dem Dach eines Motels deutete. Dort könne ich einen Wagen bekommen, meinte sie.

Genau in dem Augenblick, da wir uns von dem Fenster abwandten, entstand draußen ein Lärm. Reifen quietschten. Es gab einen dumpfen Schlag. Ein staubiger blauer Sedan war vor dem Gebäude vorgefahren.

Ein schwerer Mann wuchtete sich hinter dem Steuerrad hervor und kam mit unsicheren Schritten auf die Tür zu. Er blieb in der Tür stehen und starrte erst die Frau und dann mich an.

»Wo bist du gewesen? *Wo — bist — du — gewesen?*« wollte sie wissen. Sie sah ihn wütend an.

Er war fast zwei Meter groß und fast so breit wie der Türrahmen. Unter dem vollen graublonden Schopf wirren Haares war das Gesicht aufgedunsen und rotgefleckt. Er trug schmutzige Khakis. Die Flecken auf seinem Hemd sahen aus, als habe er sich erbrochen. Auf seiner Stirn war eine blaue Beule zu sehen, die Knöchel seiner Hand waren geschwollen. Eine Welle von Gestank wehte mit ihm in das kleine Büro.

Er stierte sie aus stumpfen Augen an und knurrte: »Mit dem Arsch wackeln, sobald ein Paar Hosen in Sicht ist, was, Cindy? Sich von Dock-Boys und Kunden nehmen lassen. Ich kenn' dich doch, du billiges Flittchen.«

»Cal! Du weißt nicht, was du redest!«

Er drehte sich schwerfällig nach mir um. »Dir werd ich's zeigen, mit anderer Leute Ehefrauen rumzupoussieren, du Bastard, du Sch-Scheiß-K-Kerl.«

Sie flog auf ihn zu, berührte ihn und bat: »Nicht, Cal. Liebling, bitte nicht.«

Er versetzte ihr einen Schlag ins Gesicht. Sie hatte den Schwinger kommen sehen, als er mit dem linken Arm ausholte, versuchte wegzuducken, aber er traf sie am Kopf über dem Ohr. Der Schlag fällte sie. Sie schlug mit dem Gesicht auf dem Vinyl-Belag des Bodens auf, alle viere von sich gestreckt.

Cal würdigte sie keines Blickes, sondern drehte sich in meine Richtung. Seine großen Fäuste pendelten leicht, die Schultern hatte er hochgezogen, um die Kinnladen abzudecken. Wenn genug Raum zwischen ihm und der Tür gewesen wäre, hätte ich mich davongemacht. Er wirkte riesengroß, und obwohl er sternhagelvoll war, schien er seine Bewegungen unter Kontrolle zu haben. Ich war nicht gerade darauf erpicht, in einen Familienstreit zu geraten. Ich wollte auch nicht Zeuge sein, wenn er seine Frau umbrachte. Sie war total weggetreten. Rührte sich nicht.

Auf einen Boxkampf wollte ich mich nicht einlassen. Nicht mit so einem Exemplar. Ein ordentlicher Adrenalinstoß machte, daß ich mich schnell gereizt und trickreich fühlte. Ich streckte meine Arme aus und hielt ihm die Handflächen entgegen, als ob ich um Gnade bäte. Er sah auf eine einfältige Art glücklich aus und katapultierte seine harte Rechte mittenmang in mein Gesicht. Meine offenen Handflächen schlossen sich fast gleichzeitig um sein starkes rechtes Handgelenk. Ein Hebelwurf schwang ihn herum. Faust und Handgelenk hielt ich ihm zwischen die Schulterblätter gedrückt, wobei ich die Schwungkraft nutzte, ihn mit voller Kraft gegen die Betonwand zu rammen. Er drückte der Wand ein Küßchen auf, ging in die Knie, knickte seitlich weg und setzte sich auf. Blut, das von einem neuerlichen Riß auf seiner Stirn stammte, rann ihm in ein Auge und über die Wange. Er lächelte irgendwie nachdenklich, krabbelte in die Höhe und kam mit eingezogenen Schultern wieder auf mich zu. Diesmal drehte ich mich in die Rechtsauslage und traf ihn so rasch und hart ich konnte, links-rechts, links-rechts, auf den Kehlkopf und in die Magengrube. Ich wußte, daß ihn das fertigmachen würde. Aber als ich versuchte, an ihm vorbeizukommen, und mich dabei auf die Tür konzentrierte, traf er mich voll vor die Stirn. Meine Halswirbel knirschten, der hellichte Tag zerschwamm zu wolkigem Einerlei, meine Bewegungen wurden langsamer. Im Niedersinken bekam ich jedoch wieder einen klaren Kopf. Ich hakte meinen linken Fuß um seinen rechten Knöchel und trat ihm mit dem rechten Fuß vor die Kniescheibe. Er stöhnte auf und versuchte, nach mir zu treten, als ich wegrollte.

Als ich wieder auf den Füßen war, konnte ich sehen, daß er Schwierigkeiten hatte, mit dem rechten Bein aufzutreten. Das Blut nahm ihm die Sicht. Er keuchte und würgte. Und doch kam er wieder auf. Aber ich hatte keine Lust, mich noch mal mit ihm anzulegen. Mit meinen Reflexen stimmte es nicht mehr so ganz. Im Unterbewußtsein nahm ich die kreiselnden Blaulichter des Polizeiwagens vor der Tür wahr. Einige Männer traten lässig ein.

»Cal!« rief einer von ihnen. »Cal, verdammt noch mal!«

Dann zogen sie ihm eins mit dem Schlagstock über den Brägen. Hartes Holz schlug dumpf auf Schädelknochen auf. Cal torkelte, drehte sich um und wollte mit geballten Fäusten auf sie losgehen. Sie traten beiseite und brieten ihm abermals eins über. Er sank in sich zusammen, langsam, noch immer lächelnd. Das nicht blutverschmierte Auge verdrehte sich, bis nur das Weiße zu sehen war.

Einer der Polypen drehte die wabblige Masse Mensch um, Gesicht nach unten. Sie bogen ihm die Arme auf den Rücken und legten ihm Handschellen an. Der Mann sagte: »Au weia, Ralph. Der stinkt ganz schön. Wollen wir ihn in diesem Zustand in unserem Wagen mitnehmen?«

»Nee. Das letztemal reichte mir.«

Jason, der uns beim Eindocken geholfen hatte, kniete auf dem Fußboden. Er hatte Mrs. Birdsong in eine sitzende Stellung gebracht. Ihr Kopf schwankte haltlos hin und her, ihre Augen blickten ins Leere. Er ging sanft mit ihr um, sprach ihr gut zu.

»Ist sie in Ordnung, Jason?« wollte der Beamte wissen.

»Ich . . . es geht schon«, flüsterte sie.

»Wie steht's mit Ihnen?« wandte er sich an mich. Ich bearbeitete meine Arme, knetete meinen Halswirbel. Mein Kopf wurde immer klarer. Dieser alles verlangsamende Nebel wich. Ich befühlte meine Stirn, auf der sich eine Beule zu bilden begann. »Er hat mir einen Schlag verpaßt, daß ich die Engel singen hörte.«

»Wieso das denn?«

»Keine Ahnung. Hab' mich hier für den Bootshafen angemeldet.«

»Der Herr hat vorhin sein Boot hereingebracht«, erklärte Jason und half Cindy Birdsong auf die Beine. Sie machte sich von ihm los, ging zu dem Segeltuchstuhl und ließ sich darauf nieder. Unter ihrer Sonnenbräune war sie aschfahl.

»Wollen Sie Anzeige erstatten?« fragte der Polizeibeamte.

Ich blickte auf Cindy. Sie sah auf und schüttelte abwehrend den Kopf.

»Nein.«

Der Polizist namens Ralph seufzte. Er war jung und gewichtig und trug einen Schnurrbart. »Arthur und ich, wir haben's uns schon gedacht, daß er hierherkommen würde. Waren zwei Stunden lang hinter ihm her, Cindy. Jetzt haben wir genug Beweismaterial zusammen. Zwei Wagen angefahren, Dewey's Pizza Snack zu Klump geschlagen und Dewey den Arm gebrochen.«

»O Gott.«

»Vorher war er in der Gateway Bar an der Landstraße siebenhundertsiebenundachtzig. Da hat er drei Lastwagenfahrer vermöbelt. Liegen jetzt im Krankenhaus. Tut mir leid, Cindy. Das ist, seitdem er wie ein Loch säuft. War wohl das letztemal, daß sie ihn auf Bewährung entlassen haben . . . Diesmal wird er einige Zeit im Knast verbringen müssen. Tut mir wirklich leid, aber so stehen die Dinge nun einmal.«

Sie schloß die Augen. Schauderte. Plötzlich fing Cal Birdsong zu schnarchen an. Unter seinem Gesicht hatte sich eine kleine Blutlache gebildet. Der Ambulanzwagen traf ein. Die Handschellen wurden ihm wieder abgenommen. Die Sanitäter hatten weniger Mühe mit ihm, als ich vermutet hatte. Cindy nahm einen Sweater mit und ihre Handtasche, um ihren schnarchenden, gefällten Riesen zu begleiten, nachdem sie Jason gebeten hatte, sie zu vertreten.

Jason lehnte sich über den Tresen. »Er war in Ordnung, müssen Sie wissen. Ein sympathischer Bursche, noch vor einem Jahr.

Ich arbeite hier, seit sie den Hafen eröffnet haben. Er hat nicht mehr als alle anderen getrunken. Dann kam er mehr und mehr ans Saufen. Jetzt ist er so weit, daß er dabei durchdreht. Sie ist wirklich großartig. Es bricht ihr das Herz, das sage ich Ihnen.«

»Ja, ja, der Alkohol verdirbt die Menschen.«

»Er ist nicht mehr er selber. Was er alles zu ihr sagt!«

»Einiges davon hab' ich gehört.«

Seine bartlose, obere Gesichtshälfte lief rot an. »Nichts davon stimmt. Ich weiß nicht, was mit ihm los ist.«

»Was ist das für ein Gebäude da drüben?«

»Das ist ein Motel. Es wurde zur selben Zeit wie der Boots-hafen gebaut. Sie haben es verpachtet. Cal hat etwas Geld geerbt. Dafür haben sie dieses Stückchen Ufer gekauft. Aber wenn das so weitergeht, wird's ihnen nicht mehr lange gehören.«

Er entfernte sich und kam mit einem Wassereimer und einem Scheuerlappen zurück. Er wischte das Blut auf. Da er nun schon einmal dabei war, fuhr er auch gleich über den restlichen Boden. Ein zuverlässiger Angestellter.

Ich bemühte mich, nicht auf die feuchten Stellen zu treten, und ging zur *As* zurück. Meyer war außer sich. Wo hatte ich die ganze Zeit gesteckt? Was war mit meiner Stirn geschehen? Welche Pläne hatte ich für das Mittagessen?

Ich erzählte ihm, was mir bei meinem Zusammentreffen mit den Birdsongs zugestoßen war. Reizendes Pärchen.

Als wir aufbrachen, einen Wagen zu mieten, um damit zum Mittagessen zu fahren, war ein anderer Bursche im Büro anwe-send. Er trug keinen Bart, war kleiner und rundlicher, aber fast ebenso muskulös wie Jason. »Ist Jason nicht da?«

»Der ist zu Tisch. Kann ich Ihnen behilflich sein?«

»Ich bin McGee. Wir haben Helling sechzig.«

»Oh, aber sicher. Wir haben schon miteinander telefoniert. Ich bin Oliver Tarbeck. Wie ich hörte, hatten Sie und Cal sich in der Wolle.«

»Wie man's nimmt. Wenn ich einen Wagen miete, wo kann ich den parken?«

»Dort drüben auf dem Platz mit dem Schild ›Nur für Boots-hafen‹. Sollte er belegt sein, kommen Sie ins Büro, wir finden schon eine Lösung.«

»Wo kann man was essen?«

»Einen Häuserblock weiter auf der Linken. Gil's Küche. Der Mittagstisch dort ist sehr empfehlenswert.«

Wir gingen zuerst zum Mittagessen. Das Lokal war keineswegs empfehlenswert. Gil's Küche machte einen schmuddeligen Eindruck. Ein Ei-Sandwich war wohl am angebrachtesten. Von dort aus gingen wir zur Texaco, die auch Mietwagen verleiht. Ich probierte aus, ob ich meine Knie unter das Steuerrad eines gelben Gremlin bekam, bevor ich dem Texaco-Mann die Diner's-Club-Karte überreiche. Heutzutage nimmt keiner mehr Bargeld für einen Leihwagen. Man wird geradezu dazu gezwungen, mit Karten zu leben. Je weiter unsere Zivilisation fortschreitet, um so dämlicher wird alles.

Ich fragte den Mann, ob er mir sagen könne, wo Junction Park liege. Er überließ mir einen Stadtplan und zeichnete die Route ein.

Der Gremlin hatte keine Klimaanlage, aber dafür Ventilatoren. Meyer breitete den Stadtplan auf seinem Schoß aus und sagte mir, wie ich zu fahren hatte. Es war nicht schwierig, sich von dem Stadtbild und der Geschichte von Bayside, Florida, ein Bild zu machen. Der Ort, an einer Meeresbucht gelegen, war früher eine Kleinstadt gewesen, einige tausend Einwohner, ein verschlafenes Nest mit Eichen und Spanisch Moos. Dann trat die Internationale Bauentwicklungsgesellschaft auf den Plan, kaufte im Süden der Stadt einige tausend Morgen Land auf, errichtete darauf Einkaufszentren sowie Häuser mit Eigentums- und Mietwohnungen. Die Vereinigte Hoch- und Tief folgte und tat dasselbe im Norden von Bayside. Kleinere Baufirmen nahmen sich die westliche Peripherie vor. Als die Altstadt baufällig wurde, ordneten die Stadtväter an, daß die Straßen verbreitert werden sollten, indem sie die schattenspendenden Bäume fällen ließen. Es sollte da ein Einkaufszentrum entstehen. Aber es haute nicht hin. Es haute nie hin. Das war das gegenwärtige Florida, vulgär, beklemmend, berstend vor gefährlichen und falschen Energien.

Junction Park lag landeinwärts, nicht weit von einer Autobahnauffahrt entfernt. Es war mit einem gewissen Sinn für Systematik und Symmetrie angelegt worden. Hohe Stahlgerüste bildeten eine Art Fischgrätmuster auf dem Gelände. Dazu Laderampen für Lastwagen und Parkplätze. Das große Schild an der Einfahrt verriet, daß die Superior Building Supplies im vierten Gebäude rechts zu finden seien.

Ich parkte den Wagen und trug Meyer auf, er solle versuchen, etwas in der Nachbarschaft herauszufinden. Es gab da eine Firma für Heizung- und Air-Conditioning-Bedarf, einen Leiternverleih und einen Bootsbauer.

Ich begab mich in das Empfangsbüro der Superior Building Supplies. Ein schlankes, hübsches Mädchen in einem Baumwollkleid sortierte Schnellhefter aus einem Metallaktenschrank in Pappkartons, die wahrscheinlich zum Aufbewahren in den Keller gebracht werden sollten. Sie richtete sich auf, betrachtete mich und meinte mit einer hohen näselnden Stimme: »Vor Montag geht nichts mehr.«

»Was geht nicht mehr?«

»Kein Verkauf. Übers Wochenende ist hier Inventur. Das heißt, jetzt schon.«

»Schließen Sie den Laden?«

Sie ging zu ihrem Schreibtisch, nahm eine Colaflasche auf und trank einige Schlucke. Sie sandte einen langen, abschätzigen Blick zu mir herüber.

»Und wie wir das tun«, ließ sie sich schließlich dazu herbei, zu entgegnen. Mit einer Kopfbewegung warf sie ihr rotblondes Haar zurück und wischte sich mit dem Handrücken über ihren hübschen Mund, wobei sie unmißverständlich rülpste.

Ein Mann kam durch die offene Tür, die offensichtlich zu den Lagerräumen führte. In der Hand trug er einen Aktenordner. Er war völlig verschwitzt, seine Stirn glänzte fettig. Eine Fülle kastanienroten Haares war sorgfältig in die gewünschte Lage gesprayt. Er mußte schätzungsweise Anfang Dreißig sein. Seine Gesichtsfarbe ließ darauf schließen, daß er sich viel im Freien aufhielt. Er trug ein Westernhemd mit vielen Druckknöpfen und Reißverschlüssen, Whipcordhose und Stiefel. Sein Gesichtsausdruck, sein ganzes Auftreten waren gehetzt und nervös.

»Tut mir leid, mein Freund, wir haben geschlossen. Joanna, such mir die Rechnungen für den Fertigteile-Holzzaun raus.«

»Wenn du nur endlich damit aufhören würdest! Wie oft soll ich dir noch sagen, daß es Carrie war, die wußte, wo . . .«

»Carrie ist nicht mehr da, um uns zu helfen, verdammt noch mal. Drum such gefälligst danach.«

»Jetzt hör mir mal gut zu, Harry, ich weiß nicht mal, ob ich das auch bezahlt kriege, was ich hier an Zeit reinstecke, verstanden?«

»Joanna, Schätzchen, natürlich kriegst du das bezahlt. Na, nun komm schon. Du findest sie bestimmt, wetten?«

Ihr dunkler Blick ruhte eine ganze Weile auf ihm, wobei sie die Unterlippe nachdenklich vorschob. »Herzchen, du hast den Mund oft ein bißchen zu voll genommen. Nur ein ganz klein bißchen zu voll, finde ich. Außerdem bist du mir ein paarmal recht dumm gekommen. Du kannst mich deshalb mal. Ich gehe mir die Haare kämmen. Vielleicht komme ich zurück, vielleicht auch nicht. Wer weiß?«

Sie schlenkerte sich ihre Umhängetasche über die Schulter. Er versuchte, ihr den Weg zur Tür zu verstellen. Er bat, flehte, drohte. Sie beachtete ihn nicht. Ihr Gesichtsausdruck war ausdruckslos. Als er sie am Arm packte, riß sie sich los und verließ den Raum. Die Glastür schwang hinter ihr zu.

Harry ging zu einem großen Tisch und ließ sich in den tiefen roten Ledersessel davor fallen. Er schloß die Augen und kniff sich mit den Fingerspitzen in den Nasenrücken. Seufzte. Sein Blick fiel auf mich, er runzelte die Stirn. »Mein Freund, heute haben wir geschlossen. So geschlossen wie noch nie. Wenn ich Ihnen einen guten Rat geben darf: Lassen Sie sich nie mit einer Untergebenen ein. Sie werden aufsässig. Sie tanzen einem auf der Nase herum.«

»Ich bin hier, um mich wegen Carrie Milligan zu erkundigen.«

»Sie hat hier gearbeitet. Sie ist tot. Was wollen Sie wissen?«

»Ich habe gehört, daß sie ums Leben kam. Ich bin ein Freund von ihr aus Fort Lauderdale.«

»Hat sie dort nicht einmal gewohnt?«

Ein junger Mann mit nacktem Oberkörper und in Jeans kam aus den Lagerräumen. Er hielt zwei große Bolzen in die Luft: »Mr. Hascomb, soll ich 'n wirklich alle zählen? Das sind Tausende!«

»Hunderte. Zähl durch, wieviel auf fünf Pfund gehen, und wieg dann die ganze Menge, die wir haben. Da kommen wir ungefähr hin.«

Der Junge verschwand wieder. Harry Hascomb schüttelte den Kopf. »Kaum zu glauben, daß sie tot ist. Vorgestern arbeitete sie noch. Da drüben steht ihr Schreibtisch. Es kam so unerwartet. Sie hat den ganzen Laden hier geschmissen. Carrie war eine gute Kraft, das muß man sagen. Was, sagten Sie, wollten Sie wissen?«

»Sie besuchte mich vor zwei Wochen. In Fort Lauderdale.«

Er war so still, daß ich mich fragte, ob er den Atem anhielt. Er fuhr sich mit der Zunge über die Lippen, schluckte und fragte: »Vor zwei Wochen?«

»Hat das irgendeine Bedeutung?«

»Was sollte es für eine Bedeutung haben?«

Ich wußte nicht, wie ich es anpacken sollte. Daß sie mir Geld geliehen haben sollte, das erschien mir auf einmal schwach, unglaublich. Ich mußte einen besseren Ansatz finden. »Sie suchte mich auf, weil sie in Schwierigkeiten war.«

»Schwierigkeiten? Was für Schwierigkeiten denn?«

»Sie wollte, daß ich etwas für sie aufbewahre. Wie es manchmal so geht, sie kam nicht gerade in einem günstigen Augenblick. Es gibt Zeiten, da kann man etwas für einen anderen tun, und Zeiten, da geht es einfach nicht. Es fiel mir schwer, ihr zu sagen, daß ich ihr nicht helfen könne. Ich mochte Carrie Milligan sehr gern.«

»Jeder mochte sie gern. Was sollten Sie für sie aufbewahren?«

»Geld.«

»Wieviel?«

»Das hat sie mir nicht gesagt. Sie meinte, es sei eine ganze Menge. Als ich erfuhr, daß sie bei einem Unfall umgekommen war, fragte ich mich, ob sie jemanden gefunden hatte, der das Geld für sie in Verwahrung nahm. Wissen Sie etwas darüber?«

Harry fiel wieder in jenen tranceartigen Zustand. Er rührte sich nicht. Über meine Schulter hinweg starrte er ins Leere. Lange Zeit. Ich fragte mich, was er im Geiste sortierte, wog, abschätzte.

Endlich schüttelte er den Kopf. »Mein Gott, das hätt' ich nie gedacht. Sie muß da mit dringesteckt haben.«

»In was?«

Er öffnete einen Druckknopf und einen Reißverschluß, brachte aus einer seiner Taschen eine Zigarette zum Vorschein, stippte sie auf seinem Daumennagel auf, zündete sie an und stieß eine langgezogene Rauchwolke aus. »Ach, Schiet, die alte Geschichte. Passiert immer wieder. Man denkt nur nicht, daß es einem selber zustoßen könnte.«

»Was?«

»Wie war doch gleich Ihr Name?«

»McGee. Travis McGee.«

»Tun Sie sich nie mit jemandem zusammen, McGee. Das ist mein zweiter Rat an Sie. Jack und ich, wir hatten einen gutgehenden Laden hier. Der gute alte Jack Omaha war mein Partner. Es war nicht gerade das, was man eine Goldmine nennt, aber wir haben einige Jahre ganz gut davon gelebt. Und plötzlich ist die Bauindustrie im Arsch, und wir müssen zurückstecken und zurückstecken. Müssen durchhalten, bis die Zeiten wieder rosiger werden. Ich bin der Meinung, daß wir es geschafft hätten. Die Lage sieht schon etwas besser aus. Ich hab' mich immer um den Verkauf gekümmert, Jack hat den Bürokram gemacht. Na, wie dem auch sei, vor zwei Wochen, am Dienstag, ist er auf und davon. Am 14. Mai. Was, glauben Sie, hat er getan, bevor er das Weite suchte? Das Warenlager unter Einkaufspreis verschleudert. Die Rechnungen hat er unbezahlt liegenlassen. Hat alles, was nicht niet- und nagelfest ist, zu Geld gemacht. Ich bin pleite. Der gute alte Jack! Wenn ich so darüber nachdenke, könnte man fast annehmen, daß Carrie ihm dabei geholfen hat, die Bude auszuräumen. In jener Woche hat sie nur zwei Tage gearbeitet. Am Montag und Freitag. Montagnachmittag wurde sie krank. Am Freitag kam sie zur Arbeit zurück. Das war der Tag, an dem mir aufging, daß Jack wohl nicht zum Fischen gefahren, sondern auf Nimmerwiedersehen auf und davon war. Wann haben Sie Carrie gesehen?«

»Am Dienstag.«

»Das paßt. Hätte niemals gedacht, daß sie zu so was fähig wäre. Auch wenn sie und Jack etwas miteinander hatten. Keine große Leidenschaft, dies nur nebenbei. Es ging ungefähr drei Jahre. Seit sie für uns arbeitete. So was fürs Herz ab und an. Mal eine Nacht. Manchmal haben wir Carrie und Joanna auch einen Flug nach Atlanta spendiert, dann haben Jack und ich uns die *Falcons* angesehen und anschließend die Kneipen um das Stadion herum durchgemacht. Spaß muß sein.«

»Und Sie meinen, daß es das Geld war, das ich für Carrie aufbewahren sollte?«

»Wo sollte sie es sonst haben? Vielleicht wollte Jack mit ihr auf und davon. Er hing mehr an ihr als sie an ihm, müssen Sie wissen. Nehmen wir einmal an, sie hilft ihm und kriegt einen schönen Batzen ab. Aber nur Jack steht im Verdacht, das Geld geklaut zu haben. Wenn sich die Aufregung gelegt hat, kann sie sich mit dem Geld einen schönen Lenz machen. Und niemand wüßte davon.«

»Nur, daß sie tot ist.«

»Das ist es ja. Eines möchte ich klarstellen, McGee. Sollte Ihnen das Geld unterkommen — es gehört nirgendwo anders hin als in diese Firma. Es wurde dieser Firma entwendet, mir gestohlen. Sollten Sie's ausfindig machen, es gehört hierher und nirgendwo sonst.«

»Ich werd' mir's merken.«

Er drückte seine Zigarette aus. »Das hätte nicht passieren müssen.« Seine Stimme klang plötzlich weich. »Nachts wache ich auf und denke darüber nach. Hätte ich nur den Riecher gehabt, als der Rubel rollte, dann hätte ich das Geld sicher angelegt. Statt dessen habe ich's für Boote, Wagen und Häuser rausgeworfen. Hätte ich's auf die hohe Kante gelegt, hätte ich Jack auskaufen können, als das Geschäft zurückging. Hätte mich schon durchgebissen. Nachts, wenn ich daran denke, komme ich ins Schwitzen, und dann ärgere ich mich zu Tode.«

»Und wie soll's weitergehen?«

»Ich muß das, was übriggeblieben ist, losschlagen. Der Erlös wird unter den Gläubigern aufgeteilt. Wahrscheinlich werde ich sogar das Haus verlieren, vielleicht auch die Wagen. Dann muß ich meine Freunde wegen eines Jobs anhauen. Dieser Schweinehund sagte, er ginge am Dienstag fischen und sei am Mittwoch zurück. Außerdem machte er mir vor, er habe jemanden aufgetan, der uns über Wasser halten würde. Ich wollte ihm glauben. Freitag wurde ich langsam unruhig. Es kamen einige Telefonanrufe wegen Rechnungen, von denen ich angenommen hatte, daß sie bezahlt seien. Ich rief Chris an, Jacks Frau. Sie wußte nicht, wo zum Teufel er abgeblieben war. Sie nahm an, er sei irgendwo mit dem Boot unterwegs. Ich rief den Bootshafen an. Das Boot war da, niemand an Bord. Wissen Sie was? Da fällt mir was ein. Ich ließ Carrie die Bankauszüge abholen. Sie tat so, als sei es ihr schrecklich, mir sagen zu müssen, daß er die Konten abgeräumt hatte. Auf jedem Konto hatte er zehn Dollar stehenlassen. Er wird gesucht. Ich habe Anzeige gegen ihn erstattet. Es stand in den Zeitungen. Ich hoffe, sie finden diesen Hurensohn, und ich hoffe, es ist dann noch genug Geld übrig, wenn sie ihn zu fassen kriegen.«

»Und Sie haben nie vermutet, daß Carrie daran beteiligt sein könnte?«

»Nicht, bevor Sie mir von ihrem Besuch in Lauderdale erzählten, an dem Tag, an dem ich dachte, daß sie krank im Bett läge. Erst, als Sie mir sagten, daß sie Sie bat, eine Menge Geld für Sie aufzuheben. Ich schwör's Ihnen. Ich hätte Jack für gescheiter gehalten, als daß er eine Frau in so was mit reinzieht. Ich für meinen Teil würde den Teufel tun und Joanna irgend etwas Wichtiges in die Hand geben. Ich nehme an, es war, weil sie Einblick in die Bücher hatte und er deshalb dachte, er könne es nicht ohne sie riskieren. Und da sie das wußte, schaffte sie sich ganz schön rein. Hatte vielleicht Angst, Jack könnte kommen und das Geld zurückwollen.«

»Haben Sie Anzeige gegen sie erstattet?«

»Carrie? Ich dachte, ich sei von Freunden umgeben. Vermutlich ist ihnen die Idee gekommen, nachdem raus war, daß wir schließen müssen, na ja, das ist wie in einem brennenden Hotel, wo jeder seine Brieftasche schnappt und sieht, daß er nach draußen kommt. Scheiße, ich selber hätte absahnen sollen, bevor Jack es tat. Und hätte ich gewußt, wie er es tun würde! Wo er jetzt wohl ist? In Brasilien?«

Es war das erste Mal, daß Meyer meine Instruktionen hinsichtlich der Haltung in abwartender Stellung befolgte. Er kam herein, kreuzte die Arme und lehnte sich an die Wand neben der Tür. Er sprach kein Wort.

»Wir haben geschlossen«, klärte ihn Harry auf.

Ich sagte: »Er gehört zu mir.«

Harry starrte ihn an. Meyer starrte zurück, wobei er Unterlippe und Augenlider hängen ließ. Mit seiner Behaarung und der affenartigen Stirn machte er einen eher primitiven Eindruck, der ihn bedrohlich wirken ließ. Natürlich ist der Effekt zum Teufel, wenn er seine Akademikerschnauze aufmacht.

Harry schluckte und druckste herum. »Oh. Ah . . . — was haben Sie denn für einen Beruf, Mr. McGee?«

Unter seiner Handfläche rollerte er einen gelben Bleistift über die Tischplatte, was ein klickendes Geräusch verursachte. Ich ließ ihn dies viermal tun, bevor ich zurückgab: »Man könnte sagen, es hat mit Investmentanlagen zu tun.«

Sein Lächeln war zu erfreut. »Wollen Sie eine nette Firma für Baubedarf kaufen?«

Ich zählte langsam bis vier, während das Lächeln erstarb.

»Nein.«

Der Junge kam wieder aus dem Lager. »Alles, was recht ist, da sollen fast zwei Dutzend Schubkarren auf Lager sein, und ich finde keinen einzigen da draußen.«

»Eine Sekunde«, erwiderte Harry. Er nahm einen Bogen Firmenbriefpapier, drehte ihn um und schrieb darauf mit Filzschreiber GESCHLOSSEN. — Die Ecken überklebte er mit Klebestreifen. Dann erhob er sich. »Nett, Sie kennengelernt zu haben, Mr. McGee.«

»Wir bleiben in Verbindung«, entgegnete ich. Das schien ihn nicht gerade glücklich zu machen.

Nachdem wir den Raum verlassen hatten, drehte ich mich um und sah, daß er den Bogen innen an die Glastür pickte.

»Wie hast du's ihm verkauft?« wollte Meyer wissen.

»Das kam so aus dem Stegreif. Hab' ihm immer mal einen Brocken hingeworfen, um ihn am Reden zu halten. Das mit dem Geldleihen habe ich fallengelassen.«

Während ich in gemächlichem Tempo in die Stadt zurückfuhr, gab ich Meyer einen kurzen Bericht, was ich erfahren hatte. Dann war er dran. Er legte eine Pause von solch dramatischer Länge ein, daß ich im voraus wußte, er hatte erreicht, was er wollte. Warum sollte er auch nicht? Ich habe es mir sauer ankommen lassen, zu lernen, wie man die Leute zum Reden bringt. Meyer ist das angeboren. Von seinen kleinen hellblauen Augen geht eine solche Überzeugungskraft aus, daß ihm sogar Fremde Dinge erzählen, die sie weder ihrem Ehemann noch ihrem Priester anvertrauen würden.

Er wußte zu berichten, daß die Sekretärin des Direktors der Firma für Leiternverleih eine gewisse Betty Joller sei und Carrie Milligans beste Freundin war. Betty sei ganz fertig wegen Carries tödlichem Unfall. Sie, Carrie und zwei Mädchen namens Flossie Speck und Joanna Freeler hätten eine Zeitlang ein kleines altes Holzhaus in der Hafengegend bewohnt, und zwar in der Mangrove Lane 28. Als Carrie ausgezogen sei, hatten sie ein anderes Mädchen hereingenommen, das sich an der Miete und den sonstigen Ausgaben beteiligen mußte. Meyer konnte sich an den Namen dieses Mädchens nicht mehr erinnern.

Na, wie auch immer, Carrie Milligan lag in Ruckers Beerdigungsinstitut am Florida Boulevard aufgebahrt. Ein Gedenkgottesdienst sollte morgen, Sonnabendvormittag, um elf Uhr stattfinden. Die Schwester, Susan Dobrowsky, war von Nutley hergekommen. Sie war gestern, spät in der Nacht, eingetroffen. Betty Joller hatte sie am Flughafen abgeholt und sie ins Holiday Inn gebracht.

»Das hast du gut gemacht!« lobte ich ihn. »Ausgezeichnet.«
Er strahlte.

Ich fand den Seaway Boulevard 1500. Ich erinnerte ihn daran, daß Carrie in 38B gewohnt hatte, und ließ ihn aussteigen. Er sollte versuchen, etwas von den Nachbarn herauszukriegen, und dann zusehen, wie er allein zum Westway Harbor zurückkam. Sollte ich noch nicht zurück sein, würde er eben auf mich warten müssen.

5

Das Haus der Omahas lag in einem neueren Stadtteil mit dem Namen Carolridge. Die Planer hatten zunächst das Gelände glattwalzen lassen, um ihm später sanft wellige Konturen zu verleihen. Die neu gepflanzten Bäume taten ihr möglichstes, zu wachsen. In zwanzig Jahren, wenn die Häuser schon wieder zerfallen würden, würden sie angenehmen und einladenden Schatten spenden.

Zwei Wagen standen auf dem zum Haus der Omahas gehörenden Parkplatz. Außerdem war ein funkelnagelneues cremefarbenes Oldsmobile in der Auffahrt geparkt. Ein Schild aus gehämmertem Metall, das in dem ausgedörrten Rasen vor dem Haus stak, verkündete, daß hier die Omahas lebten.

Es war ein Haus wie hunderttausend andere Reihenhäuser, nur, daß es am Anfang einer Straßenzeile stand. Sein Besitz garantierte die Mitgliedschaft im Carolridge Golf und Country Club. Der Grundriß war von außen zu erahnen: drei Schlafzimmer, drei Bäder, eine Dusche, Wohnküche, Hobbyraum, verzierte Decken, Schwimmbad im Innenhof (Kunststoffausführung).

Ich drückte auf den Klingelknopf und hörte, wie es drinnen sanft läutete. Insekten summten in der Hitze. Ein paar kleine Mädchen fuhren auf ihren quietschenden Dreirädern vorbei und kicherten. Irgend jemand ließ drei Häuser weiter einen Rasenmäher laufen. Ein Roter Kardinal hockte auf einem Telefondraht und zwitscherte *Zizibä-zizibä-zizibä — gutgutgut*. Wieder betätigte ich die Klingel. Und noch einmal. Als ich es gerade aufgeben wollte, öffnete eine Frau die Tür. Sie hatte ein breites, grobknochiges, hübsches Gesicht. Ihre Lippen waren frisch nachgezogen, sie trug eine verblichene blonde Perücke, farbig gesprenkelte Hosen und eine weiße, am Rücken ausgeschnittene ärmellose Bluse.

»Mrs. Omaha?«

»Ja. Wir waren im Garten. Haben Sie schon lange gewartet?«

»Nicht sehr lange.«

»Ich hatte keine Ahnung, daß Sie so bald aufkreuzen würden. Ich bekomme nämlich immer das Amtszeichen, auch wenn ich jemanden in der Leitung habe.« Sie hatte eine dünne Kleinmädchenstimme und wirkte halb verschlafen, so als habe man sie eben aus dem Schlaf gerissen. Ihr Mund war aufgedunsen, ihre Augenlider verschwollen. In einem Mundwinkel war der Lippenstift danebengegangen. Die verblichene Perücke saß nicht ganz korrekt. An ihrer Kehle war ein roter Knutschfleck sichtbar, der allmählich verschwand.

»Ich komme nicht wegen des Telefons«, erwiderte ich.

Ihr Blick wurde hart. »Menschenskind, versuchen Sie bloß nicht, mir was anzudrehen. Ich sag's Ihnen im guten.«

»Mein Name ist McGee. Travis McGee aus Fort Lauderdale. Ich bin ein Freund von Carrie Milligan.«

Sie schien aus der Fassung gebracht. »Na und? Was wünschen Sie?«

»Komme ich ungelegen?«

»Mann!«

»Soll ich später noch einmal vorsprechen?«

»Weshalb? Carrie ist tot, stimmt's? Jack ist abgehauen. Sagen wir, sie waren sehr, sehr gute Freunde, und mich kümmert's einen Dreck.«

»Ich hab' mit Harry drüben im Junction Park gesprochen. Er hat mir erzählt, daß Jack die Konten am 14. Mai abgeräumt hat. Carrie kam am 16. nach Lauderdale, um mich aufzusuchen. Sie wirkte sehr nervös auf mich. Sie hatte Angst, daß jemand sie verfolgt. Sie hat mir etwas Geld zur Aufbewahrung übergeben.«

»Wieviel?«

»Vielleicht wäre es ein andermal . . .«

»Kommen Sie schon herein, Mr. Gee. Es ist ziemlich heiß draußen heute, nicht wahr?«

Ich folgte ihr durch die Diele in den langgestreckten Wohnraum. In den Stretch-Hosen wirkte ihr Hinterteil recht üppig. Sie griff sich an die Perücke und rückte sie zurecht. Die Vorhänge waren zugezogen. Gedämpftes Tageslicht drang von der Terrasse herein. Durch den Vorhang konnte man einen Kunststoff-Swimming-pool sehen, dessen Wasseroberfläche in dem nachmittäglichen Glast so still dalag wie Gelee.

Ein großer, schlanker Mann stand vor einem Spiegel und fuhr sich mit gespreizten Fingern durchs Haar. Er trug unauffällige schwarze Flanellhosen und ein weißes Hemd. Seine Krawatte hing ihm lose um den Hals. Über einer Stuhllehne in seiner Nähe bemerkte ich einen Blazer mit Silberknöpfen.

Er sagte: »Liebling, ich melde mich so um den . . .« Dann sah er mich im Spiegel und fuhr herum: »Wer zum Teufel, sind Sie?«

»Das ist Mr. Gee, Freddy.«

»McGee«, korrigierte ich sie. »Travis McGee.«

»Das ist Fred van Harn, mein Anwalt«, erklärte Chris.

Ich streckte meine Hand aus. Er zögerte, dann schlug er ein und lächelte mich liebenswürdig an. »Guten Tag.«

»Schätzchen, ich hab' ihn hereingebeten, weil er sagte, er hat einiges von dem Geld. Vielleicht hat er alles. Sag ihm, daß er es mir geben muß, Liebling. Mr. McGee, das Geld gehört mir.«

Ich blickte sie verständnislos an. »Ich habe kein Geld!«

»Sie haben gesagt, Carrie hat es Ihnen gegeben, damit Sie es für sie aufbewahren!«

»Das wollte sie. Ich habe es aber abgelehnt, weil ich die Verantwortung nicht übernehmen konnte.«

»Wieviel war es?« wollte Chris Omaha wissen.

»Ich habe nicht die geringste Ahnung. Sie sagte, es sei viel Geld, aber nicht *wieviel*. Was für einen Menschen viel Geld ist, ist es für den anderen noch lange nicht.«

»Hol's der Teufel, alles zusammen«, ließ sich Chris vernehmen und plumpste auf ein pralles Sitzkissen, das einen Zischlaut von sich gab.

Freddy sah mich an: »Wissen Sie, wer bereit war, es für sie aufzuheben?«

»Sie hat mir nicht gesagt, bei wem sie es noch versuchen wollte.«

»Wo hat sich das abgespielt? Und wann?«

»Am Donnerstag, dem 16. Mai, ungefähr um drei oder vier Uhr morgens an Bord meines Hausbootes, verankert in Bahia Mar/Fort Lauderdale.«

»Warum kam sie ausgerechnet zu Ihnen?«

»Vielleicht, weil sie mir vertraute. Wir waren gute alte Freunde. Ich habe ihr mein Hausboot für die Flitterwochen geliehen.«

Freddy hatte lange Wimpern, feine Gesichtszüge und eine olivfarbene Haut. Seine Augen waren von einem sanften Braun. Außerdem verstand er es, sich einzuschmeicheln.

»Warum sind Sie hierhergekommen, Mr. McGee?«

»Ich hatte eine lange Unterredung mit Mr. Hascomb. Ich dachte, Mrs. Omaha würde es interessieren, daß Mrs. Milligan bei mir war. Vielleicht würde das einige Fragen wegen ihres Mannes beantworten.«

»Du wolltest mir ja nicht glauben, nicht wahr?« schaltete sich die Frau in einem aufreizend weinerlichen Ton ein. »Ich hab' dir's ja gesagt, daß dieses Milligan-Flittchen da irgendwie mit drinhängt. Aber du, du wolltest ja nicht auf mich hören. Ich weiß zufällig, daß Jack seit Jahren etwas mit ihr hat, wenn er auch nicht wußte, daß ich es wußte und . . .«

»Sei still, Chris.«

»Du kannst mir nicht den Mund verbieten! Weißt du, was ich glaube? Er räumte den Laden aus und nahm auf alles eine Hypothek auf, auf das Haus, das Boot, nur um mit ihr auf und davon zu gehen. Aber wahrscheinlich hatte sie einen Freund, und für die zwei war es sicherer und nicht schwer, meinem lieben Ehemann eins über den Schädel zu geben und ihn . . .«

Er schob sich näher an sie heran. »*Halt den Mund,* Chris!«

»Ich kann zwei und zwei zusammenzählen, auch wenn du es nicht kannst, Freddy, und ich will dir eins sagen . . .«

Sie sagte es ihm nicht. Er war ein äußerst flinker Bursche, der über eine kräftige Hand und eine lange Reichweite verfügte und nett und sauber durchschwang. Er erwischte sie so kurz und trokken, daß ich einen verrückten Augenblick lang glaubte, er habe sie mit einer kleinkalibrigen Handfeuerwaffe erschossen. Der Schlag riß sie vom Sitzkissen. Sie fiel auf ihren Hüftknochen, rollte über die Schulter ab und landete mit dem Gesicht nach unten auf dem Teppich. Er war im Nu bei ihr, drehte sie um und zog sie in eine sitzende Stellung hoch. Sie hatte die Augen verdreht. Da, wo er sie geschlagen hatte, war ihr Gesicht weiß wie ein Handtuch. Ich wußte, daß die Stelle erst rosig, dann dunkelrot, und zum Schluß purpurfarben anlaufen würde. Einige Tage lang würde Mrs. Omaha etwas asymmetrisch aus der Wäsche gucken. Ein kleiner Bluttropfen rann ihr vom Mundwinkel herab über das Kinn.

Er war in die Hocke gegangen und hielt ihre Hand: »Liebling, wenn dein Anwalt dir sagt, daß du still sein sollst, dann hat er wahrscheinlich seine Gründe dafür. Also lerne zu schweigen, wenn er dich darum bittet.«

»Freddy«, hauchte sie mit gebrochener Stimme.

Er stellte sie auf die Füße, drehte sie in Richtung Tür und gab ihr einen leichten Schubs. »Geh, leg dich hin, Liebling. In ein paar Minuten werde ich dir Auf Wiedersehen sagen. Schließ bitte die Tür.«

Sie tat, wie ihr geheißen. Sanft lächelnd drehte er sich zu mir um. »Nun zu Ihnen, Mr. McGee. Es ist Ihre eigene Schuld, wenn Sie sich da in etwas eingelassen haben.«

»Ich habe nur meine Pflicht als Staatsbürger getan.«

»Ihren Typ kenn' ich. Wenn's nach Geld riecht, sind Sie da wie die Schmeißfliegen. Gewissen haben Sie keins. An Ihrer Stelle würde ich aufstecken und mich nach Hause begeben.«

»Ihr Typ ist mir auch nicht fremd. Ich habe beobachtet, wie Sie Ihre Krawatte gebunden haben. Der Tausendsassa, allzeit bereit, wenn es gilt, einem neuen Kunden zu Diensten zu sein. Ich wette, Sie springen so oft aus den Sachen wie ein Mannequin.«

Ich bemerkte das kurze Aufflackern in seinen Augen und hoffte, er würde eine Runde mit mir wagen. Ich machte mich kleiner und versuchte, schwächer auszusehen, als ich war. Schließlich lächelte er jedoch und warf einen Blick auf seine mikroflache Golduhr, deren Goldspange sich um sein haariges Handgelenk schloß.

»Um vier Uhr muß ich eine Zeugenaussage machen, es bleibt daher keine Zeit für Kinderspielchen, mein Freund.«

»Wird dazu jemals noch Zeit sein, hm?«

Die jähe Röte, die sein Gesicht überzog, ließ ihn einen Moment lang gesünder aussehen, dann wurde er aschfahl. »Sie verschwinden jetzt besser, McGee, und zwar ein bißchen plötzlich!«

Ergo verließ ich diesen reizenden Ort. Verschossener Plüsch, seidene Lampenschirme, samtbezogene Ohrenbackensessel, Brokat, Imitationen von farbigen Tiffany-Gläsern, japanische Lackarbeiten, vergoldete Spiegelrahmen . . . alles sah so verdammt nach Kaufhaus aus. Van Harn mochte dreißig sein, vielleicht ein bißchen jünger. Die Dame des Hauses war jedenfalls um etliches älter. Erwachsene Spielgefährten. Spielgefährten, die ihre nachmittäglichen Spielchen in zerwühlten Betten im kühlenden Lufthauch des Air Conditioning trieben.

Als ich aus dem Haus trat, fuhr ein Wagen der Telefongesellschaft vor. Ich lächelte und winkte dem Fahrer zu. Gleichzeitig fragte ich mich, was ihm wohl für ein Empfang zuteil werden mochte. Viel Glück, mein Junge. Muß ein interessanter Job sein.

Es war Viertel vor vier. In dem gelben Gremlin war es so heiß, daß man darin hätte Spiegeleier braten können. Das Steuerrad konnte man kaum anfassen. Ich schob sämtliche Überlegungen, was ich mir als nächstes vornehmen sollte, beiseite und fuhr ein oder zwei Kilometer ziellos durch die Gegend, um mich von dem Fahrtwind abkühlen zu lassen.

Ich kam an einem Einkaufszentrum vorbei und entdeckte einige riesige Eichen auf dem Parkplatz, was eigentlich gar nicht den Vorstellungen der Planer von Einkaufszentren entspricht. Denn wenn man einen Baum stehenläßt, bedeutet dies ja bereits den Verlust eines Parkplatzes. Na, was soll ich sagen. Wunder über Wunder! Unter einem der Bäume gab es tatsächlich eine Parklücke, die im Schatten lag. Als ich aus dem Gremlin stieg, funkelte mich eine alte Dame aus der tintenblauen Tiefe ihres vollklimatisierten, weißen Continental böse an.

In einem der Läden fand ich ein Münztelefon. Im Holiday Inn führten sie ein Miß Dobrowsky in der Gästeliste. Sie bewohnte Zimmer 30, meldete sich aber nicht. Ich suchte im Telefonbuch nach dem Namen *Webbel*. Es gab fünfzehn Webbel, aber keinen Roderick, der den bewußten Lastwagen gefahren hatte. Warum war Susan Dobrowsky bloß im Holiday Inn abgestiegen, anstatt in Carries Apartment zu wohnen. Wahrscheinlich war sie sehr empfindsam. Aber früher oder später würde sie darüber entscheiden müssen, was mit Carries persönlichen Habseligkeiten geschah. Dieser Gedankengang brachte mich zu meinen eigenen Angelegenheiten zurück. Ich schlug die Nummer des Ruckerschen Beerdigungsinstitutes nach und erkundigte mich, ob zufällig eine Miß Susan Dobrowsky anwesend sei? Es dauerte eine ganze Weile, bis der Mann, mit dem ich gesprochen hatte, zurückkam und mir erklärte, daß Miß Dobrowsky gerade eine Unterredung mit Mr. Rucker senior habe. Ich bat ihn, ihr auszurichten, sie solle auf mich warten. McGee sei mein Name. Ich wäre so bald wie möglich da.

Ruckers Beerdigungsinstitut war ein Glasziegelbau mit Bogeneingängen. Imitierte maurische Verzierungen schmückten die Flachdachkante. Das, was an dem Bau nicht in Glasziegeln ausgeführt war, war orangefarben verputzt. Ein kleiner dunkelhäutiger Mann polierte lustlos einen Leichenwagen blank, der in der Seitenauffahrt geparkt war. Ich entdeckte Carries hellorangenen Datsun auf dem Parkplatz an der anderen Seite des Gebäudes. Das Beerdigungsinstitut war von Banken, Kreditinstituten und einer Autowaschanlage, die außer Betrieb war, eingerahmt. Ich parkte meinen gelben Gremlin neben dem orangefarbenen Datsun, wobei ich gern gewußt hätte, ob sich das Poliermittel noch immer im Kofferraum befand. Die beiden Karosseriefarben ›bissen‹ einander.

Sie saß auf einer Marmorbank in der Eingangshalle. Ich wußte sofort, daß sie es war, denn die Ähnlichkeit mit Carrie war unverkennbar. Es handelte sich bei ihr um eine größere, jüngere und sanftere Ausgabe von Carrie. Sie trug ein dunkelgraues Schneiderkostüm, dazu einen kleinen runden Hut und weiße Handschuhe. Auf ihrem Schoß hielt sie eine Handtasche. Ihre Augen waren verweint und geschwollen. Sie machte einen erschöpften und niedergeschlagenen Eindruck. Und doch sah man, daß sie eine auffallend hübsche junge Dame war.

»Freut mich, Sie kennenzulernen, Mr. McGee.«

»Hat Carrie Ihnen wegen mir geschrieben?«

»Nein. Sie . . . sie hat mich letzte Woche angerufen, abends, nach zehn Uhr. Ich wollte gerade zu Bett gehen. Sie sprach eine Stunde lang mit mir. Es muß sie ein Vermögen gekostet haben. Sie war so . . . so aufgekratzt, lachte und sagte lauter dumme Sachen. Vielleicht hatte sie getrunken. Na, auf jeden Fall wollte sie, daß ich Papier und Bleistift hole, um zu notieren, wie ich Sie erreichen könnte. Sie sagte mir, wenn ihr irgend etwas zustoßen sollte, wäre es wichtig, daß ich mich mit Ihnen in Verbindung setzte. Sie meinte, ich könne Ihnen vertrauen, und daß Sie sehr nett seien.«

»Da gehörte sie einer loyalen Minderheit an, Miß Susan.«

»Ich . . . ich weiß nicht, was ich davon halten soll«, stammelte sie und entnahm ihrer dunklen Kunststofftasche einen einmal gefalteten Briefbogen und überreichte ihn mir. Es war eine schwere, teure Qualität. Die Abrechnung, die darauf stand, war fehlerlos mit einer elektrischen Schreibmaschine getippt. Die Endsumme betrug $ 1677.90. Darin waren die Bearbeitungs- und Dienstleistungsgebühren sowie die Beerdigungskosten enthalten. Letztere umfaßten $ 416 für den Sarg (einschließlich Steuer), die Kosten für Einbalsamierung, Einäscherung und die Todesurkunde.

»Sie wollte verbrannt werden. Das steht sogar in ihrem Testament. Ich kann das Geld nicht auf einmal aufbringen. Er wollte, daß ich so eine Art Ratenzahlvertrag unterschreibe. Er ist sehr freundlich . . . aber . . .«

Nachdem ich einem schwammigen, käsegesichtigen Burschen recht energisch gekommen war, wurde mir eine Audienz bei Mr. Rucker senior zuteil. Man nehme einen bartlosen Abraham Lincoln, setze ihm eine buschige, weiße Cäsarenperücke auf und belasse ihm die schwarzen Augenbrauen. Dann hat man Mr. Rucker, der da im Zwielicht hinter seinem Walnußschreibtisch thronte.

Seine Stimme war verhalten, sanft, persönlich.

»Es ist mir eine Verpflichtung, die Rechnung Posten für Posten mit Ihnen durchzugehen, Sir. Lassen Sie mich Ihnen zum Ausdruck bringen, wie glücklich es mich macht, daß die junge Dame jemanden hat, der ihr in der Stunde der Not beisteht.«

»Können wir zuerst über den Sarg sprechen?«

»Warum nicht, wenn dies Ihr Wunsch ist? Es handelt sich um eine preiswerte Ausführung, wie Sie unschwer feststellen können.«

»Die Verstorbene wird oder ist bereits verbrannt.«

»Die Einäscherung wird heute abend stattfinden, soviel mir bekannt ist. Doch das kann sich noch genau feststellen lassen.«

»Also erübrigt sich ein Sarg.«

Er lächelte liebenswürdig und ein wenig bekümmert. »Ein Mißverständnis, Sir, dem so viele Leute obliegen. Es handelt sich hierbei um eine Vorschrift.«

»Wessen Vorschrift?«

»Die des Staates Florida, Sir.«

»Würden Sie mir die Gesetzesbestimmung zeigen?«

»Glauben Sie mir, es handelt sich um das übliche Verfahren, und . . .«

»Die Bestimmungen?«

»Es mag gesetzlich nicht ausdrücklich verankert sein, aber . . .«

Ich langte nach dem Füllfederhalter in seiner Schreibtischschale und strich den Posten ›Sarg‹ mit einem dicken Strich durch. »Damit ermäßigt sich die Summe auf zwölfhunderteinundsechzig Dollar und neunzig Cents. Wie ich sehe, haben Sie auch die Einbalsamierung in Rechnung gestellt.«

»Selbstverständlich. Es waren kosmetische Korrekturen in beträchtlichem Umfange vonnöten. Das Gesicht der Toten wurde bei dem Unfall ziemlich entstellt.«

»Die Korrekturen wurden aber nicht ausdrücklich verlangt. Und ich glaube auch nicht, daß sie gesetzlich vorgeschrieben sind, vor allen Dingen nicht bei einer Einäscherung.«

Sein Lächeln hätte einem Heiligen gut gestanden. »Tut mir leid, Sir, aber ich kann Ihre Einwände in dieser Angelegenheit nicht akzeptieren. Ich kann hierzu nur Anweisungen von der Schwester der Dahingeschiedenen entgegennehmen. Wir müssen sie in dieser Sache konsultieren. Ich möchte Sie ausdrücklich darauf hinweisen, daß das alles nicht sehr leicht für sie ist, und nun noch dieser kleinliche Zank um die Rechnung.«

»Es wäre einfacher für die Dame, die geforderte Summe einfach zu zahlen, nicht wahr?«

»Es ist ein sehr trauriger Anlaß für sie.«

»Warten Sie einen Augenblick«, befahl ich ihm.

Ich ging nach draußen und fand Susan auf der Bank in der Eingangshalle. Ich ließ mich neben ihr nieder: »Die Rechnung läßt sich um tausend Dollar reduzieren, aber er meint, Sie könnten das Feilschen um den Preis als zu pietätlos empfinden. Deshalb sollten wir lieber das Geforderte zahlen. Was meinen Sie dazu?«

Einen Augenblick lang war sie wie vom Donner gerührt. Dann konnte ich beobachten, wie sich ihre zarten Unterkiefer spannten. Ihre Augen verengten sich. »Ich weiß, was Carrie in diesem Falle getan hätte.«

Mr. Rucker senior erhob sich hinter seinem Schreibtisch, als ich mit Susan Dobrowsky ins Zimmer trat. »Setzen Sie sich, Verehrteste. Wir wollen versuchen, die Angelegenheit so wenig unangenehm für Sie wie nur . . .«

»Was fällt Ihnen eigentlich ein, mir tausend Dollar zuviel abknöpfen zu wollen?« fragte sie mit hoher, schriller, fordernder Stimme.

Er prallte förmlich zurück, fing sich aber rasch wieder. »Wir haben uns da etwas mißverstanden. Zum Beispiel sind Sie gesetzlich nicht unbedingt dazu verpflichtet, einen Sarg zu nehmen, Verehrteste. Indes, ich würde sagen, es hieße Ihrer Schwester den gebüh-

renden Respekt verweigern, wenn Sie sie den Flammen wie . . .
wie ein Stück Abfall übergeben.«

Ihre Hände umkrallten die Schreibtischkante, und ihr Ober-
körper beugte sich nach vorne: »Das ist nicht mehr meine Schwe-
ster! Das ist ein Leichnam! Tatsächlich nicht mehr als ein Stück
Abfall! Meine Schwester lebt nicht mehr in diesem Körper, und
Sie . . . Sie haben kein Recht dazu, mir einzureden, ich müsse
Götzendienst mit dieser leeren Hülle treiben. Hol Sie der Teufel,
Sie alter Halsabschneider, Sie!«

Er schob sich um den Schreibtisch herum. Sein Gesicht war
starr wie eine Totenmaske. »Entschuldigen Sie«, flüsterte er. »Ich
werde diese Rechnung neu ausschreiben lassen. Es dauert nur wenige Minuten.«

Er ging durch eine Seitentür hinaus, wobei man das Gerassel
elektrischer Schreibmaschinen hören konnte. Nachdem sich die
Tür hinter ihm geschlossen hatte, taumelte sie blindlings in
meine Arme. Ihr Kopf fiel gegen meine Schulter. Sie seufzte ein
paarmal unterdrückt auf, riß sich zusammen, machte sich los und
schnaubte in ein Kleenex-Tuch. Sie versuchte ein Lächeln.

»Wie war ich?« fragte sie.

»Sie waren fabelhaft.«

»Ich habe mir vorgestellt, ich sei Carrie, und ich sei diejenige,
die tot da drinnen liegt. Sie würde ihm keinen solchen Schnitt ge-
gönnt haben. Ich war nur so durcheinander, als er mir vorhin die
Rechnung überreichte.«

»Wird die Gedenkfeier hier abgehalten?«

»Nein, nein. Betty Joller hat das arrangiert. Sie wird in der
Mangrove Lane, wo Carrie früher wohnte, stattfinden.«

Rucker senior kam ins Zimmer zurück und wollte ihr die neue
Rechnung aushändigen. Ich langte über sie hinweg und schnappte
sie mir. Sie war jetzt bei weitem spezifizierter und belief sich auf
$ 686.50. Er hatte eine Sechzig-Dollar-Urne berechnet (62.40 mit
Steuern). Ich war versucht, ihm dies nicht durchgehen zu lassen.
Aber es schien mir dann doch klüger, ihm einen kleinen Sieg zu
gönnen.

»Hier sind die Ringe der Verstorbenen«, erklärte er und hielt
Susan ein schmales Kuvert hin. Als sie zögerte, nahm ich auch
dies an mich und ließ den Briefumschlag in meine Handtasche
gleiten.

»Für beide Teile annehmbare Zahlungsbedingungen müssen

noch vereinbart werden«, tat der Bestatter kund. Ich zückte meine Geldklemme, klipste die Valuta heraus und blätterte sieben Einhundertdollarscheinchen an der Schreibtischkante entlang. »Dreizehnfünfzig bekommen wir raus. Außerdem werden Sie uns den Betrag quittieren, Mr. Rucker.«

Er brachte seine Meinung über uns dadurch zum Ausdruck, daß er jede der Banknoten einzeln gegen das Licht hielt, und zwar mit der Vorder- und Rückseite. Er bezahlte das Wechselgeld aus eigener Tasche und bestätigte den Empfang. *Betrag erhalten. B. J. Rucker, Sr.*

»Sie können die Urne zwischen ein und zwei Uhr morgen mittag abholen«, ließ er uns wissen.

Ich nickte. Ohne uns zu verabschieden, gingen wir einfach hinaus.

Draußen, im nachmittäglichen Sonnenschein, wurde sie ein wenig taumelig und stützte sich schwer auf meinen Arm, als wir über den Parkplatz gingen. Dann schüttelte sie den Kopf, ihr Körper straffte sich, sie beschleunigte ihre Schritte.

»Er hat von mir verlangt, daß ich sie mir ansehe«, sagte sie. »Zuerst dachte ich, das müsse eine Verwechslung sein. Das Gesicht sah komisch aus, wie aus Wachs. Er zeigte mir, daß der ganze Sarg mit dem Material ausgeschlagen ist, für das ich mich entschieden hatte. Würden sie den Sarg wirklich mit verbrannt haben, oder benutzen sie ihn für die nächste Leiche?«

»Nehmen wir an, B. J. läßt die Särge mit verbrennen.«

Die tieferstehende Sonne warf zerfranste Schatten auf unsere kleinen schmucken Wagen.

Bevor sie den Datsun aufschloß, drehte sie sich nach mir um: »Was das Geld betrifft, ich kann es Ihnen . . .«

»Es war Ihr Geld.«

»Wie meinen Sie das?«

»Ich schuldete es Carrie.«

»Ist das wahr? Ist das auch wirklich wahr?«

»Wirklich und wahrhaftig.«

»Wieviel schuldeten Sie ihr?«

»Das ist eine lange Geschichte.«

»Ich wüßte gern Bescheid.«

»Sie sagte Ihnen, Sie sollten mir vertrauen.«

»Schon, aber . . .«

»Vertrauen Sie mir, auch wenn ich Ihnen jetzt nichts Näheres sagen kann. Glauben Sie mir, daß ich gute Gründe dafür habe. In Ordnung?«

Einen Augenblick lang sah sie mir in die Augen und nickte dann mit Bedacht. »In Ordnung, Mr. McGee.« Ihr Haar war lang und um etliches dunkler als Carries silberhelle Meckifrisur. Das Gesicht war so rund, wie das von Carrie gewesen war, mit hohen und kräftigen Backenknochen. Aber ihre Augen wiesen weitaus charakteristischer jenen typisch slawischen Schnitt auf. Graugrün wie Meereswogen waren sie.

Ich versuchte ihr beizubringen, mich Trav zu nennen. Nach drei Versuchen ging ihr die Anrede etwas leichter von den Lippen. Sie lächelte.

»Wie lange werden Sie hierbleiben?«

»Na ja, bis der Rechtsanwalt mich nicht mehr braucht. Ich muß den Haushalt auflösen. Das Apartment ist in einem schrecklichen Zustand. Jemand ist eingebrochen, hat die Möbel verrückt, die Teppiche rausgerissen und alles auf den Boden geworfen.«

»Wann ist das passiert?«

»Es ist so viel passiert. Ich komme ganz mit den Daten durcheinander. Sie wurde Mittwoch nacht überfahren. Betty war schon im Bett und hörte es in den Elf-Uhr-Nachrichten. Sie war ihre beste Freundin, müssen Sie wissen. Sie zog sich an und fuhr zu Carries Apartment, um meine Telefonnummer in Carries Telefonverzeichnis zu suchen, um mich zu benachrichtigen. Betty hatte von Carrie einen Schlüssel für das Apartment. Sie kam gegen Mitternacht dort an und fand ein solches Durcheinander vor, daß sie eine halbe Stunde brauchte, bis sie meine Nummer fand. Sie weinte so schrecklich am Telefon, daß ich zuerst gar nichts verstehen konnte. Als ich dann kapierte . . . o Gott, es war, als ob der Himmel einstürzen würde. Carrie war sieben Jahre älter als ich. Ich habe sie in den letzten sechs Jahren nur einmal gesehen, und zwar, als sie nach Nutley zum Begräbnis unserer Mutter kam. Ich dachte nicht, daß es mich so hart treffen würde. Wahrscheinlich, weil sie die einzige nächste Verwandte war, die ich noch hatte. Es gibt da irgendwo noch ein paar Cousins und Cousinen, aber die habe ich seit meiner Kindheit nicht mehr gesehen.«

»Hat Betty Joller den Einbruch der Polizei gemeldet?«

»Ich weiß nicht, aber ich nehme es doch an. Es wäre doch normal, so was der Polizei zu melden. Ich habe dem Rechtsanwalt davon erzählt. Er fragte mich, ob etwas Bestimmtes bei dem Einbruch entwendet worden sei, und ich sagte ihm, wenn, dann könne das nur Betty herausfinden, ich wisse da nicht Bescheid.«

»Wer ist Ihr Anwalt?«

»Es ist ein guter Freund von einem Mädchen, das in der Mangrove Lane 28 wohnt. Hab' seinen Namen vergessen. Aber ich hab' seine Karte da. Hier ist sie. Frederick van Harn. Er zieht das jetzt mit dem Testament, mit dem Wagen und allem anderen durch. Ich nehme an, daß alles in Ordnung gehen wird, denn er hat das Testament für sie aufgesetzt. Nachdem es mit Ben aus war, wollte Carrie sichergehen, daß Ben keinen Pfennig bekommt, wenn ihr etwas passieren sollte. Ben war vor fünf Jahren ebenfalls auf der Beerdigung. Aber ich kann mich überhaupt nicht mehr an ihn erinnern.« Sie warf einen Blick auf ihre Uhr. »Oh, es wird Zeit, daß ich mich auf den Weg mache. Betty kommt ins Inn, wir wollen alles für morgen absprechen. Sie werden doch da sein?«

»Selbstverständlich.«

Sie fuhr weg, und ich lenkte meinen Wagen zum Westway-Bootshafen.

6

Ich parkte den Leihwagen auf einem der reservierten Parkplätze. Als ich am Büro vorbei zu den Docks einbiegen wollte, kam Cindy Birdsong an die Tür und fragte: »Kann ich Sie einen Moment sprechen, Mr. McGee?«

»Selbstverständlich.«

Sie trug jetzt ein weißes, rückenfreies Kleid und hochhackige Absätze, so daß sie über die Einsachtzig-Grenze hinausragte. Ein großes, braungebranntes weibliches Wesen mit breiten Schultern und auch ansonsten mit gesunden und soliden Accessoires ausgestattet, das zudem über mächtig kühle blaue Augen sowie über eine gute Portion Gelassenheit und Stolz verfügte.

»Ich möchte mich für die Ungelegenheiten, die Ihnen mein Mann heute mittag bereitet hat, entschuldigen. Es tut mir sehr leid.«

»Das geht schon in Ordnung, Mrs. Birdsong.«

»Nein, das geht es nicht. Es war eine häßliche Szene. Wenn Sie ihn gegen Kaution entlassen, dann, dessen bin ich sicher, wird er sich persönlich bei Ihnen entschuldigen. Ich werde ihn heute abend im Krankenhaus besuchen, und ich weiß, er wird sich schämen für das, was vorgefallen ist.«

»Er hatte etwas über den Durst getrunken.«

»Etwas?! Er war sternhagelvoll. Er hat nie getrunken, bis . . . na, ich möchte Sie nicht mit persönlichen Dingen behelligen. Jedenfalls vielen Dank, daß Sie mir Gelegenheit zu dieser Aussprache gegeben haben. Wenn Sie irgend etwas benötigen . . . wir sind darauf bedacht, die Wünsche unserer Kunden zu erfüllen. Ach, ich möchte Ihnen auch noch dafür danken, daß Sie keine Strafanzeige erstattet haben.« Sie lächelte bitter. »Es laufen schon genug gegen ihn, so wie die Dinge liegen.«

»Wenn ich irgend etwas für Sie tun kann?«

Sie zwinkerte, als sei ihr etwas ins Auge gekommen. »Nein danke, danke vielmals.«

Meyer befand sich an Bord der *Pik As.* Er hatte geduscht und kleidete sich gerade um. Ich öffnete zwei Flaschen Bier und ging in die Gästekabine, wo ich mich auf dem Bett niederließ und ihm dabei zusah, wie er in eine frische weiße *Guayabera* schlüpfte.

»Seaway fünfzehnhundert, das heißt: ein Domizil für Junggesellinnen und -gesellen«, begann Meyer. »Alle lachen ständig. Es ist deprimierend. Achtzig kleine Apartments. Diese Leute sind so angespannt. Es kommt einem vor, als seien sie sämtlich im Hochleistungstraining, legten es darauf an, ins Team zu kommen, der Star der Stars zu werden. In gewissem Sinne sind sie auch tatsächlich alle im Training, beachtlich in Form, braungebrannt und nach dem allerletzten Schrei gekleidet und frisiert. Tun sich mächtig was darauf zugute, daß für Fünfzehnhundert eine lange Warteliste existiert. Selbstverständlich gibt es Schwimmbäder, Saunas und eine Turnhalle, Vierkanalsystem, Trimm-dich-Räume. Vermutlich findet man *Freude am Sex* auf jedem Frühstückstisch. Um diese Menschen ist kein sündiges Air, nichts Exzentrisches, Gruppenperversität — na, bewahre. Die kennen lediglich jenen gräßlichen Ehrgeiz, mit ihren Orgasmen auf die Klassennorm zu kommen. Ihre Umgebung verlangt ihnen ganz schön was ab. Wetten, daß ihr Konsum an Vitamintabletten und Reformhauskost enorm ist?«

Ich reichte Meyer eine von den beiden Flaschen. Wir gingen an Deck und ließen uns im Schatten unter dem großen Sonnensegel der Decksteuerung nieder. »Klingt nicht danach, als ob das ein Ort wäre, an dem Carrie sich wohl fühlte.«

»Nee. Wirklich nicht. Ich hab' denen nicht auf die Nase gebunden, warum ich Erkundigungen über sie einzog. Wahrscheinlich dachten sie, ich sei ein Verwandter von ihr. Sie waren ziemlich zurückhaltend, was das Mädchen betraf. Meinten, Carrie sei zu hochnäsig gewesen, hätte sich zu sehr abgesondert. War ihnen zu wenig *swinging*.«

»Demnach eine Ausgestoßene in Swingingville, was?«

»Nicht ganz. Eher eine spezielle Vertraute des Managements. Das Management, das heißt soviel wie: Walter J. Demos. Ihm gehört alles, er managt alles, er ist eine Art Ersatzmutter für alle. Er bewohnt das größte Apartment im Haus. Sucht die Bewerber persönlich aus. Mieter, die zu jung oder zu alt sind, läßt er abblitzen. Er schlichtet Streitigkeiten, zieht die Miete ein, macht die anfallenden Klempnerarbeiten selber, besorgt die Gärtnerarbeiten und lacht auch viel.«

»Wie alt ist der Knabe?«

»Da möchte ich mich nicht auf eine Schätzung einlassen. Er sieht wie eine breitschultrigere, braungebranntere Ausgabe von Kojak aus. Tiefe Stimme, dröhnendes Lachen. Ziemlich charmanter Bursche, einer von der Sorte, die man mögen muß, sehr beliebt bei seinen Mietern. Für sie ist er Onkel Walter. Meine Meinung ist, daß Onkel Walter ein gerissener Geschäftsmann ist. Die Mieten beginnen bei dreihundertfünfundsiebzig pro Monat, bei einer Belegrate von hundert Prozent. Da fällt mir ein, er erzählte mir, daß in Carries Apartment eingebrochen wurde, und zwar in der Nacht, in der . . .«

»Hab' ich bereits gehört. Wurde die Tür aufgebrochen?«

»Nein. Im Haus wird größter Wert auf Wahrung der Intimsphäre gelegt. Wenn man von einem Apartment in ein anderes geht, um jemanden zu besuchen, ist die Chance groß, nicht gesehen zu werden. Zu den Gepflogenheiten des Hauses scheint es zu gehören, sich einen ganzen Satz Schlüssel anfertigen zu lassen, die man an alle möglichen Freunde verteilt.«

»Wie lange wohnte sie da?«

»Nur vier Monate. Mir kam das Gerücht zu Ohren, daß sie bei Onkel Walter ganz obenan in der Liste gestanden haben soll. Sie schienen deswegen alle ein bißchen vergrätzt zu sein. Beinahe eifersüchtig. Wollten wahrscheinlich nicht, daß Onkel Walter ein spezielles Mädchen bevorzugt.«

»Hattest du den Eindruck, daß sie ihm mehr bedeutete als die anderen?«

»Er schien mir ziemlich durcheinander wegen ihres Todes. Betete alles daher, was man in einem solchen Falle parat hat, von wegen, daß sie die besten Jahre noch vor sich gehabt hätte, eine sinnlose Tragödie und so fort.«

»Die Miete war für Carrie ziemlich happig.«

»Das war etwas, was in allen Gesprächen hochkam. Die Mieter scheinen ein beständiges Bedürfnis zu haben, einem die Wonnen des Wohnens in Fünfzehnhundert darzulegen. Sie führen an, daß man keine Lust verspüre, abends auszugehen oder in Urlaub zu fahren. Deshalb spare man in Wirklichkeit Geld, indem man da lebe. Das kleine Shopping-Center liegt so nahebei, daß man mit dem Einkaufswagen die Sachen nach Hause fahren kann. Die, die in der Nähe arbeiten, haben ihre Wagen verkauft oder abgemeldet und benutzen Fahrräder. In gewisser Weise ist es faszinierend. Eine richtiggehende Urbankultur. Vielleicht ein Modell der Welt von morgen, Travis.«

»Wir wollen's nicht hoffen.«

»Bist du sauer?«

Ich streckte mich und seufzte. »Carrie liegt in einer drapierten Holzkiste bei Rucker. Ihr Gesicht wurde mit Wachs präpariert und zusammengeflickt. Heute abend werden sie sie zum Verbrennungsofen karren, und nichts wird von ihr übrigbleiben als ein Häufchen grauer Asche. Deshalb bin ich niedergeschlagen.«

»Ansonsten habe ich nichts Interessantes mehr zu bieten. Carrie schloß dort keine engeren Freundschaften.«

»Laß mich von meinen Erlebnissen erzählen«, sagte ich. Und ich tat es.

Als ich damit zu Ende war, meinte er: »Mag sein, wir haben zur Kenntnis zu nehmen, daß der reizende Mr. van Harn der Rechtsberater der Superior Building Supplies ist, was erklären würde, warum er Carries Testament aufsetzte, wie ihre Schwester an ihn geriet und wieso er bei Mrs. Omaha anzutreffen war.«

»Mir schwant das gleiche.«

»Was kommt als nächstes dran?«

»Wir nehmen einen Drink mit mehr Schubkraft als den soeben

gehabten, würde ich sagen, und machen uns auf die Suche nach einem Restaurant.«

»Wenn ich dich darum bitten dürfte, daß du Gil's Küche nicht etwa noch eine Chance gibst.«

»Und du nennst dich fair?«

»Untersteh dich!«

»In Ordnung. Ich untersteh' mich nicht. Aber, zwischen Drink und Abendessen laß uns einen Blick auf die Stelle werfen, wo Carrie getötet wurde.«

Gegen sieben Uhr befanden wir uns ungefähr da, wo es passierte. Landstraße 858 trug den Straßennamen ›Avenida de Flores‹. Es handelte sich um eine ausgefahrene Asphaltstraße, mit Rissen und Unebenheiten in der Fahrdecke. Die Bankette waren von Unkraut überwuchert. Zu beiden Straßenseiten fielen die Böschungen in ein Gelände mit versandeten Entwässerungsgräben ab. Westlich der Straße begrenzten einige alte Blockhäuser den Horizont, östlich davon war ein hoher Zaun hinter dem Dränagegraben gezogen, dahinter lag ein Gehölz. Nach den Schildern, die anzeigten, daß die Stadtgrenze erreicht war, benutzte ich die Ausfahrt zu einem großen neu erbauten Einkaufszentrum, wendete und fuhr langsam zurück.

Ich scherte nach Steuerbord ins hohe Gras des Banketts aus und hielt an.

»Was soll das?« wollte Meyer wissen.

Mit einer Kopfbewegung deutete ich auf das Haus, ungefähr sechzig Meter vor uns. Ein alter Mann saß auf einem kleinen blauen Rasenmäher und fuhr damit über die ausgedehnte Grünfläche des Vorgartens. »Wir brauchen nur auszusteigen und interessiert über die Böschung zu blicken, schon wird er antanzen und uns berichten, was er weiß.«

Tödliche Unfälle haben ein Gutes: Die Leute reden darüber. Es dauerte nur wenige Minuten, dann hörte ich, daß der Motor des Mähers stotterte, spuckte und schließlich erstarb, Autos wischten vorüber. Der Fahrtwind bog die Gräser in eine Richtung, trieb uns die heiße Luft ins Gesicht. Ich blickte auf und sah, daß der Alte bis auf ungefähr fünfzig Meter herangekommen war. Er schritt energisch aus. Von seinem Gesicht war die Erregung abzulesen, jenes widerwärtige Entzücken darüber, im Besitz von grausigen Informationen zu sein.

»He! Sie suchen doch nicht etwa die Stelle, wo die kleine Mulligan am Mittwoch in der Nacht überfahren wurde, was?«

Ich reckte mich zu voller Größe empor und korrigierte ihn: »Milligan. Ihr Name war Milligan. Carolyn Dobrowsky Milligan, Seaway Boulevard eintausendfünfhundert, Bayside. Nicht Mulligan, sondern Milligan.«

Ich hatte die Stimme und das Gehaben eines kleinkarierten Schreibtischfuchsers angenommen, gab mich unduldsam, pedantisch, besserwisserisch. Für ihn brauchte es nicht mehr, er wußte, woran er mit mir war. Einer von denjenigen, welche.

»Milligan, Mulligan, Malligan. Für mich ist's Jacke wie Hose. Wenn ich Ihnen mal was sagen darf, Sie sind da auf der falschen Straßenseite.«

»Das bezweifle ich«, forderte ich ihn heraus. »Das bezweifle ich allen Ernstes.«

Er schielte zu mir auf. »Herrje! So was wie Sie, das hat man gern! Kann ja sein, daß Sie ihren Namen wissen, aber sonst wissen Sie verdammt nicht viel, wie's passierte.«

»Mir scheint, er weiß tatsächlich Bescheid«, übernahm Meyer seinen Part wie auf ein Stichwort hin.

»Das laß ich mir gefallen, Ihr Freund hat mehr Grips im Kopf als Sie«, entschied der Alte. »Ich heiße Sherman Howe, wohne seit zwölf Jahren in dem Haus da drüben. Sie würden's nicht glauben, wieviel Idioten es bei Nacht auf diesem geraden Straßenstück erwischt. Gucken Sie mal da, sehen Sie, wo der Zaun geflickt wurde? Na, was soll ich Ihnen sagen, vor ungefähr sechs Monaten war's, da kommt so ein betrunkener Spinner von der Fahrbahn ab, nimmt den Zaun mit und schießt dreißig Meter weiter — ich hab's nachgemessen — in das Waldstück, kurvt noch rum, bis er frontal gegen einen Baum fährt und sich den Schädel an der Windschutzscheibe einrennt. Der war mausetot, kann ich Ihnen sagen. Meine Kleider liegen auf dem Stuhl neben dem Bett. Außerdem hab' ich immer eine Taschenlampe parat. Wenn ich in der Nacht dann höre, wie's kracht, fahre ich in meine Sachen und sehe nach, ob's noch was zu helfen gibt. Das ist Christenpflicht, meine ich. Wenn's böse aussieht, blinke ich mit dem Licht zum Haus hin. Mabel paßt auf und ruft dann den Ambulanzwagen an. So ist's auch Mittwoch nacht passiert. Ich war hier, bevor der arme Kerl sie überhaupt gefunden hat. Also erzählen Sie mir nichts, Mister, von wegen, welche Straßenseite! Ich bin im Bilde, welche. Kommen Sie mit. Aufgepaßt, nicht, daß Sie auch noch unter ein Auto kommen. Kein Mensch fährt heute mehr vorsichtig. Keiner kümmert sich einen Pfifferling drum, was mit dem anderen geschieht. Moment mal . . . sicher. Hier stand ihr Wagen. Sie fuhr in nördliche Richtung, stadtauswärts. Dann ging ihr das Benzin aus, und sie fuhr an den Straßenrand, genau hier. Sehen Sie, wo sie reinfuhr? Können Sie die Spuren sehen? Das Gras hat sich noch immer nicht wieder aufgerichtet. Man kann die Radspuren deutlich erkennen. Nach meiner Weckeruhr auf meinem Nachttisch geschah's zwölf Minuten nach zehn. Ich hatte gerade das Licht ausgemacht, um zu schlafen. Mabel saß im Wohnzimmer vorm Fernseher. Ihr macht's immer noch Spaß. Wenn Sie mich fragen, für mich ist's alles der gleiche Schund. Die tote Frau lag . . . Moment, kommen Sie mal mit, dann zeig' ich Ihnen, wo die Leiche lag. Ich hab' sie gefunden. Dieser Webbel hatte nicht mal 'ne Taschenlampe bei sich. Hier, genau hier war's. Ihr Arm stand aus dem Graben. Sonst war alles von Gras verdeckt. Hier, da unten in dem ausgetrockneten Graben lag sie, mit dem Kopf in die Richtung, fein säuberlich beisammen, wenn Sie so wollen. Hätte ganz schön was gebraucht, sie zu finden, wenn ihr Arm nicht so in die Luft gestanden wäre. Nackt, wie er war, hab' ich ihn gleich mit meiner Taschenlampe entdeckt. Neunzehn und ein halber Meter vom Unfallort entfernt. Bin's abgeschritten. Du liebes bißchen, sah die aus. Die ganze linke Seite von ihrem Gesicht und Kopf . . . Na schön, ich richtete den Lichtstrahl auf sie, und der Junge fiel um wie tot. Das war, als ob ihm sein Rückgrat wegsackte. Ich legte meinen Finger auf die Halsschlagader von dem Mädchen, und mir war, als könnte ich da noch was spüren. War aber nicht sicher. Ich rannte zu der Stelle, von wo aus ich Mabel mit der Lampe Bescheid geben kann. Blinkte dreimal zu dem Fenster, an dem sie immer wartet, und sie rief den Rettungswagen an. Dann auf einmal kreischten Bremsen. Ziemlich gräßliches Geräusch, wenn Sie mich fragen. Tatsächlich hätt's auch beinah noch 'n Unfall gegeben, weil dieser Webbel seinen Wagen halb auf der Straße hatte stehenlassen, so geschockt war er, daß er sie überfahren hatte. Der Motor lief noch. Bin gerannt und hab' den Laster aufs Bankett gefahren und den Motor abgestellt. Als ich wieder zu dem Jungen hinkam, saß der da und brabbelte vor sich hin. Lauter sinnloses Zeug. 's dauerte nicht lange, dann hörte ich die Sirenen. Zuerst kam die Polizei. Mit ihrem Blaulicht sind die ja schnell durch. Sie haben mit Blitzlicht die zwei Wagen fotografiert und das Mädchen. Die Bremsspuren haben sie auch nachgemessen. Da waren keine, bis zu der Stelle, an der es sie erwischte oder ein bißchen dahinter. Jeder Vollidiot konnte sehen, daß es nicht Schuld von dem Jungen war.«

»Wie . . . würde es Ihnen etwas ausmachen, uns Ihre Theorie dazu darzulegen, Mister Howe?«

»Theorie! Gottverdammich, da sprechen die Tatsachen für sich. Sehen Sie doch nur, wie nahe sie an der Straße parkte. Wahrscheinlich ist sie bloß noch bis dahin gekommen mit ihrem Benzin. Die Wagenlichter hatte sie ausgeschaltet. Richtig so. Denn wenn man nachts an den Straßenrand fährt und läßt die Rücklichter an, könnte es irgend so einem betrunkenen Dämlack einfallen, hinter den Lichtern herzufahren. Dieser Webbel fuhr einen von diesen großen Dodge-Lieferwagen, die vorne eine platte Schnauze haben und bei denen der Fahrer ziemlich hoch sitzt, gleich über den Vorderrädern. Wie Sie sehen können, ist die Fahrbahn zweispurig und ziemlich schmal. Es wird immer davon gesprochen, daß sie sie verbreitern wollen. Aber es bleibt beim Reden. Ich konnte hören, wie sie den Jungen vernommen haben. Es kam ihm ein Auto entgegen, daher konnte er keinen Bogen um ihren Wagen machen. Zu wenig Platz. Er mußte haarscharf daran vorbeifahren. Sie muß auf den Beifahrersitz gerutscht und auf der anderen Seite ausgestiegen sein. Dann ist sie wohl vorne um den Wagen rumgegangen und direkt in den Laster gelaufen. Das rechte Scheinwerferlicht war eingedrückt, die Farbe abgesplittert, na, wie's so geht. Man konnte genau sehen, wo es sie erwischt hat. Hatte wohl nicht bemerkt, daß der Wagen schon so nah war. Er sagte aus, er habe sie aus den Augenwinkeln gesehen, genau in dem Moment, als er sie erfaßte. Meinte, er hätte nichts mehr machen können. Und recht hatte er. Er war auf dem Heimweg. Meine Vermutung ist, daß sie zu der Tankstelle beim Einkaufszentrum wollte, die ziemlich lange offen hat. Als der Rettungswagen kam, stellte der Arzt fest, daß sie tot war. Schwere Schädelfraktur. Sagte, es würde vom Krankenhaus aus noch ein genauer Befund erfolgen. Sie brachten sie weg, da waren keine Sirenen mehr nötig. Hatten ihren Personalausweis aus ihrer Handtasche im Wagen genommen. Die Schlüssel steckten noch im Zündschloß. Der Wagen sprang nicht an. Der Bursche vom Abschleppdienst sah sich die Benzinuhr an. Er hatte einen Kanister mit Benzin dabei, füllte etwas davon in den Tank, und es klappte. Hab' vergessen, wer den Wagen abschleppte. Er wurde zur Polizeistation gebracht. Inzwischen war das Fernsehen mit dem Aufnahmewagen da, aber es gab nichts mehr zum Filmen. So haben sie nur auf Band aufgenommen, wie's passierte. Einen Grund, den Jungen festzuhalten, gab's nicht. Er hatte einen Schock weg und konnte nicht mehr fahren. Aber inzwischen waren sein Vater und sein Bruder eingetroffen. Der Bruder fuhr den Laster nach Hause. Sie wohnen im Nordwesten. Das wär's denn. Haben Sie eine andere . . . Theorie, Mister?«

»Wenn ich alle Tatsachen beisammen habe, alle *sachdienlichen* Tatsachen, dann sehe ich mich in der Lage, meine Schlüsse zu ziehen.«

Er wandte sich Meyer zu. »Schlüsse ziehen, Konsequenzen ziehen. Sie tun mir leid, mein Freund, daß Sie mit so einem Besserwisser zusammenarbeiten müssen.« Er entfernte sich, ohne sich noch einmal umzublicken. Als das Geknatter der Mähmaschine wieder einsetzte, blickte ich auf und konnte ihn im schwindenden Tageslicht, auf seinem Mäher sitzend, auf und ab jockeln sehen.

Meyer lachte in sich hinein. »Mehr hättest du auch nicht in Hypnose rausgekriegt. Was suchst du nun noch?«

Ich kniete an der Stelle nieder, wo die Grashalme von den Rädern niedergewalzt worden waren, und deutete auf eine Spur von verdorrten, dunkelgefärbten Halmen. Sie begann mit einem Fleck zwischen den Hinterrädern und setzte sich von da aus nach vorn fort. Der Fleck hatte einen Durchmesser von zirka fünfzehn Zentimetern, die Spur wurde, je mehr sie auf dem leicht abschüssigen Gelände auf den trockenen Graben zuführte, schmäler und verlief sich schließlich dort.

»Sieht aus, als ob da Benzin ausgeflossen wäre«, konstatierte ich und zerrieb ein wenig Erde zwischen Daumen und Zeigefinger, um daran zu riechen. Ein schwacher Benzingeruch ging davon aus. »Soviel ich weiß, wird ihr Wagen achtern links gefüllt. Aber die Benzinspur beginnt zwischen den Hinterrädern. So dämlich kann der Mann vom Abschleppdienst, der das Benzin einfüllte, nun auch wieder nicht gewesen sein, daß er so daneben gezielt hat.«

»Es ist schon versickert, bevor es die Böschung hinablief«, ergänzte Meyer.

»Da muß ganz schön viel ausgelaufen sein, daß es diese Spur gegeben hat. Sie ist noch nicht lange trocken.«

Meyer nickte. »Daraus darf geschlossen werden, daß sie nicht anhielt, weil sie kein Benzin mehr hatte. Es sieht vielmehr so aus, als ob sie einen anderen triftigen Grund hatte, an den Straßenrand zu fahren. Gibt's eigentlich am Benzintank so was wie ein Ventil?«

»Das werden wir herausfinden. Ich würde sagen: ja.«

»Folge ich deinen Gedankengängen richtig, Travis? X sitzt mit Carrie im Wagen, am Steuer, wie anzunehmen ist. Er fährt rechts ran und hält an. Dazu hat er sich einen Platz ausgesucht, der unbeleuchtet und weit entfernt von menschlichen Ansiedlungen ist. Er schlägt ihr den obligaten stumpfen Gegenstand über den Schädel, beugt sich über sie und öffnet die Wagentür. Stößt den Körper nach draußen. Das Unkraut ist hoch genug, so daß ihn die Lichter eines vorbeifahrenden Wagens nicht unbedingt erfassen müssen. Er zwängt sich, versehen mit einem Schraubenschlüssel und einer Taschenlampe, unter den Wagen und öffnet das Abflußventil. Nachdem das ganze Benzin ausgeflossen ist, schließt er das Ventil wieder. Er schleppt das Mädchen um den Wagen herum, wartet ab, bis das richtige Fahrzeug in Sicht ist, stellt die Unglückliche auf die Beine, machte einige Schritte mit ihr und stößt sie in die Fahrbahn, um danach das Weite zu suchen.

Meinst du nicht, daß das ein bißchen zu weit hergeholt ist, in Anbetracht dessen, daß uns für unsere Deduktionen nur eine Spur an Benzinvergiftung eingegangener Gräser zur Verfügung steht? Riskiert einer mit einem solchen Vorgehen nicht zuviel?«

»Mag sein. Wenn X dunkle Kleidung trug, wurde das Risiko gemindert. Er konnte sich vor den Kühler des Wagens legen, den Körper des Mädchens neben sich, und den Verkehr unter dem Fahrzeug hindurch beobachten.«

Wir besahen uns die Stelle, wo der Datsun gestanden hatte, und betrachteten das Unkraut. Es ist so leicht, seine Fantasie spielen zu lassen.

»Wenn dem so war«, nahm Meyer seinen Monolog wieder auf, »hatte der Betreffende nicht viel Zeit, zu verschwinden. Viel zu riskant, die Landstraße zu überqueren. Demnach hat er sich über den Zaun davongemacht?«

Ich studierte den Verlauf des Zaunes. »Er ist wohl unter ihm an einer ausgewaschenen Stelle durchgekrochen. Bestimmt ein ziemlich kaltblütiger Bursche, der die Fluchtroute zuerst eruiert hat.«

»Dann dürften wohl folgerichtig auch einige dunkle Anzugfäden im Draht hängengeblieben sein?«

»Durchaus möglich.«

Ich schob mich auf dem Rücken unter dem Zaun durch. Meyer blieb davor stehen. Da waren noch einige Zentimeter Spielraum. Das Wäldchen entpuppte sich als eine gepflegte Schonung von zirka einem Viertel Morgen. So weit, so gut. Er konnte sie vor den Webbel-Laster gewuchtet, abgedreht haben und unter dem Loch durchgeschlüpft sein, bevor der Lastwagen überhaupt zum Stehen kam. In seiner dunklen Kleidung war er so gut wie unsichtbar in der schwarzen Nacht. Das ermöglichte ihm, den Zaun entlangzulaufen, bis er sich in sicherer Entfernung befand, um sodann wieder unter dem Zaun durchzukriechen oder über ihn hinwegzuklettern.

Oder, dachte ich, während ich unter dem Zaun hindurch zurückrobbte, ein anderer Wagen hatte an der Stelle haltgemacht. Vielleicht eine Hausfrau, die nervös wurde wegen eines Benzinkanisters im Kofferraum des Familienwagens. Schmeiß ihn weg, meine Liebe. Oder vielleicht hatte jemand einen lecken Kanister dort abgestellt, und später hat ihn jemand anderes gefunden und ihn sich unter den Nagel gerissen. (Wer weiß, vielleicht kann man ihn noch gebrauchen!) Haufenweise sind falsche Schlußfolgerungen in der irrigen Annahme getroffen worden, daß zwei Vorfälle etwas miteinander zu tun hätten.

Als wir in den Leihwagen stiegen, nahm Meyer seinen Faden wieder auf: »Es gibt keinen Beweis dafür, daß das Benzin . . .«

»Das überlege ich auch gerade.«

»Manchmal verlaufen die Dinge eben nicht logisch. Stell dir vor, du hältst in der Nacht an einer zweispurigen Straße an. Der Verkehr ist nicht stark, aber die Wagen fahren mit hoher Geschwindigkeit. Nachdem du auf der Beifahrerseite ausgestiegen bist, gehst du vorn um deinen Wagen herum. Was tust du als nächstes? Überquerst du die Straße? Versuchst du jemanden anzuhalten? Oder, angenommen, du öffnest die Tür auf der Fahrerseite und hast guten Grund dazu, steigst du gleich aus oder blickst du dich zuerst um?«

»Wenn du eine über den Schädel gekriegt hast, steigst du aller Wahrscheinlichkeit nach gleich aus.«

»Wenn du betrunken gewesen wärest, hätte es doch sein können, daß du die Tür auf der Fahrerseite öffnest, nicht wahr?«

»Ich weiß es nicht. Aber, was zum Teufel, hatte sie vor? Zu
Fuß zu einem der Häuser zu gehen, um zu telefonieren? Hätte sie
dann ihre Handtasche und die Schlüssel zurückgelassen?«

»Ein bildschönes Argumentchen. Was machen wir jetzt?«

Der Abschleppwagen war neben der großen Tankstelle gegen-
über dem Eingang des Einkaufszentrums geparkt. Ein ziemlicher
Brummer, rot lackiert. Warn- und Notlichter, Scheinwerfer und
Blinklampen waren angebracht, wo immer nur Platz dazu war.
Die wuchtigen Reifen reichten bis in Brusthöhe. Das Aufgebot an
Winden, Kabeln und Kranen am hinteren Ende des Ungetüms
wirkte, als könne man damit einen Panzerwagen wer weiß wohin
hieven.

»Kann ich etwas für Sie tun?« fragte der kahlköpfige Mann mit
der sonnengegerbten Gesichtshaut.

»Ich wußte gar nicht, daß es davon solche Riesenexemplare
gibt!«

»Mister, wenn Sie einen Sattelschlepper, der sich über drei
Fahrbahnen hinweg quer gestellt hat, aus dem Weg räumen müssen, brauchen Sie was, mit dem Sie's schnell und sicher schaffen.«

»Sind Sie mit dem Mittwoch nacht ausgerückt, als die Frau da
oben an der Straße getötet wurde?«

Sein Gesicht verzog sich in einer schmerzvollen Grimasse. Er
spuckte aus und seufzte. »Herrgott, ja, damit sind wir ausgerückt.
Genauer gesagt: Ray ist hingefahren. Zwei meiner Leute lagen
mit Grippe im Bett. Ray soll von mir aus der Deibel holen. Was
glauben Sie wohl, was ich diesem Trottel zahle?« Er trat gegen
einen der hohen Reifen.

»Keine Ahnung.«

»Vierhundert im Monat. Im *Monat,* wohlgemerkt. Und dieser
Strohkopf soll selber was entscheiden! Als ob er sich schon Kraft-
fahrzeugmechaniker schimpfen könnte! Ach, sagt der sich, kein
Benzin. Also, fröhlich eingefüllt. Was mich das kostet, ist ja
schnurz. Und das bei dreißig Dollar Abschleppgebühren. Na, ich
sage Ihnen!«

»Ist er in der Nähe?«

»Hören Sie mal, Mister, was interessiert Sie das eigentlich?«

»Ich arbeite an einer Verkehrsstudie für den Beratenden Ausschuß des State Department.«

»Oh. Tja, wenn das so ist, dahinten, das ist er, der bei dem grünen Cadillac das Öl prüft. Halten Sie ihn mir nicht zu lange auf, verstanden? Jede Minute kostet mich schließlich mein Geld.«

Ray war ein stämmiger Bursche von ungefähr neunzehn Jahren, dessen blaue Augen arglos in die Welt blickten und dessen Gesicht von Akne entstellt war.

»Ob es nach Benzin gerochen hat? Hm, ja. Also. Das war so. Ich guck' in den Wagen wegen dem Gang und der Handbremse und so. Bin froh, daß der Schlüssel steckt. Sie wissen ja, sie hatte den Wagen geparkt. Na, ich dreh' den Schlüssel auf S, riech' das Benzin und werfe einen Blick auf die Benzinuhr. Da seh' ich, daß der Tank leer ist. Ich dreh' die Lichter an. Alle. Bei Nacht, und wenn man nur eine kurze Strecke abschleppt, ist's das beste so, die Lichter anzumachen, alle, wissen Sie. Ich füll' Benzin ein, denk' mir, der läßt sich dann besser vom Fleck kriegen. Was weiß ich, daß der Chef sich nicht mehr einkriegt deswegen. Hab' einfach nicht dran gedacht, wer die acht Liter zahlt, die ich reingelassen hab', und den Service dazu. Er hat sich fast was ans Hemd gemacht deswegen. Himmel noch mal, seit Mittwoch hat er mich auf'm Kieker. Bin bald so weit, daß ich ihm sage, er soll sich seinen Job sonstwohin stecken.«

Ich begab mich zum Chef zurück, dankte ihm und fügte hinzu: »Ich werde auch die Schwester der Toten befragen und kann ihr die Rechnung für das Benzin und den Service überbringen, wenn's Ihnen recht ist.«

Sein Gesicht hellte sich auf. Wir gingen zusammen in sein Büro, und er suchte die Rechnungen heraus. Ich überflog sie und gab sie ihm zurück. »So nicht, Freundchen. Es waren acht Liter, nicht achtzehn. Macht, seien wir großzügig, fünf Dollar, nicht zehn.«

»Sind Sie vielleicht Ihr Bruder oder was? Kann mir nicht vorstellen, daß sich die tote Lady noch drum schert, wie hoch ihre Rechnungen sind.«

»Wollen Sie die Rechnung in den Kamin schreiben oder ihr Geld sehen?«

»Wie sich manche Leute plötzlich haben«, brummte er und stellte eine neue Rechnung aus.

Gegen zehn Uhr waren wir zurück auf der *As.* Auf dem Sonnendeck unter einem riesigen Sternenhimmel lümmelten wir uns in unseren Deckstühlen wie alterfahrene Schiffspassagiere auf einer Kreuzfahrt. Der lange, ereignisreiche Tag hatte mich mehr angestrengt, als ich dies zunächst hatte wahrhaben wollen. Geist und Körper kamen mir bleischwer vor.

Ich schlug nach einer Stechmücke, die sich an meinem Hals festgesetzt hatte, zerquetschte sie, so daß nur ein winziges blutiges Fleischklümpchen übrigblieb, und löschte damit ein Leben aus. In vieler Hinsicht haben die Hindus recht. Das Erdendasein ist von beklemmender Flüchtigkeit. Alle Lebensäußerungen und -funktionen haben etwas Banales angesichts der eisigen, unwiderruflichen einzigen Realität: der des Todes.

»Mr. McGee?« tönte es höflich vom Dock herauf. Ich erhob mich und begab mich nach achtern, um über die Reling zu blicken. Unten, im Licht der Docklampen, stand Jason mit dem Christus-Kopf und der goldgeränderten Brille. Er trug ein T-Shirt, aus dem die kurzen Ärmel herausgetrennt worden waren, abgerissene Blue-jeans-Shorts und Bootsschuhe, die von derart exquisiter Ausgelatschtheit waren, daß es aussah, als habe er sich Lappen um die Füße gewickelt.

»'n Abend, Jason.«

»Kann ich an Bord kommen?«

»Kommen Sie.«

Er schwang sich die Seitenleiter hoch wie eine große, geschmeidige Katze. Ein Bier aus dem Eisschrank nahm er dankend an. Irgend etwas bewegte ihn ganz offensichtlich, nur schien er nicht zu wissen, wie er damit herausrücken sollte. Er hatte sich hingekauert. Deutlich traten die Muskeln an seinen braungebrannten Beinen hervor.

Ich mußte ihm wohl beispringen. »Haben Sie irgendeinen Kummer?«

»So könnte man sagen. Nicht, daß es mich was anginge. Aber ich will nicht, daß es ihr noch schwerer gemacht wird, als sie es sowieso schon hat, verstehen Sie?«

»Wobei mit ›sie‹ Mrs. Birdsong gemeint ist.«

»Sie ist wirklich eine großartige Person. Wenn ich früher ins Büro gekommen wäre, wir beide, Sie und ich, wir hätten uns Cal schnappen und ihn vielleicht zur Räson bringen können. Ich wußte, wie unangenehm er werden konnte. Haben Sie ihn mit irgend etwas geschlagen? Ich meine, haben Sie ihm einen Gegenstand auf den Kopf gehauen?«

»Ich hab' ihn nur einmal gegen die Wand gedrückt, wenn man es so ausdrücken will. Ralph oder Arthur, einer von den beiden, hat ihm ein paar mit dem Schlagstock übergezogen.«

»He! Das ist richtig. Das hatte ich ganz vergessen. Könnte sein, daß es davon kam. Was meinen Sie denn, können Ärzte feststellen, welche von mehreren Gewalteinwirkungen auf den Schädel den größten Schaden verursachten?«

Meyer übernahm die Beantwortung. »Ich würde sagen: nein. Vorausgesetzt selbstverständlich, daß nicht die Schädeldecke eingedrückt wurde. Ansonsten kann man sich die im übrigen ganz gut geschützte Gehirnmasse als eine Art Wackelpudding vorstellen. Bei Schlag oder Stoß wird nicht selten die Gehirnpartie am meisten in Mitleidenschaft gezogen, die der Stelle, auf die die Gewalteinwirkung erfolgte, in direkter Linie gegenüberliegt, wobei sich ein subdurales Hämatom bilden kann, eine Blutung, die nach und nach einen solchen Druck auf das Gehirn ausübt, daß die vitalen Funktionen beeinträchtigt werden.«

»Schön und gut. Sie besuchte ihn im Krankenhaus und ging wieder weg, um etwas Essen zu besorgen. Als sie zurückkehrte, war ein halbes Dutzend Leute um sein Bett versammelt, die sich um ihn bemühten. Aber er war tot. Es wird eine Autopsie stattfinden. Sie war in einem schrecklichen Zustand, als sie hierher zurückkam. Man hat ihr Tabletten gegeben. Jetzt schläft sie. Eine Freundin von Oliver paßt auf sie auf. Wetten, daß es eine Herzattacke oder irgendeine andere Komplikation war, die nicht direkt etwas mit dem Schlag auf den Kopf zu tun hatte?«

Die Nackenwirbel taten mir noch immer weh von dem Schlag gegen die Stirn. Es war nicht gerade angenehm für mich gewesen, die Bekanntschaft dieses Burschen zu machen. Aber den Tod hatte ich ihm nicht gewünscht.

»Danke Ihnen, daß Sie mich informiert haben«, sagte ich.

»Schon gut. Ich bin nun die ganzen zwei Jahre hier. Er war ein echt prima Typ, bis er so ans Saufen kam. Es ist noch nicht lange her, da trank er zwar schon, konnte sich aber doch im Zaum halten, wenn er etwas vorhatte, wobei es auf einen klaren Kopf ankam. Zum Beispiel, als ihn Jack Omaha als Kapitän anheuerte.«

»Jack Omaha?«

Er wandte sich mir zu, faltete die leere Bierbüchse sorgfältig zusammen, wie jemand ein Feldgeschirr bis auf ein kleines raumsparendes Päckchen zusammenlegt. »Kannten Sie Jack?« fragte er.

»Nein. Ich habe aber davon gehört, daß er mit einer ganzen Menge Geld durchgebrannt ist.«

»So sagt man.«

»Sie glauben nicht daran?«

»Nein. Jemand hat's mir anders erzählt.«

»Wer, wenn ich fragen darf?«

»Jemand, der ihn besser kannte als ich.«

»Carrie?« warf ich hin.

Ich hörte, wie er den Atem ausstieß. Er erhob sich. »Wer zum Teufel sind Sie?«

»Ein Freund von Carrie. Als sie Ben Milligan heiratete, verbrachten die beiden ihre Flitterwochen auf diesem alten Kahn.«

»He! Ja, ich erinnere mich. Klar. Haben Sie nicht einen großen Duschraum an Bord, eine große Badewanne und . . . äh . . .«

»Ein großes Bett? Alle drei Dinge.«

Er lehnte sich mit dem Rücken an die Reling, die Beine gekreuzt, die Arme ineinander geschlagen.

»Ts. Ben kreuzte hier vor ungefähr einem Jahr auf. Sie wohnte damals noch in dem Haus zusammen mit Betty Joller, Joanna Freeler und einem Mädchen namens Flossie. Geht mir nicht in den Kopf, daß sie ihn geheiratet hat.«

»Anderen auch nicht. So was passiert eben.«

»Mister Amerika. Mister Bizeps. Hatte irgendwas mit Filmerei zu tun, mit Sex-Filmen, nehme ich an. Sie drehten oben in Jax. Er kam hier an, um von Carrie Geld zu ziehen. Hatte er vorher auch schon gemacht. Sie hatte keins. Da sagte er ihr, er würde so lange hier rumhängen, bis sie was rausrücken würde. Betty kam rüber, um mich zu holen. 's war ein Sonntagnachmittag. Die Mangrove Lane liegt den Strand entlang südlich von uns. Ich kam mit. Er räkelte sich im Wohnzimmer. Ich gab ihm zu verstehen, daß es Zeit sei für ihn, auf seine Yamaha zu steigen, den Sturzhelm aufzuschnallen und gen Norden abzudampfen. Er ging in den Garten hinaus, vollführte da Luftsprünge und fuchtelte mit den Armen herum, als wolle er aus mir Kleinholz machen. Ha! Ha! Er wollte sich totlachen. Dann kam er auf mich zu, und ich wich zurück. Ich beobachtete genau, in welchem Rhythmus er hüpfte. Als er hochsprang oder gerade dazu ansetzte, ging ich in ihn rein und verpaßte ihm einen so satten Schlag auf die Fresse, daß ich mir dabei den mittleren Knöchel verstauchte. Sein Hinterkopf schlug als erstes auf dem Rasen auf. Er kam wieder hoch, beide Hände über die Beißerchen gelegt, und jammerte: ›Nicht auf den Mund. Mein Gott, mein Mund. O Gott, meine Karriere!‹ Na, die Mädchen bemutterten ihn ein bißchen, und ich stand rum, bis er sich auf seinen Feuerstuhl schwang und abknatterte. Hab' ihn seither nicht mehr gesichtet. Glaube auch, Carrie sah ihn vor ihrem Tode nicht mehr. Kommen Sie morgen zur Gedenkfeier?«

»Um elf? Ja. Die Schwester hat mich dazu gebeten.«

»Scheint sehr nett zu sein, diese Susan. Carrie war zu alt für mich. Vielleicht auch nicht, jedenfalls war sie der Meinung, daß sie es sei. Das kommt wohl aufs gleiche raus. Wir alberten miteinander rum. Ins Bett ging sie mit Jack Omaha. Hab' ihr gesagt, daß das eine Sackgasse ist. Sie meinte, das sei schließlich mit allem und jedem so. Dagegen ist wohl schwerlich was zu sagen.«

»Wo hatte Omaha sein Boot liegen?«

»Da drüben. Es ist noch im Strand-Dock vertäut, da, am Büro vorbei, hinter den Lichtern.«

Ich stand auf. Man konnte es kaum ausmachen. »Eine Bertram?«

»Genau. Sechsundvierzig Fuß, Hochleistungsdiesel. Sämtliche Extras. Ein Traum von einem Boot.«

»Glaub' ich gern. Wird wohl auch nur zu einem Traumpreis zu haben sein.«

»Im Augenblick wär's sehr günstig zu kriegen. Die Bank möchte es losschlagen. Soviel ich weiß, verlangen sie fünfundneunzig bar auf den Tisch.«

»Sollte keine Schwierigkeiten geben, das rauszuholen, wenn das Boot gut gepflegt ist.«

»Zwei Jahre alt und tipptopp.«

»Meinen Sie wirklich, Omaha konnte es nicht selber bedienen?«

»Nicht doch. Das konnte er. Was er nicht konnte, war zur selben Zeit fischen und es auf Kurs halten. Als er's mit dem Hochseefischen kriegte, tat er sich Cal ein. Er ließ sich gern am Rande des Golfstroms entlang treiben, bis hinter die Bahamas. War eine ganz schöne Route. Liefen gegen drei Uhr morgens aus und kamen nicht vor Mitternacht zurück. Cal wurde deswegen verhört. Waren nur sie beide allein gewesen? Wo hatten sie gefischt? Wie hatte sich Jack benommen? Wann kamen sie zurück? Was hatte

Jack an? Mit was für einem Wagen fuhr er weg? Und so weiter und so weiter.«

Er zuckte die Achseln, ging auf die Bordleiter zu. »Wieviel Uhr ist es?« wollte er wissen. »Ich muß Oliver helfen, alles abzuschließen. Wenn Sie was brauchen, lassen Sie es einen von uns wissen.«

Nachdem er gegangen war, bummelte ich hinüber zu der Bertram. Sie war auf *Christina III* getauft und machte einen topfiten und ausnehmend robusten Eindruck. Als ich zurückkam, war Meyer in der Lounge. Er lag in einen Sessel zurückgelehnt, die Hände hielt er hinter seinem Specknacken verschränkt. Stirnrunzelnd starrte er an die Decke.

»Und nun?« fragte ich.

»Ist dir bekannt, wie sie unsichtbare Planeten lokalisieren?«

»Nein. Wie denn, Herr Professor?«

»Bei denen, die sichtbar sind, lassen sich unerklärliche mathematische Abweichungen errechnen. Ihre Bahnen weisen Krümmungen auf. Man kombiniert also so ein bißchen Gravitationslehre mit geophysikalischen Erkenntnissen hinsichtlich beweglicher Gestirne und hat sein Aha-Erlebnis: Da muß ein Himmelskörper an der und der Stelle existieren mit der und der Masse und einem Durchmesser von . . . Damit werden die scheinbar zufälligen Bewegungen der anderen Planeten mit einem Male logisch, um nicht zu sagen: zwingend.«

Ich saß auf der gelbbezogenen Couch. »Nach einem Stern welcher Größenordnung halten wir Ausschau?«

»Wir halten Ausschau nach einer großkalibrigen Sache, unter Umständen folgenreich, da illegal und profitabel.«

»Bei der eine schnelle Jacht eine Rolle spielt?«

»Schon möglich.«

»Okay. Versunkene Schätze. Jamaika-Gras, via Bahamas verschifft.«

»Kommt da nicht eine Menge Cannabis nach Florida herein?«

»Ja, zwischen Jax und Fort Walton Beach. Nach dem, was sie abfangen, und dem, was ihnen — schätzungsweise — durch die Lappen geht, sind es zumindest zehn Tonnen pro Woche. Die Ladungen kommen aus Kolumbien, Mexiko, Jamaika und, kann sein von einigen anderen umliegenden Inseln.«

»Riesengeschäft?«

»Nicht so, wie man's in den Zeitungen liest. Das, was sie dafür auf der Straße kassieren, ist nicht so toll. Geht durch viele Hände. Den größten Profit machen die, die's an Land bringen und den Verteilern übergeben. Da kann man sein Geld verdoppeln. Möglich sogar, daß man noch ein bißchen mehr dabei herausholt. Eine gute Marihuana-Qualität, einen ordentlich gepflegten Jamaikaner, den man für fünftausend übernimmt, kann man möglicherweise für zwölftausend verhökern. Wenn die Fracht beschlagnahmt wird, heißt es dann, sie habe eine Viertelmillion Verkaufswert gehabt. Sie geht vom Dealer zum Unterdealer, vom Pusher zum Kunden. Jeder will dabei seinen Rebbach machen.«

»Woher weißt du das alles so genau?«

»Was ich nicht weiß, reime ich mir zusammen.«

»Mal ernsthaft, Travis.«

»Boo Brodey wollte letztes Jahr, daß ich mit ihm zusammen einsteige. Er kam mit allem an, verglich es mit der Prohibition und so fort. Ich lehnte dankend ab.«

»Haben sie ihn erwischt?«

»Er ist wieder aus dem Geschäft.«

»Hast du's mißbilligt?«

»Kennst du mich so wenig?«

Meyer gluckste in sich hinein. »Natürlich kenn' ich dich. Du bist gegen risikoreiche Partnerschaften und nicht der Typ des Zwischenhändlers. Du scheust vor großen Investitionen zurück und möchtest nicht von Gesetzes wegen auffallen. Es wäre dir unangenehm, wenn dich jemand so in der Hand hätte, wie es bei diesem Boo der Fall gewesen wäre. Das entspricht nicht deinen hehren Vorstellungen vom Abenteuer. Zu billig. Eine Herausforderung nur für die ganz Jungen.«

»Warum also eine Frage stellen, die du dir selber beantworten kannst?«

»Was ich wissen wollte, war, mißbilligst du es, wenn jemand kifft?«

»Ich? Von mir aus sollen die Leute tun, was sie wollen, vorausgesetzt, daß sie sich die Mühe machen, sich über die möglichen Auswirkungen zu informieren. Wenn sie Bescheid wissen, liegt es an ihnen, ihr Quantum an Risiko zu bestimmen. Nimm an, es wurde bewiesen, daß Dauerschäden zurückbleiben. Okay. Also kann der Kiffer sich selbst darüber klarwerden, ob es dafür steht, in optimaler Form zu bleiben für das, was er vielleicht als eine Existenz von minimalem Reiz ansieht. Die paarmal, die ich genug wegbekam, um das Gefühl zu kriegen, hat es mich immer entspannt. Ich mußte bloß andauernd kichern, mit meinem Zeitgefühl stimmte es nicht mehr, und die Dinge erschienen mir zu klar und zu scharfkantig. Irgendwie hatten sich auch die Dimensionen verschoben. Gebäude hingen ein bißchen nach der falschen Seite über. Die Räume waren nicht mehr länger rechteckig. Man verspürt dabei eine Art sexueller Entspannung, aber ich wurde das ungemütliche Gefühl nicht los, daß sich jemand hinter mich schleichen und mich töten könne, wobei ich mit amüsierter Distanz anstatt mit vor Angst blockierten Sinnen dahinscheiden würde.«

»Ich versuche, mir dein Kichern zu vergegenwärtigen.«

»Ich höre es noch immer.«

»Was ist mit dem versunkenen Schatz, Travis?«

»Ich denke an das Geld. Wie es abgepackt war. Hunderter ganz unten, dann Fünfziger, Zwanziger, Zehner. Bei manchen Packen lagen Fünfer obenauf. Sie waren der Länge und Breite nach mit Bindfaden verschnürt. Unter der Verschnürung lag der Abschnitt einer Rechenmaschine. Bündel mit jeweils zehntausend. Jemand sehr Ordentlicher hat das besorgt. Riecht nach Einzelhandel, mein Freund. Unterstellen wir mal, du nimmst eine Menge Bargeld aus den verschiedensten Quellen ein. Mit diesen Einnahmen beabsichtigst du, nachdem du deinen Anteil abgezogen hast, bei mehreren Stellen einzukaufen. Angenommen, du möchtest deine dir wohlgesonnene Bank nicht damit belästigen, dir kleine Scheine in große umzutauschen. Na schön, wenn du alle Hunderter zusammentust, kannst du sie in einige dünne Packen aufteilen, mit denen es sich einkaufen gehen läßt. Andererseits behältst du einen großen Haufen kleiner Scheine übrig. Deshalb verteilst du alles ein bißchen und erhältst auf diese Weise handliche Geldbündel.«

»Klingt immer weniger nach dem Schatz der Spanischen Armada«, meinte Meyer.

»Doch, das tut es.«

»Wenn sich der Schmerz zwischen meinen Augen meldet, bedeutet das, daß ich für den Augenblick genug nachgedacht habe — bewußt, zumindest. Im Unterbewußtsein können meine Gedanken ruhig weiterspinnen. Was meinst du, ist Jack Omaha tot?«

»Ja.«

»Diese Tatsache würde die *Christina III* zu einem Unglücksschiff machen.«

»Jack Omaha, Carrie Milligan, Cal Birdsong.«

»Nicht zu vergessen«, sagte er, »den unsichtbaren Planeten, der die anderen in ihren Bahnen beeinträchtigte. Gute Nacht.«

Nachdem ich noch so ein bißchen nutzlos herumgetrödelt hatte, ging ich zu Bett und ertappte mich dabei, wie ich versuchte, die Erinnerung an Boo Brodey wiederzubeleben, als er mich für die Sache kaschen wollte. Er ist groß, hat ein rotes Gesicht — vom Leben einigermaßen mitgenommen —, ist ausgelaugt von harter Arbeit, einem unbarmherzigen Existenzkampf, von kleinlichen Heloden-Quereleien und hageren, habsüchtigen Weibern. Und doch hat er noch etwas Kindliches.

Ich sehe ihn förmlich vor mir, wie er vor mir auf und ab rannte, aufgeregt und voller Ungeduld. Er hieb sich die geballte Faust in die Handfläche und begeisterte sich: »Jesus, Trav, du kennst mich. Jemand schafft mir an, daß etwas gemacht werden soll, wo, wann und wie, und die Sache ist geritzt. Ich denke mir selber was aus, und 's wird ein Reinfall. Trav, wir sprechen über das Bäumchen-schüttle-dich, so wahr mir Gott helfe! Du wirst es nicht glauben, wie leicht dieses Geld zu machen ist. Kinder, Kinder in kurzen Hosen, bringen das Gras rein. Alles, was fliegt, wird dazu benutzt. Du kannst ein Flugzeug mieten, um damit nach Atlanta hochzufliegen und zurück. Okay, du nimmst es an Deck mit und schipperst nach Jamaika rüber, kaufst für zehntausend ein, machst dich auf den Heimweg, und bevor der Tag rum ist, hast du dreißigtausend. Sie bringen's mit Booten, Schiffen, allem möglichen an Land, Trav. Na, nun komm schon! Die Rauschgiftspezialisten sind der Meinung, daß Gras gar nicht so schlimm ist. Sie wissen, daß sie's nicht draußen halten können. Hilf mir die Sache anzudrehn. Du hast die Kontakte dazu und alles das. Hilf mir, verdammt noch mal!«

Als ich ihn beschied, daß ich da nicht mitmachen wolle, bat er mich, es wenigstens für ihn zu schaukeln. Ich könnte mich raushalten, würde ein Stück von dem Kuchen für das Managen der Sache abbekommen. Ich sagte nein, ich wolle mich nicht auf diese Straße begeben. Wenn man's mit Gras anlaufen läßt, merkt man bald, daß Hasch und Koks sich leichter transportieren lassen und mehr abwerfen. Man macht sich bei jedem nächsten Schritt was vor, und wenn sie dich schließlich hopsnehmen, sieht das Bild, das in den Zeitungen von dir erscheint, aus wie das eines verkommenen Subjekts, mit Vampirzähnen und allem, was dazugehört. Und alles, was man sich dann zum Trost sagen kann, ist, Gee, die anderen haben's auch gemacht.

Wenn ich mich da wirklich einlassen würde, würde ich die *Muñequita* für lange Fahrten wieder auf Vordermann bringen, sie auf den kleinstmöglichen Benzinverbrauch einstellen und größere Tanks einbauen. Sie ist bereits so verspant, daß sie mit einer See fertig wird, der die meisten dieser kleinen Motorboote nicht gewachsen sind. Ich würde . . .

Brems dich gefälligst, McGee! Jeder von uns hat eine kriminelle Ader. Und du hast sogar ein bißchen mehr davon abgekriegt, als gut für dich ist. Deshalb vergiß, wie weit es von Key West durch die Straße von Yukatan ist.

7

Es war ein wolkenverhangener Morgen, kaum ein Lüftchen regte sich. Das Wasser in der weitläufigen Bucht war glasklar. Die Landzungen, von Dunst verhüllt, wirkten weiter entfernt, als sie es in Wirklichkeit waren.

Ein schmaler zerwühlter Strand voller Austernschalen erstreckte sich vor dem Häuschen der Mangrove Lane 28, in dem Carrie Milligan einmal gewohnt hatte. Ein Holzsteg ragte zirka sechs Meter ins Wasser hinaus. Er war noch ganz schön solide, hing erst ein klein wenig durch, würde schätzungsweise noch ein paar Jahre halten. Zwei alte Skiffs waren auf den Strand gezogen, umgedreht, ihre Bugnasen wiesen aufs Meer hinaus.

Jason saß auf einem der Skiffs. Er trug ein weißes Hemd und weiße Hosen. Ein breitkrempiger Strohhut beschattete sein Gesicht. Er schlug einige weiche Akkorde auf einer Gitarre an, deren reich verzierte Griffleisten sich auffällig gegen das dunkle Holz des Instruments abhoben. Es waren Akkorde, die zueinander paßten, ohne eine erkennbare Melodie zu ergeben. Langsame Kadenzen, in Dur und Moll.

Meyer und ich gesellten uns der Gruppe zu, wovon die meisten etwas abseits, im Schatten einer kleinen, knorrigen Wassereiche standen. Ich sah Harry Hascomb und den Jungen, der den Warenbestand in Hascombs Lager aufgenommen hatte. Ferner waren da Mrs. Jack Omaha, Gil von Gils Küche, Susan Dobrowsky, Frederick van Harn, Oliver vom Bootshafen, Joanna von der Firma Superior Building Supplies und ein Mann, bei dem ich einige Augenblicke überlegen mußte, wo ich ihn unterbringen sollte. Es war Arthur, der jüngere der beiden Polypen, die Cal Birdsong festgenommen hatten.

Sieben junge Damen in pastellfarbenen Kleidern waren anwesend. Nicht, daß die Kleider zueinander gepaßt hätten. Sie waren verschieden in Stil und Schnitt, doch alle lang und pastellfarben. Susan trug ein langes weißes Kleid, das ihr etwas zu groß war, woraus ich schloß, daß sie es sich ausgeliehen hatte. Susan und die anderen Mädchen hatten die Arme voller Blumen. Üppige Blumen, wie sie ein Spätfrühling in Florida hervorzaubert.

Ein junger Mann trat aus der Gruppe und wandte sich uns zu. Er hatte rötliches Haar und einen kräusellockigen rötlichen Bart. Er war mit einem Sportjackett und karierten Hosen bekleidet.

Mit wohltönender, eindringlicher Stimme begann er: »Wir sind heute hier, um unserer Schwester Carrie Lebewohl zu sagen.« Die Gitarrenmusik wurde nur leiser, setzte jedoch nicht aus. »Sie lebte eine Zeitlang unter uns und berührte unser aller Leben. Sie war eine freie Persönlichkeit, hatte keine Angst vor dem Leben oder vor sich selbst. Carrie, unsere Schwester, war bei uns zu Hause, und wir waren zu Hause bei ihr in Liebe, Treue und Verstehen. In Erinnerung an sie bitte ich jeden der hier Anwesenden, feierlich zu geloben, den Nöten derjenigen, die unser Leben teilen, aufgeschlossener gegenüberzustehen, mitfühlender zu sein und dem Nächsten jenes Verständnis entgegenzubringen, das nicht mit Schuld- und Sühnegefühlen belastet ist. Zum Zeichen dieses Versprechens und als Symbol unseres Verlustes überantworten wir diese Blumen der See.«

Er trat einen Schritt zur Seite. Die Gitarrenmusik wurde lauter. Die Mädchen schritten eines nach dem anderen den Steg entlang und warfen die Blumen in das bleigraue, klare Wasser der Bucht. Auf ihren Wangen waren Tränenspuren zu sehen. Die Blumen trieben auseinander, schwammen träge mit der Strömung in südliche Richtung davon. Es war ein sehr einfacher und bewegender Vorgang. Mit einem Male erschien mir der Verlust Carries größer. Ich hatte sie unter ihrem Wert eingeschätzt. Aber genau das war es, was der Rotbärtige gemeint hatte, als er sagte, wir sollten den Nöten der anderen aufgeschlossener gegenüberstehen — und ihrer Persönlichkeit. Wenn sie diesen Leuten hier so viel bedeutet hatte, dann hatte ich sie als Mensch nicht richtig bewertet.

Die Musik brach ab. Jason erhob sich und gab mit einer Kopfbewegung zu verstehen, daß dies alles sei. Stimmengemurmel erhob sich. Susan machte ein paar Schritte auf den Strand zu, stand da und blickte den Blumen nach.

Ich betrachtete die Gruppe von etwa zwanzig Leuten, die ich nicht näher kannte, wobei mir aufging, daß es eine neue Subkultur auf dieser Welt gibt. Dies hier waren zum größten Teil junge, arbeitende Menschen. Mit ihrer Arbeit machten sie Konzessionen, um ihre Bedürfnisse zu befriedigen. Ihre Identität außerhalb der Arbeitswelt war jedoch nicht dem Establishment verhaftet. Vielleicht war dies die einzig mögliche Antwort auf die Malaise, die Ruhelosigkeit und die Zweifel an einem institutionalisierten Leben, sich nämlich konformistisch zu verhalten, um sich den Lebensunterhalt zu verdienen, sich nach des Tages Mühen aber der persönlichen Freiheit in einer Kommune hinzugeben.

Ich bemerkte, daß Meyer nicht mehr länger neben mir stand. Ich blickte mich um, konnte ihn aber nirgendwo entdecken. Jason nickte mir zu und fragte: »War es in Ordnung so?«

»Es war sehr schön.«

»Dachte mir, es wäre besser, nur so ein bißchen rumzuklimpern. Wenn man eine bestimmte Sache spielt, fangen die Leute an, über den Text nachzudenken, und hören dann nicht mehr auf das, was gesagt wird. Ich finde, daß Robby es gut gemacht hat. Er ist Architekt. Cindy wollte auch kommen, aber sie ist noch zu durcheinander.«

»Sie sollte sich jetzt nicht noch damit belasten.«

»Das mit Carrie hat ihr zu schaffen gemacht. Als Cindy letztes Jahr krank war, kam Carrie herüber und brachte die Bücher in Ordnung. Sie brauchte ein ganzes Wochenende dazu, so, wie Cal alles hatte verschlampen lassen. Hören Sie, ich glaube, ich sollte ein paar Worte mit Susan wechseln. Was meinen Sie?«

»Ich glaube, das wäre gut.«

Er entfernte sich in Richtung Strand. Meyer näherte sich mir und sagte: »Unter dem Benzintank befindet sich eine Sechskantmutter. Der Anstrich ist an einer Stelle abgeblättert, so daß die Metalloberfläche zu sehen ist.«

Ich starrte ihn ungläubig an. »Bei all den Leuten, die hier herumstehen, bist du so dämlich und . . .«

»Hab' meinen Glücksbringer, den Silberdollar, in die Luft geworfen und nicht gefangen. Er ist an meiner Schuhspitze abgeprallt und unter den Datsun gerollt. Konnte weder zu genau noch zu lange nachsehen.«

»Daß du mir nicht überschlau wirst, was die Sache anbelangt.«

»Du meinst, ich soll nicht McGee markieren, was?«

»Schnapp nicht gleich ein. Wenn du im Team arbeiten willst, mußt du dir die Grundregeln einprägen, die ich bereits auseinandergesetzt habe: Geh niemals ein Risiko ein, das du nicht unbedingt eingehen mußt, nur um Zeit zu sparen oder um dein Ego zu stärken.«

»Moment mal . . .«

»Es gibt eine Menge Dinge, die du mich lehren kannst, die ich nie zu wissen gekriegt oder von denen ich auch nur den blassesten Schimmer hätte, wenn du sie mir nicht beigebracht hättest. In deinem Kopf hast du eine Menge Spezialwissen aufgespeichert. Ich in meinem auch. Mein Wissen könnte dazu angetan sein, daß du länger lebst und besser.«

»Besser als wer?« fragte eine Mädchenstimme. Ich drehte mich um. Joanna. Miß Freeler. Kürzlich bei Superior Building kennengelernt. Eine liebe Freundin von Harry Hascomb. Exfreundin, um exakt zu sein. Ein schlankes Mädchen mit einem feinen und hübschen Gesicht, langen rotblonden Haaren. Grünen Augen, leicht vorspringend und ziemlich herausfordernd. Die weibliche Herausforderung — so alt wie die Erde.

»Besser als Harry für einige Zeit leben wird.«

»Dann geht's ja noch«, sagte sie. »Darauf können Sie wetten, Harry muß 'ne ganze Menge Bequemlichkeiten aufgeben. Ich kenne Sie aus dem Büro. Sie waren gestern da, als ich den Kram hingeschmissen habe. Ich erinnere mich an Sie, weil Sie so komische Augen haben und wegen einiger anderer Sachen auch, wenn ich das mal so sagen darf. Wetten, Sie hören das von allen Mädchen? Wissen Sie, Ihre Augen haben die Farbe von Gin. Wie heißen Sie?«

»McGee. Das ist Meyer. Joanna Freeler.«

»Tag, Meyer«, sagte sie. »Tag, McGee. Was tun zwei Touristen hier auf der Gedenkfeier?«

»Wir sind Freunde der Verstorbenen«, gab ich Auskunft. »Aus Lauderdale.«

»Richtig. Da heiratete sie diesen Muskelprotz. Warum hat sie nicht Sie geheiratet? Waren Sie nicht verfügbar, McGee?«

»Ich war nicht. Ich bin nicht. Ich werde nicht sein.«

»Jetzt backen Sie meine Brötchen«, meinte sie.

Sie trug ein langes, orangefarbenes Kleid. Die Farbe stand ihr nicht. Ihre Blumen hatte sie weiter hinaus aufs Wasser als alle anderen geworfen.

»Sie scheinen gute Laune zu haben«, sagte ich.

Sie preßte ihre Kiefer aufeinander und blickte zu mir auf. »Das ist nicht nett, was Sie da eben gesagt haben, mein Freund, ich vermisse sie ganz gewaltig. Und auf die eine oder andere Weise werde ich sie immer vermissen. Okay?«

»So war's nicht gemeint.«

»Dann entschuldigen Sie sich dafür, daß Sie wie ein Mann ohne Kopf dahergeredet haben, McGee.«

»Ich darf mich hiermit entschuldigen.«

Sie drückte meinen Arm, lächelte und sagte zu Meyer: »Herzchen, würden Sie mal etwas verduften. Ich muß diesen Typ was fragen.«

Meyer erklärte: »Ich gehe zum Boot zurück.«

»Haben Sie ein Boot hier? In Westway? Hm. Ein schnelles Boot?«

»Wenn man alles aus ihm rausholt, macht es sieben bis acht Knoten.«

»Sie steuern es wie ein Flugkapitän?«

»Nein.«

»Kommen Sie. Zwei Leute sollen nicht hören, was ich Ihnen zu sagen habe. Kapiert?«

Sie geleitete mich ein ziemliches Stück von den anderen weg, bis zum äußersten Ende des Strandes. Der dicke Ast einer Wassereiche ragte, parallel zum Boden, in die Gegend. Fast auf Höhe meiner Hemdtasche. Joanna hatte die Handflächen auf den Ast gelegt, nahm Schwung und zog sich hinauf. Dann drehte sie sich und ließ sich auf dem Ast nieder. Auf die freie Stelle neben sich klopfend, meinte sie: »Kommen Sie auf meinen Baum, mein Freund.«

Ich hievte mich neben sie. Sie nahm meine Hand, betrachtete sie sorgfältig, zuerst die Handinnenfläche, dann den Handrücken.

»Hm. Sie haben eine aktive Vergangenheit aufzuweisen.«

»Hätten Sie das nicht vor Meyer sagen können?«

»Mir fällt's schon schwer, einer Person was zu stecken. Was ich meine, ist, Sie könnten auf dumme Gedanken kommen. Ich werde Carrie vermissen. Aber sie ist tot, nicht wahr? Und die Welt dreht sich weiter. Eines weiß ich — und vielleicht hat sich das Carrie auch gedacht —, es gibt mehr im Leben, als vierzig Stunden die Woche auf seinem Allerwertesten in einem Büro zu hocken und sich von dem Clown, der einem die Gehaltsschecks unterschreibt, ab und an mal nehmen zu lassen. Ich könnte mich zur Ruhe setzen, wenn ich es richtig anfange. Was ich will, ist eine interessantere Arbeit. So wie Carrie sie hatte.«

»Worin bestand die?«

»Kommen Sie mir nicht so, McGee. Hören Sie, *ich* kannte das Mädchen. Jetzt wohnen ich, Betty Joller, Nat Weiss und Flossie Speck in dem Häuschen. Früher, als Carrie noch bei uns lebte und auch noch danach, hat sie ihre Freunde mit Gras versorgt, das nichts kostete. Dürften noch so an die zwei Pfund übrig sein davon. Muß ich noch deutlicher werden? Ich kann zwei und zwei zusammenzählen, auch wenn ich nur die Hälfte weiß. Typen wie ihr, ihr habt also dabei euer Süppchen gekocht. Sie war in Lauderdale. Jetzt seid ihr hier, um die Sache wieder in Gang zu bringen. Sagen wir es so: Ihr habt einen Job zu vergeben. Was mich betrifft, ich bin auf Draht, wenn's sein muß, und kann den Mund halten.«

»Das würde ich nicht so ohne weiteres bestätigen, daß Sie Ihren Mund halten können.«

»Es ist meine Chance. Wo find' ich mich sonst wieder? Draußen, wie üblich.«

»Was glauben Sie denn, wer ich bin?«

»Sie sitzen hier in meinem Baum und machen auf dämlich, dabei sehen Sie aus, als ob Sie smart und hart sein könnten. Mischen höchstwahrscheinlich beim Verteilen mit, nachdem die Irren den Stoff reingebracht haben. Möchte auch 'ne irre Type sein, muß einfach was Verrücktes machen. Geld haben ist dufte. Hab' Carrie gesagt, sie soll sich da nicht einlassen, und was tu ich? Sitze hier und bettle drum, reinzukommen. Was ist mit Jack passiert?«

»Hat Carrie Ihnen das nicht erzählt?«

»Sie sagte, er hätte Schiß gekriegt. Wahrscheinlich hat er sich seinen Anteil geklemmt und ist abgehauen damit. Aber das . . .«

»Aber was?«

»Nicht so wichtig. Vergessen Sie's.«

»Wußte Harry, was da gespielt wurde?«

»Cowboy-Harry? Dieser Trottel. Wie sollte er. Der braucht doch beide Hände, um seinen Arsch zu finden. Trotzdem, warum haben Sie ihn aufgesucht?«

»Um mit ihm über Carrie zu sprechen.«

»Wieso wollten Sie mit ihm über Carrie sprechen?«

»Können Sie den Mund halten?«

»Das wissen Sie doch!«

»Möchte rauskriegen, wer Carrie unter den Lastwagen gestoßen hat.«

Aus ihrem Gesicht wich alle Farbe. Sie wischte sich den Mund und erschauerte. »Sagen Sie bloß!«

»Sie wurde umgebracht. Man könnte es einen Betriebsunfall nennen, was? Wenn Sie dieses Risiko eingehen wollen, vielleicht dürften wir da etwas für Sie finden.«

»Aber wer . . . wer . . .«

»Nehmen wir mal an, die Konkurrenz.«

Sie schlug den Blick nieder und hob ihr orangefarbenes Kleid vom Körper ab. »Mir wird warm, und ich fühle mich ganz klebrig. Ich ziehe mich besser um. Gehen Sie nicht weg, ja? Ich möchte drüber nachdenken, okay?«

Joanna sprang leichtfüßig von dem Ast, ging zu den Häuschen zurück und verschwand darin. Viele der Teilnehmer hatten sich verkrümelt. Einige waren in das Häuschen gegangen. Etliche standen noch unter den Bäumen zusammen und plauderten miteinander. Ich sah, wie Susan auf den Datsun zuging. Ich verließ meinen Sitzplatz in dem Baum und begab mich ebenfalls zu dem Wagen. Ihre Augen waren rotgeweint, aber sie brachte ein Lächeln zustande.

»Ich glaube, Carrie hätte es gemocht«, sagte sie.

»Ich bin sicher, daß sie das getan hätte. Gestern habe ich übrigens ihre Ringe mitgenommen. Hab' vergessen, Sie Ihnen zu geben. Hab' sie auf dem Boot gelassen. Wäre es Ihnen recht, wenn wir sie jetzt holen gingen?«

Sie runzelte die Stirn und schüttelte den Kopf. »Das hat keine

Eile. Fred . . . Mr. van Harn meint, ich müßte noch ein paar Tage hierbleiben.«

»Wollen Sie, daß ich die Urne bei Mr. Rucker abhole?«

»Oh, nein, danke. Ich hab' das schon mit Betty besprochen. Sie fährt jetzt mit mir hin, so daß wir das bis zwei Uhr erledigen können. Das geht prima so. Trotzdem, vielen Dank.«

Ein kräftiges Mädchen im gelben Kleid hastete auf den Wagen zu und entschuldigte sich: »Tut mir leid, Sue, mußte mit jemandem was besprechen.«

»Betty, das ist Travis McGee. Betty Joller.«

Es war eines jener rundgesichtigen, hübschen jungen Mädchen, die Holzsandalen bevorzugen und Bierbottlepartys. Ihre Augen waren so blau wie Delfter Kacheln, und ihr Lächeln erschien mir durch und durch freundlich, nicht im mindesten provozierend. »Als ich Sie mit Meyer zusammenstehen sah, dachte ich mir, daß nur Sie das sein können«, meinte sie. »Carrie hat mir mal erzählt, daß die einzig glückliche Zeit, an die sie sich erinnern konnte, die war, als Sie ihr und Ben Ihr Hausboot für ihre Flitterwochen geliehen haben. Wir alle werden sie sehr vermissen.«

Sie stiegen ein. Susan raffte sich ihr weißes Kleid über die Knie hoch, stieß mit dem Wagen elegant zurück, und sie fuhren von dannen. Neben mir ließ sich Joanna vernehmen: »Susan ist schon ein Klassemädchen, was?«

»Jason hat ein Auge auf sie.«

»Hab' ich gemerkt. Für Sie, Chef, ist sie zu jung.«

»Sie auch.«

Sie bog sich vor Lachen. Irgendwie war ihr Lachen unpassend in diesem Moment. »Ich? Ich?« keuchte sie. »Ich bin das Älteste, was rumläuft.« Sie trug jetzt knappe, lachsfarbene Shorts und oben herum ein Etwas in sanftem Grau. Ihre rötlichen Haare hatte sie zu einem lockeren Dutt hochgesteckt. Einige Haarenden standen weg. Doch die Frisur ließ ihren Hals sehr schlank und begehrenswert wirken.

Sie blickte sich um. »Wo haben Sie Ihren fahrbaren Untersatz?«

»Wir sind vom Bootshafen zu Fuß herübergekommen.«

»Dann begleite ich Sie zurück, okay?«

»Okay, Joanna.«

»Wir haben unseren Handel noch nicht unter Dach und Fach.«

»Handel?«

Sie trug eine kleine Strandtasche aus weißem Leinen bei sich, die sie jetzt an den gedrehten Kordelhenkeln zwirbelte.

»Wenn Sie sich weiter dumm stellen, schlag' ich Ihnen den Schädel ein, Herzchen.«

Wir schlenderten den Strandweg entlang, tauchten in den Schatten ein, traten wieder in die Sonne, passierten kleine Holzhäuser und Krämerläden, bis wir zum Bootshafen gelangten. Jason war wieder an der Arbeit. Er stand in seinen Khaki-Shorts im Bug einer stattlichen Chris und spritzte mit einem Schlauch das Seesalz ab. Die beiden Neuankömmlinge, zwei weißhaarige rundliche Herrschaften in schmucker Bootskleidung, hatten sich dabei aufgepflanzt und beobachteten griesgrämig jede seiner Bewegungen. »Diese Klampe auch«, rief der Mann ihm zu. »Die Klampe!«

»Yessir«, erwiderte Jason, der Musikant. »Yessir.«

Joanna erging sich in lautem Entzücken über die Unterdeck-Räumlichkeiten der *Pik As*. Während sie, Oh's und Ah's von sich gebend, herumspazierte, erklärte mir Meyer, er habe noch einige Besorgungen zu machen. Ob das der Wahrheit entsprach oder ob er einem plötzlichen Anfall von Diskretion nachgab, hätte ich nicht zu sagen vermocht.

Ich fand sie im Toilettenraum, wo sie vor dem großen Spiegel stand, sich über ihr Haar strich, sich umdrehte und über die Schulter hinweg in dem Glas betrachtete. Sie erblickte mein Spiegelbild und meinte: »Das ist aber wirklich ein schwimmendes Laufställchen. Komisch, ich hab' das Gefühl, als ob man mir da etwas vorenthalten hätte. Finde das gemein, daß das alles ohne mich gelaufen ist. Schließlich bin ich die Beste. Wußten Sie das nicht?«

»Das haben Sie mir nicht gesagt.«

»Haben Sie das vielleicht alles selber entworfen?«

»Nein. Alles war so, als ich den Kahn beim Pokern gewann.«

»Ah. Daher der Name.«

»Eine Brasilianerin gehörte dazu. Aber die habe ich nicht angenommen.«

»Sind Brasilianerinnen so gut?«

»Ich weiß nicht. Na, wie dem auch sei, das Dekor hab' ich gelassen, wie es war.«

Sie lächelte. Doch plötzlich ließ sie die Schultern hängen, sie schüttelte den Kopf, ihr Gesicht wurde traurig. »Rumalbern läßt sich's leicht, nicht wahr? Ich glaube, in Wirklichkeit gebe ich den

Job deswegen auf, weil es ohne Carrie nicht mehr dasselbe wäre. Könnte ich ein Bier haben?«

»Selbstverständlich.«

Wir saßen einander in der Eßnische der Kombüse an dem Klapptisch gegenüber. Sie war still, nachdenklich, undurchdringlich.

Schließlich sagte sie: »Es ist also nicht nur ein Spiel. Und ich werde mich nicht daran beteiligen. Na, macht nichts. Ich bedanke mich jedenfalls. Tut mir leid, daß ich Sie belästigt habe.«

Ich erzählte ihr die Wahrheit über Carrie und mich und warum ich mit Meyer hier war. Sie wurde rot wie eine Tomate, erhob sich und ging ruhelos auf und ab, um ihrer Verlegenheit Herr zu werden. Fünf Minuten brauchte ich dazu, meinen Bericht abzuliefern. Den Teil mit dem Geld ließ ich aus.

»Sie müssen den Eindruck gehabt haben, ich hätte den Verstand verloren!«

»Hab' mir irgendsowas gedacht, Kindchen.«

»Sie haben mich noch dazu ermuntert, verdammt noch mal!«

Nach einiger Zeit hatte sie sich beruhigt. Sie setzte sich wieder, trank ihr Bier und äußerte: »Okay, ich kann mir denken, warum Sie annehmen, daß sie umgebracht wurde. Die Handtasche, das mit dem Benzin und so weiter. Aber warum? In so was Schlimmes war sie nun auch wieder nicht verwickelt. Jeder Dummkopf schiebt in Florida mit Gras. Tonnen davon kommen dauernd rein. Das ist ungefähr so riskant wie ein Stoppzeichen zu überfahren.«

»Hat sie Ihnen erzählt, wie das lief?«

»Sie hat nicht viel Worte drum gemacht. Es war kein Geheimnis, sie haben Jacks Jacht benutzt. Es ist unmöglich, diese Küste polizeilich zu überwachen. Zu viele kleine Boote, Kleinflugzeuge und was weiß ich.«

»Hat niemand von denen, die im Häuschen wohnten, Carrie gefragt, woher sie das Gras hatte?«

»Betty hat's immer getan. Carrie hat jedesmal was anderes gesagt. Einmal sprach sie davon, daß sie jemand Speziellen in Quik-Chek kenne. Es war eine Spitzenqualität, genau richtig ausgereift. Jason meint, es sei die beste Sorte, die je reinkam. Wir hatten unseren Spaß damit, wir vier: Betty, ich, Carrie und Floss. Betty schaffte eine kleine Zigarettenmaschine an, und wir drehten uns unsere Zigaretten selber. Nach dem Kochbuch haben wir uns auch Hasch-Plätzchen gemacht. An einem Abend zum Beispiel, da waren wir so an die acht oder zehn, saßen herum, kann sein, Jason machte Musik, und waren ganz schön high. Es kamen gute, entspannte Gespräche zustande, die einen Sinn ergaben, nicht, wie's so geht, wenn sie trinken und die Leute streitsüchtig werden oder sich dusselig benehmen. Jetzt heißt's, Babys könnten Schaden davontragen, und es setzte die Widerstandskraft gegen Erkältungen und Grippe herab. So? Autos können einen Menschen töten, und die Leute hören nicht auf, damit herumzufahren.«

»Die Voraussetzungen sind nicht dieselben.«

»Die was sind, sind nicht dieselben?«

»Entschuldigung. Wir wollen da keine große Sache draus machen.«

»Sind Sie dagegen?«

»Joanna, ich weiß nicht. Ein Bursche, der sehr geschickt mit einem Boot umzugehen wußte, sagte mir einmal, das einzige, wonach man ein wirklich gutes Gefühl bekomme, sei, wenn man sich moralisch verhalten habe. Aber nach was man sich einmal gut fühlt, kann man sich ein andermal verdammt mies fühlen. Und es ist schwierig, das vorauszusagen. Andererseits sollte Moral nicht zum Experiment entarten, meine ich. Ich finde, die Welt steckt voller Imponderabilien, die einem den Kopf schwermachen. Wenn ich einen schweren Kopf habe, ist meine Erlebnisfähigkeit herabgesetzt. Drum versuche ich . . . ich versuche sicherzugehen, daß der Kontrollraum immer funktioniert, ich auf der Hut bin.«

»Klingt irgendwie langweilig.«

»Ist es aber nicht.«

Sie legte ihre Finger um mein Handgelenk. »Schön, Sie kluges Kind. Meinen Sie, Sie fühlen sich gut — danach?«

»Wenn die Gründe die richtigen sind, sicher.«

»Gibt es mehr als einen Grund dafür, mein Freund?«

»Der wichtigste Grund dafür ist, mit jemandem in einer Weise zusammen zu sein, die das Leben ein bißchen weniger öde, einsam und verlassen macht. Das heißt, das Ich durch das Wir zu ersetzen. In der Welt ist's kalt. Güte, Zuneigung und Zärtlichkeit vermögen einen von innen heraus zu erwärmen. So ist es richtig. Wenn Sie hingegen einen neuen internationalen Rekord im Lieben aufstellen wollen oder mit den fleißigsten und kessesten Hüften renommieren, vergessen Sie's.«

Sie löste die Umklammerung ihrer Finger und zog ihre Hand

zurück. In ihren Augen standen Tränen. Sie lächelte, schüttelte den Kopf und sagte: »Da führt kein Weg hin, McGee. Wie immer Sie's mir auch verkaufen, so kann ich mir's nicht leisten. Es hat eine Zeit gegeben, da hab' ich's auf die Weise versucht, und es hat weh getan. Sehr weh. Es ist die Schokoladensoße, die man sich zum Pudding wünscht. Ich bin ein ziemlich gutes Betthäschen für die Harry Hascombs dieser Welt, und ich fühle mich immer gut danach, besten Dank!«

»Immer?«

»Hol Sie der Teufel!« erwiderte sie und erhob sich. »Ich mag's. Basta.«

»Jedem das Seine.«

Sie lächelte wieder und streckte mir ihre Hand entgegen. »Wollen wir Freunde sein? Eigentlich bin ich nicht hierhergekommen, um in Freundschaft zu machen. Aber, sei's drum. Himmel! Hab' ich Kohldampf. Was haben Sie denn zu bieten?« Sie hatte die Kühlschranktür geöffnet. »Corned beef? Käse. Wo ist das Brot? Ich bin so verfressen wie nur was. Kann eine Portion für drei Lastwagenfahrer wegputzen, trotzdem bin ich ewig hungrig und nehm' nicht ein Gramm zu. Passen Sie auf, daß ich nicht Sie bis auf die Knochen abnage, mein Lieber.«

Ich saß da und sah zu, wie sie die Sandwiches bestrich. Sie war fix und machte eine ganze Menge. Danach verdrückte sie etwa zweimal soviel wie ich. Dabei aß sie mit solcher Lust, daß sie ins Schwitzen geriet, obwohl die Klimaanlage angestellt war. Derartig jung und begeistert leuchteten ihre Augen, daß ich sehnsüchtig wünschte, ich hätte ihr Spiel mitgespielt, kurz nachdem Meyer den Kahn verlassen hatte. Sie war so unwahrscheinlich lebendig, so vital und direkt in ihren Lebensäußerungen wie nur irgend jemand, der mir seit langer Zeit begegnet war.

»Wie oft brachte sie die Muster?«

»Was? Ach so, sooft uns der Stoff ausging. Daß sie in diese fünfzehnhunderter Wohnung zog, hatte was mit diesen krummen Touren zu tun, wie sie mir erzählte. Sie bewohnte das Apartment mietfrei. Nichtsdestotrotz hat sie uns vermißt.«

Das Telefon klingelte. Wir erschraken beide. Ich ging in die Lounge und nahm ab. Meyer war dran. »Was die Autopsie von Birdsong anbelangt, es war das Herz. So was wie ein Aneurysma. Dachte, es würde dich interessieren. Ich hoffe, ich . . . ich habe nicht gestört.«

»Du kannst jederzeit an Bord kommen.«

»Oh.«

»Was soll das Oh?«

»Na, eben so: Oh. Nichts von Bedeutung. Oh.«

Sie kam in die Lounge geschlendert und streckte sich auf der gelben Couch aus. Ihre zweite Tasse mit Milchkaffee stellte sie auf den Tisch. »Das ist wirklich ein Klasseboot.«

»Wie ist Chris Omaha?«

»Keiner versteht, wie Jack es so lange mit ihr ausgehalten hat. Sie ist eine dumme Pute, laut und unersättlich. Mies zu ihm und zu den Kindern. Seit die Kinder alt genug sind, in die Schule zu gehen, sind sie tagsüber kaum mehr im Haus. Sie möchte allein sein für den Fall, daß jemand in Hosen bei ihr reinsieht, um irgendwas zu liefern oder zu reparieren. Jack hat sie einige Male erwischt. Aber sich scheiden lassen? Denkste, Carrie hoffte eine ganze Weile, er würde von Chris weggehen und sie heiraten. Ich weiß nicht, was sie zusammenhält. Es war eine Kinderehe. Waren damals siebzehn und achtzehn. Haben sich arrangiert, nehme ich an. Er konnte sich mit Carrie verlustieren, und sie durfte sich jeden anlachen, der zufällig vorbeikam.«

»Wie etwa Tausendsassa Freddy van Harn?«

»Tausendsassa Freddy? Au warte, den schätzen Sie aber richtig ein. Das muß ich Floss erzählen, wie Sie ihn nennen. Nein, Fred ist der Anwalt der Firma und von Jack und Harry privat. Er verwaltet das, was an Vermögen noch da ist, dem würde aber nie einfallen, es mit der ollen Chris zu treiben, wo er das Beste haben kann.«

Ich nannte ihr die Gründe, warum ich ihr widersprechen mußte. Sie sah überrascht aus. »Sagen Sie bloß! Können Sie sich das erklären? Die olle Chris muß irgendeine schwache Stelle bei ihm erwischt haben, anders kann ich mir's nicht denken.«

»War er der Anwalt von Carrie?«

»Als Firmenanwalt — ja. Als sie ein Testament aufsetzen wollte, damit dieser Ben nicht ihre Ersparnisse bekommen würde oder den Wagen oder sonstwas, haute sie eines Tages Fred an, der ins Büro kam, um mit Harry was zu besprechen. Fred machte sich ein paar Notizen und setzte das Testament auf. Sie mußte zu ihm in die Kanzlei kommen und unterschreiben. Glaube, er machte sich selbst zum Nachlaßverwalter. Betty hat mir gesagt, sie hätte Susan vor Fred gewarnt. Susan ist so ein nettes Mädchen. Fred hat sich auch mal an Betty rangemacht. Nehme an, sie war so eine Art Herausforderung für ihn. Betty ist irgendwie sexlos, müssen Sie wissen. Sie hat alles, was dazugehört, ist hübsch, aber irgend etwas fehlt ihr. Fred hat sie mal ein bißchen mit Wein aufgetankt und sie dann genommen. Nicht, daß es eine Vergewaltigung gewesen wäre, aber nahe daran. Sie haßt ihn. Er hat ihr ziemlich weh getan. Betty ist sehr schmal gebaut, und Fred . . . na ja, was soll ich sagen, man würde das nie annehmen, wenn man ihn so sieht, schlank wie er ist, gutaussehend, fast ein bißchen mädchenhaft. Aber er ist ein Stier von einem Mann. Riesengroß. Von dem Kaliber, daß man Angst davor kriegen kann. Und . . . es macht ihm Spaß, weh zu tun. Fiese Sachen mag ich nicht. Ich hab's gern zum Vergnügen. Ihm scheint's keinen Spaß zu machen. O ja, er weiß 'ne Menge Tricks und so weiter. Aber es kommt einem vor, als habe er's aus einem Leitfaden für Techniker. Einmal hat er mir gereicht. Er ist bei einem und doch nicht. Er ist . . . ich weiß auch nicht, wie ich dazu sagen soll.«

»Kalt?«

»Genau. Ich glaube, er versucht, jedes Mädchen in und um Bayside aufzureißen. Er ist verrückt nach Weibern. Vielleicht hat er auch deshalb Chris auf seine Liste gesetzt. Es gab Männer, die ihm die Hucke vollhauen wollten, weil er so rumwildert, aber er ist auf Draht und aalglatt. Er ist ein guter Anwalt, aber menschlich nicht sehr angenehm. Weiß nicht, wie ihm die Ehe bekommen wird. Er wird heiraten. Es stand in der Zeitung. Jane Schermer. Ein Mädchen aus den besten Kreisen und steinreich. Wurde mit Holz gemacht, das Geld. Ihm gehört Ranchland in der Nähe der Wälder, die ihr gehören. Es kommt aber nicht annähernd an die Größe ihres Besitzes heran. Die van Harns hatten mal Geld, aber ungefähr zu der Zeit, als Fred in Stetson Jura studierte, erschoß sich sein Vater. Und da stellte sich heraus, daß er total pleite war. Hatte irgendwas mit Aktien zu tun. Sagt man. Der Alte soll auf Aktien Geld aufgenommen haben, gleichzeitig war er der Rechtsberater der Bank. Fred arbeitete hart. Nehme an, er ist dabei, viel Geld zu scheffeln. Alle sind sie der Meinung, daß er seine Sache gut macht. Aber was ich glaube, ist, daß er in Wirklichkeit ein widerlicher Bursche ist.«

»Bayside scheint ein geschäftiges Städtchen zu sein.«

»Wird wohl stimmen, nehme ich an. Weiß wirklich nicht, ob ich hierbleiben soll. Ich bin schon mal weggegangen, aber wieder zurückgekommen. Wie wär's, wenn ich nach Lauderdale käme und für einige Zeit mit Ihnen auf dem Boot leben würde? Na?«

»Wir werden Sie auf die Warteliste setzen, Miß Freeler.«

»Sie sind fast zu liebenswürdig.«

Die Alarmglocke schlug an, als Meyer auf die Matte des Achterdecks trat. Er klopfte an, kam herein und lächelte der hübschen Joanna auf der gelben Couch zu. »Es gefällt mir, wenn junge Mädchen Milch trinken.« Sie hatte ein paar Sandwiches für ihn appetitlich in Butterbrotpapier gewickelt. Sie schüttelte sich, rappelte sich auf und meinte gähnend, daß sie zum Häuschen zurückginge, um ein Mittagsschläfchen zu halten. Ich faßte sie bei den Schultern, drehte sie um und versetzte ihr einen kleinen Stups in Richtung Schlafkajüte. Sie schleppte sich von dannen, wobei sie mit ihren Schuhen über den Boden schlurfte. Als ich nach ihr sah, schnarchte sie bereits, und dies in einer Lautstärke, die für eine so zarte Dame einigermaßen beachtlich war.

Ich setzte mich zu Meyer, der in der Eßnische der Kombüse seine Sandwiches verzehrte.

»Hab' Sie ausfindig gemacht«, berichtete er, »die Werkstatt, meine ich, wo Carrie ihren Wagen zum Warten hinbrachte. Es ist eine Shell-Niederlassung, gleich gegenüber der Einfahrt zum Junction Park. Lag günstig für sie. Da konnte sie den Wagen dortlassen, während sie ins Büro ging. Am letzten Dienstag brachte sie ihn hin. Sie haben in der Kartei nachgesehen. Öl- und Filterwechsel. Ferner wurden neue Scheibenwischer angebracht und der Wagen aufgetankt.«

»Wenn er Dienstag aufgetankt wurde und sie keine größeren Fahrten unternommen hat . . .«

»Sie war den ganzen Dienstag und Mittwoch im Büro.«

»Gute Arbeit, Meyer.«

»Danke.«

»Was die Planetentheorie von dir betrifft, so kann ich mit einem Wandelstern dienen. Einem Rechtsanwalt namens Frederick van Harn. Er hat seine Finger in den Angelegenheiten etlicher Leute drin, für die wir uns interessieren.«

»Inklusive Mrs. Birdsong.«

»Holla.«

»Er trat aus dem Motel, als ich mit dem Wagen zurückkam.«

»Na prima. Dringlichkeitsstufe eins. Versuche, soviel wie möglich über ihn herauszubekommen. Verstanden?«

»Yessir, Sir.«

Trotz meiner Beteuerungen, daß es so eilig nun auch wieder nicht sei, machte er sich gleich auf, nachdem er sich von mir abermals die Wagenschlüssel erbeten hatte.

8

Joanna erwachte gegen vier Uhr, murmelte ein verschlafenes Aufwiedersehen und wankte ab. Ich schrieb Meyer eine kurze Mitteilung, die ich gut sichtbar für ihn liegenließ. Dann verriegelte ich die *As* und machte mich auf den Weg zum Seaway Boulevard Nr. 1500. Schätzungsweise waren es so an die drei Kilometer in südliche Richtung. Zunächst war es sehr drückend, dann zog urplötzlich ein Unwetter auf. Ich kletterte über eine Hecke und suchte unter einem riesigen alten Indischen Feigenbaum Zuflucht. Ein kleiner weißer Köter bellte mich von der Schwelle eines Hauses aus an, wobei sein Kläffen teilweise von Donnerschlägen übertönt wurde. Über die Schwelle einer mit einem Fliegenfenster vergitterten Tür trat eine bleiche Frau, um nachzusehen, warum der Hund solchen Lärm machte. »Ich habe hier Schutz gesucht!« rief ich ihr durch das Rauschen des Regens hindurch zu.

»Sie können auch ins Haus kommen, wenn Sie wollen!«

»Ich habe Angst vor dem Hund! Trotzdem vielen Dank!«

Sie lächelte und begab sich ins Haus zurück.

Als es zu regnen aufhörte, dampfte Feuchtigkeit vom Pflaster auf. Die Luft war rein, und es hatte abgekühlt. Ich ging jetzt schneller.

Fünfzehnhundert bestand aus einer Ansammlung freistehender Bungalows und Wohnblocks, die durch Arkaden und überdachte Wandelgänge miteinander verbunden waren. Die Anlage verfügte zudem über kleinere Innenhöfe verschiedener Größe. Sie gewährte ein Maximum an Privatsphäre, allerdings auf Kosten der Sicherheit, denn das Kommen und Gehen war bei dieser Unübersichtlichkeit wohl kaum zu kontrollieren.

Ich wanderte umher, um Walter J. Demos zu finden. Er wohnte in Nummer 60, im Parterre eines Wohnblocks im rückwärtigen Teil der Anlage mit Blick auf den Swimming-pool-Komplex. Ein hübsches weibliches Wesen in Jeans und Arbeitshemd mit zerzausten Haaren öffnete die Tür. »Nichts frei«, zwitscherte sie. »Tut mir leid, aber es ist nichts frei.« Sie wollte die Tür wieder schließen.

»Ich möchte Mr. Demos sprechen. «

»Er setzt nicht einmal mehr jemand auf die Liste, so lang ist die.« Schweißperlen standen ihr auf Stirn und Oberlippe. Hinter ihr konnte ich einen Scheuereimer sehen, aus dem ein Aufwischlappen hing.

»Ich möchte nicht hier wohnen.«

»Dann müssen Sie nicht ganz bei Trost sein. Wenn's was anderes ist, na, dann lassen Sie mich mal nachdenken. May Ferris wollte ihn, weil irgend etwas mit dem Müllschlucker nicht in Ordnung ist. Wird wohl bei ihr sein. Auf Einundzwanzig. Gehn Sie am Pool vorbei, unter dem Bogen rechts durch, es ist der . . . zweite? Nein, der dritte Aufgang rechts. Die Treppen hoch, dann den Gang entlang zur Vorderseite des Gebäudes.«

Walter J. Demos trug einen grauen Overall und eine Lokomotivführermütze. Der Overall war vorne in der Mitte durchnäßt. Er sah in der Tat aus wie ein kleinerer, kräftigerer Kojak.

Er zeigte mir, was er in der Hand hielt. Es sah aus wie ein schmutziges Knäuel Bindfaden.

»Wissen Sie, was das ist? Können Sie das erraten?« fragte er mich.

Die Frau kicherte. Sie war mollig, scheu und nur mangelhaft bekleidet.

»Nein, könnte ich nicht sagen.«

»Miß Mary hat gestern eine wohlschmeckende Artischocke verspeist. Die nicht eßbaren Teile hat sie in den Müllschlucker gesteckt. Artischockenblätter, mein Freund, enthalten Zellulose. Im Müllschlucker wickelt sich diese zu einer unentwirrbaren Masse auf, und die Maschinerie funktioniert nicht mehr.«

Mary kicherte abermals, schwankte hin und her, biß auf ihren Fingerknöcheln und schabte mit ihrer Sandale über den Boden.

Sie dankte ihm, und er übergab ihr das Knäuel, damit sie es auf weniger Schaden verursachende Weise beseitigte. Er nahm seinen Werkzeugkasten auf, und wir gingen gemächlich zu seiner Wohnung zurück.

»Könnte ihnen allen sagen, sie sollten einen Handwerker anrufen. Könnte meine Zeit im Pool verbringen. Aber da würde ich verrückt werden, glaube ich. Ich muß was zu tun haben. So bin ich nun mal, Mr. McGee. Und meinen Leuten spart es Geld, was nicht unwichtig ist, wie die Zeiten nun einmal sind. Jeder hilft hier jedem und packt mit an, wo es nur geht. Wir sind hier eine einzige große Familie, greifen einander unter die Arme und beschützen einander.«

»Meyer hat mir erzählt, daß er auch diesen Eindruck gewonnen habe.«

»Oh, dann müssen Sie der Freund sein, den er erwähnt hat. Hab' mit ihm nur ein paar Minuten geschwatzt, kam mir sehr charmant und hochintelligent vor. Ich mag intelligente Leute. So bin ich nun mal.«

»Haben Sie herausgefunden, wer Carries Apartment verwüstete?«

»Was? Oh, nein, das haben wir nicht. Und ich frage mich, ob wir es jemals erfahren werden. Einer unserer Mieter würde das nie tun.«

»Obgleich Vorurteile gegen das Mädchen von seiten der anderen Familienmitglieder bestanden?«

Er hielt im Gehen inne und richtete seinen Blick auf mich. »Woraus schließen Sie das?«

Ich war versucht, ihn an Meyers Intelligenz zu erinnern, ermahnte mich aber, daß es klüger sei, die tote Lady ins Spiel zu bringen. Deshalb sagte ich: »Mrs. Milligan war sich dessen bewußt.«

Er grunzte, und wir gingen weiter, bis wir vor seiner Haustür angelangt waren. Die Dame schwitzte nicht mehr. Er nahm ihre Hand zwischen seine beiden Pratzen. »Dank dir, Lillian. Du weißt, wie sehr ich es zu schätzen weiß.«

Sie zog lächelnd mit ihrer Tasche in der Hand ab. Er schloß die Tür und sah sich um. »Gut gearbeitet«, lobte er. »Sehr gut gearbeitet.« Er wandte sich nach mir um und schnitt eine Grimasse. »Ich muß ziemlich vorsichtig sein. Wenn eine von ihnen zu oft für mich saubermacht, werden die anderen eifersüchtig. Bitte, nehmen Sie Platz. Ihrer Meinung nach bildete Carrie sich also ein, daß gegen sie Ressentiments bestünden.«

»Ausgeburten einer paranoiden Fantasie. Sie nahm an, daß die anderen etwas dagegen hätten, weil Sie sie oben auf die Warteliste gesetzt und ihr das erste freie Apartment zugeschanzt hatten. Zudem konnte sie mietfrei in ihrem Apartment wohnen.

Sie legte auch keinerlei Wert darauf, mit den anderen Bekanntschaft zu schließen. Lieber wäre sie bei ihren Freunden in der
Mangrove Lane geblieben. Vielleicht hätten Sie die Familie darüber aufklären sollen, daß Carrie keine spezielle und besonders
liebe Freundin von Ihnen war, sondern ein Glied des Pot-Vertei-
ler-Systems, das aus ihr, Jack Omaha, Cal Birdsong und Ihnen
bestand.«

Er war gut. Zuerst glotzte er mich sprachlos an. Dann gluckste
er, lachte, um sich endlich zu einem dröhnenden Gelächter zu
steigern. Er schlug sich auf die Schenkel, schwankte vor und zurück und bekam keine Luft mehr. Schließlich bot er mir seine ge-
kreuzten Handgelenke dar und sagte mit ersticktem Lachen:
»Okay, Wachtmeister. Ich mache keine Fisimatenten. Hier bin
ich.«

»Warum die Vorzugsbehandlung, die sie von Ihnen erfuhr?
Klären Sie mich auf, damit wir beide was zu lachen haben.«

Seine ganze Fröhlichkeit war wie weggewischt. »Sie fangen an,
mir auf die Nerven zu fallen. Das geht Sie gar nichts an! Trotzdem werd' ich's Ihnen sagen. Ein Freund von mir bat mich, Mrs.
Milligan das Apartment zukommen zu lassen. Jack Omaha
nämlich. Die Bücher weisen aus, daß die Miete jeden Monat
pünktlich bezahlt wurde. Mag sein, sie wurde ausgehalten. Ich
war's jedenfalls nicht. Wahrscheinlich war es Jack einfach ange-
nehmer, zu der Dame jederzeit privaten Zutritt zu haben.«

Ich zog die Augenbrauen hoch und musterte ihn höflich. »Ich
fange an, Ihnen auf die Nerven zu fallen, Mr. Demos?«

»Offen gesagt, ja.«

Es stehen einem immer eine Menge Möglichkeiten offen. Wie
leicht kann man die falsche wählen. Ein Mann, dem unvorstell-
bare Torturen angedroht werden, wird darauf kaum mit Begei-
sterung reagieren. Einen Musiker wird der Gedanke an zerquetschte Hände mit Entsetzen erfüllen. Die Wahl ist kein Vergnügen. Geschäft ist Geschäft und sollte es auch bleiben, sonst
überzeugt es nicht. Dieser Mann hier war eine gütige Vaterfigur,
der massige großschädlige Patriarch. Seine liebenswerte Klugheit
und Hilfsbereitschaft blieben auf die kleinen Mädchen, die noch
immer in jedem Mann den eigenen Papi suchten, nicht ohne Wirkung. Er war ein geselliger Typ. Ein Sensualist. Geschickt und
unwahrscheinlich erfolgreich im Umgang mit Frauen. Er hatte
sich eine profitable Welt geschaffen, in der ihm seine Beute nur

so zufiel. Er war mit sich zufrieden und ganz offensichtlich noch immer voller Habgier.

»Ich überlege mir, wie ich Ihnen auf die Nerven fallen könnte, Mr. Demos.«

»Wie meinen Sie das?«

»Wir haben einen Spezialisten, den wir in bestimmten Fällen herbeischaffen lassen. Sein Spitzname lautet *Sechzehn Wochen.* Er tut sich was darauf zugute, bei einer Person abschätzen zu können, wieviel diese an Folterungen auszuhalten vermag. Seine Behandlung garantiert einen Krankenhausaufenthalt von sechzehn Wochen. In Ihrem Alter könnte es sein, daß Sie nie wieder so ganz auf die Beine kommen.«

Sein Versuch eines Lächelns mißlang. »Das ist grotesk.«

»Oder, um einen anderen Vorschlag zu machen. Ich könnte die Erledigung Meyer überlassen. Er plant die Dinge so, daß es nicht viel Aufsehen gibt. Wie Sie richtig festgestellt haben, ist er hochintelligent. Wir haben ihn das mit Mr. Omaha, Mr. Birdsong und Mrs. Milligan erledigen lassen. Für Sie dürfte ihm schon etwas Passendes einfallen. Man könnte Sie beispielsweise eines Morgens in einem Swimming-pool finden.«

Ich glaube, er versuchte wieder zu lächeln. Er sah komisch aus. »Sind Sie vollkommen verrückt geworden? Warum sagen Sie so gräßliche Dinge? Was wollen Sie von mir?«

Es bringt nichts, im rein Rhetorischen zu verharren. Man kommt nicht umhin, Zeichen zu setzen. Ich erhob mich. Bewegte mich lässig auf ihn zu. Er beobachtete mich mit einiger Beunruhigung. Langsam trat ich hinter seinen Stuhl. Er lehnte sich nach vorn und verdrehte den Hals, um mich im Auge zu behalten. Ich wußte, daß er sich überlegte, ob er aufstehen sollte oder nicht.

Ein gewisses Maß an Präzision ist vonnöten. Um das Schlüsselbein herum, wo das Muskelgewebe des Trapez- und des Delta-Muskels ausläuft, liegt der Brachialplexus (von dem aus die Ulna- und Radial-Nerven in den Arm geleitet werden) am Knochen auf. Ich versetzte ihm einen raschen, ziemlich heftigen Schlag genau in dem Augenblick, als er eine Bewegung machen wollte. Dabei traf ich exakt ins Ziel, was hieß, daß von der Gewalt meiner geballten Faust Nerven gegen das Schlüsselbein gepreßt wurden.

Walter J. Demos' Aufschrei klang, als ob er die Luft einsauge. Er taumelte von seinem Sitz hoch. Sein rechter Arm hing wie tot herab. Er umfaßte seine rechte Schulter mit seiner linken Pranke.

Er stierte mich aus vorquellenden Augen an und brüllte wie am Spieß. Tränen rannen ihm über die Wangen.

Es wurde aufgeregt an die Tür gepocht. »Walter?« rief eine Frauenstimme. »Ist alles in Ordnung, Walter?«

»Sagen Sie ihr, sie soll die Polente rufen«, schlug ich ihm vor. »Wir können dann gemütlich um den Tisch sitzen und darüber sprechen, wieviel Pot Sie hier umgeschlagen haben.«

»Walter?« schrillte die Frauenstimme.

»Alles ist bestens, Edith«, gab er zurück. »Du kannst gehen.« Er setzte sich wieder und jammerte: »Sie haben mir die Schulter gebrochen!«

»Die ist nicht gebrochen. In einer Woche wird alles wieder okay sein.«

»Aber ich kann meinen Arm nicht bewegen. Er ist vollkommen steif.«

»Das Gefühl wird zurückkehren, Wally.«

»Keiner hat mich je Wally genannt.«

»Außer mir. Ich kann dich Wally nennen, oder etwa nicht?«

»Was wollen Sie von mir? Sind die denn wirklich umgebracht worden? Wirklich?«

»Wir wollen ein etabliertes Verteilernetz in Bayside. Deine frühere Quelle ist versiegt, Wally. Nun erzähl mir mal schön, wie du an sie rangekommen bist und wie ihr operiert habt.«

Mit seiner Linken fischte er ein Taschentuch hervor, tupfte sich damit über die Augen und schnaubte sich die Nase. Er rieb seinen gefühllosen Arm. Und quatschte und quatschte.

Er hatte schon immer von Superior Bau- und Ersatzmaterial für Reparaturen und Renovierungen bezogen. Dabei freundete er sich mit Jack Omaha an. Manchmal tranken sie zusammen in einem kleinen Restaurant in der Nähe des Industrieparks, das man zu Fuß erreichen konnte, eine Tasse Kaffee. Eines Tages erzählte er Omaha, daß viele seiner Mieter krank geworden seien, weil sie Gras geraucht hatten, das mit einem unbekannten Zusatz vermischt worden war. Jack erwiderte, sein persönlicher Zulieferer, der Milchmann, sei kürzlich von seiner Organisation fallengelassen worden, jetzt decke er sich bei einer Tankstelle ein und zahle zuviel. Omaha hatte des öfteren Ferien in Jamaika verbracht. Halb im Scherz meinte er, die Versuchung liege nahe, sich selbst zu versorgen. Aber es sei das Risiko nicht wert, wenn man nicht eine größere Menge schmuggle, und er könne ja schließlich nicht damit hausieren gehen. Demos schlug vor, daß etwas davon in Seaway Boulevard 1500 abgesetzt werden könne und daß seine Mieter vielleicht noch mehr Abnehmer in ihren Büros auftun würden.

Bald darauf waren die beiden handelseinig. Omaha kam aus Jamaika mit gewissen Garantien zurück. Er hatte mit einigen örtlichen Händlern Kontakt aufgenommen, die so schöne Decknamen trugen wie Little Bamboo, Popeye, Hitler oder John Wayne.

An diesem Punkt wurde entschieden, daß Walter besser nicht alle Details der Schmuggleraktion zu wissen kriegen sollte. Omaha würde dafür nicht mit den Verkaufstransaktionen behelligt werden. Die ersten Ladungen waren klein. Als sie einen größeren Umfang annahmen, zog Demos Mieter, denen er vertrauen konnte, zur Mitarbeit heran. Die Sache gedieh zur Heimindustrie. Die Fracht mußte übernommen, nachgewogen, geprüft und für die Grossisten wie für die Kleinhändler abgepackt werden.

»Wir dachten, wir könnten den Umgang mit — entschuldigen Sie den Ausdruck — Gangstern vermeiden. Wir fanden nichts Schlimmes dabei, vor allem, da wir doch eine Nachfrage zu einem fairen Preis befriedigten. Wir versuchten, das Risiko zu mindern. Deshalb haben wir auch Carrie hier untergebracht. Sie konnte mir einen Wink geben, wann eine Schiffsladung zu erwarten war. Ich war dann mit meinen Leuten bereit. In diesen Nächten fuhr sie einen kleinen Kastenlieferwagen von Superior statt ihren eigenen Wagen. Nachdem ausgeladen, nachkontrolliert und nachgewogen worden war, zahlte ich ihr das Geld aus. Wir arbeiteten jedesmal die Nacht durch, weil ich alles bis zum nächsten Morgen raushaben wollte. Außer dem persönlichen Vorrat natürlich.«

»Wann kam die letzte Ladung herein?«

Er sah niedergeschlagen aus. Massierte seine Schulter. Seufzte. Ich empfand eine gewisse Genugtuung bei dem Gedanken, ihn so genau eingeschätzt zu haben. Gleichzeitig schwang darin aber auch so etwas wie Bedauern mit. Demos war von sich erfüllt gewesen. Erfüllt von einer dickwanstigen Selbstsicherheit, sich seines Platzes in der Welt gewiß. Ein helläugiger Fremder war hereingeschneit, hatte ihm schreckliche Dinge an den Kopf geworfen und ihn in Angst und Schrecken versetzt. Seine Welt war mit einem Male angeknackst. Das Herz war ihm schwer geworden. Alles in allem war er kein schlechter Mensch. Er war nur ein mächtig geriebener Bursche gewesen, geschickt und habgierig und mit einem zu großen Selbstvertrauen ausgestattet.

»Wollen Sie, daß ich Ihnen noch ein bißchen auf die Nerven falle, Wally?«

»Nein. Nein! Ich versuche, mich zu erinnern. Es war eine Dienstagnacht. Damit müßte es der 14. Mai gewesen sein. Ja. Ich weiß nicht mehr genau die Zeit, aber es war vor Mitternacht.«

»Wieviel kam an?«

»Eine normale Ladung. Zehn Sack, meine ich. Jeder über vierzig Kilo schwer. Glaube, ich gab ihr so um die neunzigtausend Dollar.«

Auf meine Frage beschrieb er mir, wie das Geld abgepackt war. Das stimmte mit den Bündeln überein, die Carrie mir zum Aufbewahren übergeben hatte. Die Additionsstreifen stammten von der Rechenmaschine in seinem Büro. Die finanziellen Dinge wickelte er ab. So setzte er auch die Verdienstspannen seiner Wiederverkäufer fest.

Ich übte noch ein bißchen Druck auf ihn aus, damit er rausließ, wie gut es gelaufen war. Er blieb vage. Zuerst hatte er alle Hebel in Bewegung gesetzt, damit mehr Ladung hereinkam. Seiner Meinung nach hatte Jack Omaha dasselbe getan. Ihr Geschäft lief gegen Barzahlung. Als das Maximum dessen erreicht war, was mit der Jacht befördert werden konnte, fing er an, abzusahnen. Omaha, so nahm er an, verhielt sich ebenso. Er meinte, das viele Bargeld im Haus sei ein Problem für ihn gewesen. Wie sein Vorhandensein erklären? Deshalb legte er sich schließlich die Sache so zurecht, daß das Geld für zu zahlende Hypothekenschulden bestimmt sei. Er schätzte, daß Jack Omaha wohl mit demselben Problem zu kämpfen hatte, sprach aber nie mit ihm darüber. Er setzte an, um mich nach Jack Omaha zu fragen, überlegte es sich dann aber anders. Er wollte nichts über Omaha wissen. Auch nicht über Carrie.

Ich sagte ihm, daß ich Carries Apartment besichtigen wolle. Doch er erklärte mir, eine Miß Joller und Miß Dobrowsky, Carries Schwester, hätten alles durchgesehen und einiges zusammengepackt, damit es nach New Jersey gesandt werden konnte. Außerdem hatte sie einen Wohltätigkeitsverein angerufen, der das übrige abholen würde. Die Wohnung war bereits geputzt worden. Morgen früh würde der neue Mieter einziehen. Es gab also nichts mehr zu besichtigen.

Er erklärte, er habe Kopfschmerzen und würde sich gern hinlegen. Ich entgegnete ihm, ich müsse da zuerst noch etwas klarer sehen. Was hatte Carrie mit dem Geld gemacht?

Seinem Eindruck nach hatte sie es bei Superior in den Safe gelegt. Einen sicheren Platz müsse sie ja gehabt haben, wo sie es ließ, das sei doch nur logisch.

»Was wollen Sie von mir?« wiederholte er seine Frage.

»Sie haben einen netten Betrieb hier, Wally. Sauberer als eine alte Scheune, ein ausgedienter Schuppen oder ein im Wald abgestellter Wohnwagen. Sie haben diese reizenden kleinen Angestellten und Bankbeamten an der Hand, die das Pushen übernehmen, wobei diese sorgfältig darauf achten, keine Fehler zu machen, um nicht den großen Lebensstil, den Sie für sie kreiert haben, zu gefährden. Ich muß Sie nicht aus dem Geschäft drängen, denn Sie haben sich ja zurückgezogen. Der Nachschub fehlt, was? Nun raten Sie mal, was ich Ihnen vorzuschlagen habe? Ich möchte Sie zu unserem Exclusivverteiler in Bayside machen. Wie wär's damit?«

»Was . . . was bringt das?«

»Wir garantieren Spitzenqualität und daß es keine Schwierigkeiten mit der Polizei gibt. Wir erwarten von Ihnen, daß Sie, sagen wir, eine Tonne pro Monat abnehmen. Zahlung bar auf den Tisch, das Doppelte, was Sie Omaha gezahlt haben. Mit der Zeit werden wir das Sortiment vergrößern. Mit Koks und Hasch.«

»Oh, Mr. McGee, so was könnte ich nicht managen. Wirklich nicht. Diese Menge und der Preis . . . Wir haben das im kleinen betrieben, müssen Sie wissen. Amateursache. Ich könnte nicht . . .«

Ich erhob mich und lächelte ihm zu. »Abgemacht.«

»Habe ich keine andere Wahl?«

»Keine andere Wahl? Oh, selbstverständlich! Sie bleiben schön hier und passen auf Ihr Bargeld auf, denn wenn wir die Lieferung vornehmen, sollten Sie zahlungsfähig sein. Sie haben das abzunehmen, was wir Ihnen zukommen lassen. Sehen Sie sich nicht nach einer anderen Zulieferquelle um. Warten Sie ab. Sollten Sie verrückt spielen und uns in Schwierigkeiten bringen, dann werden Sie schon sehen, was Sie davon haben. In diesem Fall müßten wir Sie umlegen und kämen dann eben mit dem ins Geschäft, der den Laden hier übernimmt. Es kann noch einige Monate dauern, bis wir Sie als Verteiler einsetzen, Wally. Halten Sie durch.«

Er rührte sich nicht. Ich verließ das Haus. Ein bißchen war ich durch meine eigene kindische Handlungsweise deprimiert. Die Voraussetzungen waren alle echt, die Sache hätte genauso ablaufen können, wie ich das Spielchen mit Demos gespielt hatte. Allerdings würde die Kontaktaufnahme im allgemeinen wohl weniger melodramatisch vor sich gehen. So, wie ich mich aufgespielt hatte, verfing das selten. Zu auffällig, wo Gangster schließlich die wahren Konservativen sind. Man wechselt die Pferde nicht, wenn man am Gewinnen ist. Die Verteilung würde Süßwarenläden, Reitställen, Barkeepern, Serviererinnen, Call-Girl-Ringen oder Münzautomaten übertragen werden. Demos' Arrangement war zu ausgefallen, zu ausgeklügelt.

Ich machte einen kleinen Umweg um den Swimming-pool herum. Die Mieter, die Feierabend hatten, umlagerten das Bassin. Sie gaben eine jugendlich-attraktive Schar ab, gebräunt und ferienbunt gekleidet, wie sie waren. Die Szene hatte etwas von einer Werbeanzeige für Swimming-pools.

Sie stießen fröhliche kleine Schreie aus, die von guter Laune und dem Spaß, den sie hatten, kündeten. Im Wasser wurde Haschen gespielt.

Wallys Paradies. Das nur eine Macke aufwies. Und die war es wahrscheinlich auch, welche dieser Heiterkeit einen verkrampften Beigeschmack gab. Sie alle lebten gern hier. Sie wollten hierbleiben, beachteten sämtliche Regeln, zahlten ihre Miete pünktlich und beabsichtigten, hier zu leben, bis an ihr Lebensende.

Dabei war es ein Lebensstil, der auf junge Leute zugeschnitten war. Zwanzig Jahre später würde sich das alles sehr viel weniger anmutig, viel weniger peppig ausnehmen. Es sei denn, den Mietern würde gekündigt, wenn sie das fünfunddreißigste Lebensjahr erreicht hatten, sie würden mithin aus der Familie ausgestoßen. Das war ein ganz hübsches Problem für Wally. Für die Mieter waren es gräßliche Zukunftsaussichten.

Ich umging das fröhliche Gewimmel und trat den Rückweg zum Bootshafen an. Bei dem langen Fußmarsch war es mir möglich, meine Gedanken zu ordnen und das, was ich von Walter Demos gehört hatte, in das Mosaik der bisher bekannten Tatsachen einzufügen, um die entsprechenden Schlußfolgerungen zu ziehen.

9

Es dunkelte schon, als ich den Bootshafen erreichte. In dem Augenblick, da ich das Büro passierte, zuckte ein bläulicher Blitzstrahl über den Himmel und entlud sich in einem mächtigen Donnerschlag. Durch die ersten schweren Regentropfen rannte ich an Bord der *As*.

Sie war immer noch verriegelt, das Warnsystem in Betrieb. Meyer war noch nicht zurück. Die Nachricht, die ich für ihn hinterlassen hatte, lag an derselben Stelle. Zehn Minuten später traf er ein, durchnäßt bis auf die Haut.

Nachdem er sich umgezogen hatte, saßen wir in der Lounge und tauschten Informationen aus.

»Frederick van Harn ist ein sehr beeindruckender junger Mann«, ließ Meyer mich wissen. »In sehr kurzer Zeit hat er eine große und lohnende juristische Praxis aufgebaut. Er hat die restlichen Anhänger der zersplitterten Demokratischen Partei dieses Bezirks um sich geschart und wird, wie es aussieht, für den Senat kandidieren. Seine Chancen, zu gewinnen, stehen gut, wenn er Jane Schermer heiratet. Ihr Onkel Jake gebietet über den Einfluß und stellt das Geld in der Partei. Van Harn ist in der Öffentlichkeit ein gewandter Redner. Eine Menge Leute mag ihn persönlich nicht, empfindet aber Respekt dafür, wie er auf den Trümmern der ruinierten Existenz seines Vaters seine Karriere aufbaute. Vor ungefähr zwei Jahren kaufte er die Carpenter Ranch, zwölf Meilen westlich der Stadt. Die Schermers leben in dieser Gegend. Jane besitzt dort ausgedehnte Waldungen.«

»Nach dem, was mir Joanna erzählt hat, könnte ihm sein Ruf als Frauenheld bei der Kandidatur hinderlich sein.«

»Im allgemeinen scheint man zu denken, daß er zwar hinter den Weibern her ist, aber daß er, nachdem er Jane geheiratet hat, seriöser werden wird. Meines Wissens tut ihm das keinen Abbruch. Ich habe die Zeit biertrinkenderweise in einer Kneipe gegenüber dem Gerichtsgebäude verbracht. Gerichtszeugen, ein Ermittlungsbeamter des Staatsanwaltes, eine Dame des Finanzamtes — da kam ganz schön was hoch.«

»Und das wäre?«

»Klatsch. Betreffs Geld. Den lieben Mitmenschen will scheinen, Freddy hat in kurzer Zeit zuviel käuflich erworben. Man fragt sich, ob sich Freddys Vater umgebracht hat, weil er es nicht vermeiden konnte, geschnappt zu werden, ob er aber nicht doch geheime Geldreserven beiseite brachte. Man sagt, daß die Ranch, die Freddy kaufte, gut und gern zwölfhundert Morgen groß ist. Er mußte also zumindest eine Million hinblättern, darin dürften das Ranch-Haus, der künstliche See, die Flugzeuglandebahn samt Hangar nicht eingerechnet sein. Selbst wenn er mit seiner Juristerei gut verdient hat, wie läßt sich, nach Abzug der Steuern, ein solcher Lebensstil bestreiten? Er ist so um die dreißig und hier seit ungefähr sechs Jahren berufstätig, hat aber ganz bescheiden angefangen.«

»Konntest du irgend etwas über den Lebensstil seines Vaters erfahren?«

»Nun, offenbar nicht der schlechteste. Wagen, Jachten, Jagdhütten, Weiber.«

»Du hast ganz schön was nach Hause gebracht.«

Meyer lächelte. »Die Bar ist sehr gemütlich. Jeder unterhält sich mit jedem. Freddy hat Charisma. Die Leute reden über ihn. Deshalb war es leicht. Übrigens, noch eins, dank deiner konstanten Pressionen mausere ich mich noch zu einem guten Schnüffler.«

»So würde ich das nicht nennen.«

»Wenn man einmal der Realität ins Auge geblickt hat, ist alles leichter.«

Zeitweilig prasselte der Regen derartig laut herunter, daß wir einander kaum verstanden. Windböen schüttelten die *As*, drückten sie gegen die Fender, die ich angebracht und an den Pollern vertäut hatte. Dann ging der Regen in ein gleichmäßiges, wolkenbruchartiges Schütten über. Ich öffnete zwei Büchsen mit Paprika, und Meyer dokterte an dem Gemüse noch mit kleingehackten eingelegten Pfefferschoten und Pfefferkörnern herum. Paprika wird von ihm nicht goutiert, bevor ihm beim Essen nicht die Tränen über die Backen laufen. Seine Spezialität, Meyers Super-Cocktail-Tunke, wird mit trockenem chinesischen Senf zubereitet, der mit Tabasco-Soße versetzt wird. Ahnungslose wurden dabei gesichtet, wie sie vier Fuß hoch in die Luft sprangen, nachdem sie sich eine winzige Portion davon auf Kartoffelchips genehmigt hatten. Starke Männer rannten stracks durch den Wald, nachdem ihre Füße wieder den Boden berührten und sie die Tür nicht mehr finden konnten.

Es war die richtige Nacht, an Bord zu bleiben. Es war auch die richtige Nacht, Vermutungen anzustellen, auszuprobieren, wie verschiedene menschliche Verhaltensmuster in ein Ganzes paßten.

Ich holte Seekarten der Karibik hervor und arbeitete verschiedene Routen von Bayside nach Kingstone und zur Montego Bay aus. In Prä-Castro-Zeiten war die Routenwahl einfacher gewesen. Per Luftlinie waren es gute 1000 Kilometer. Vermied man Fidels Luftraum, machte es zirka 1600 Kilometer aus. Kein Problem für eine Privatmaschine der robusteren Sorte, vorausgesetzt, man konnte in Jamaika auftanken.

Nun zur Bertram. Von der ersten Dämmerung bis nach Einbruch der Dunkelheit, das wären sechzehn Stunden. Bezog man Wind, Wetter und Seegang ein, dann konnte man sich ausrechnen, daß in dieser Zeit eine Entfernung zwischen 120 und 130 Seemeilen Hin- und Rückweg bewältigt werden konnte.

Um einen Anhaltspunkt zu bekommen, nahm ich als Fluggeschwindigkeit 350 Stundenkilometer an. Eine Stunde am Zielort zum Auftanken und Beladen. Okay. Aber, warum dann so viel aus dem Boot herausholen? Erstens, weil es in den Gewässern um Florida von kleinen Wasserfahrzeugen nur so wimmelt. Zweitens, weil man, befindet man sich erst auf offenem Meer, von der Luft aus schwer gesichtet werden kann. Deshalb ist es günstiger, sich unter einer Landmasse mit sehr charakteristischen Umrißlinien aufzuhalten, die vom Flugzeug aus ohne Schwierigkeiten auszumachen ist.

Ich schlug einen 130-Seemeilen-Halbkreis um den Mittelpunkt, Bayside. Er schloß die Nordspitze der Bahamas mit ein. Von dort, wo es keine Kasinos gibt, wo es menschenleer und das Wasser trügerisch ist, gehen die großen Ladungen über die Atlantikroute nordwärts. Wenn sie sich eine winzige Insel im Norden ausgesucht hatten, konnte sich der Pilot am Luftbild der Bahamas orientieren und auf die Insel zuhalten. Wenn sie auf den Bahamas eine Quelle für das Gras aus Jamaika hatten, dann lag ich falsch. Aber das schien nicht wahrscheinlich. Dafür war das Risiko zu hoch und die Verdienstspanne zu klein.

Außerdem verfügt unser Freddy van Harn über eine Landepiste und einen Hangar. Er ist der Anwalt von Jack Omaha. Er ist Chris Omahas Anwalt. Der Anwalt von Superior. Der Anwalt von Carrie, Susan und Mrs. Birdsong.

»Die unsichtbare Masse«, äußerte Meyer, »die die Bahnen der anderen stört.«

»Die Bahnen stört oder die Planeten ganz und gar verdrängt?«

»Aber warum?« fragte Meyer.

»Du weißt, daß das eine ziemlich knifflige Frage ist.«

»Die aber beantwortet werden muß. Sonst kommen wir nicht weiter.«

»Laß uns zuerst herausfinden, ob er ein Flugzeug besitzt.«

»Wie?«

»Die direkte Methode. Wir sehen nach. Morgen in aller Herrgottsfrühe.«

Jemand hastete aus dem Regen an Bord der *As*. Die Alarmklingel ertönte. Ich drehte die Achterlichter an, und durch den Regenvorhang hindurch konnten wir Joanna auf die schützende Tür zueilen sehen. Sie hielt ein Päckchen unter dem Arm.

Ich ließ sie herein. Eine triefend nasse junge Dame.

»He!« machte sie. »Das ist eine so gräßliche Samstagnacht, daß ich finde, wir sollten ein bißchen feiern. Okay?« Sie drehte sich um und legte das Päckchen auf den Tisch. Mit dem Rücken zu mir sagte sie: »Und weil nun einmal . . .«

Es gab eine ohrenbetäubende Explosion, eine riesige Stichflamme schoß auf, tauchte die Kabine in blendendes Licht — um mich begann sich alles zu drehen, ich fiel in die Dunkelheit hinab, die Hände ausgestreckt, den endlosen Fall zu bremsen . . .

Ich öffnete die Augen und starrte an eine weißgetünchte Decke. Das penetrante winselnde Bimmeln schien nicht abreißen zu wollen und hinderte mich daran, einen klaren Gedanken zu fassen. Direkt über mir entdeckte ich die vertraute Fieberkurve, wie sie üblicherweise über jedem Hospitalbett hängt. O Gott, schoß es mir durch den Kopf, nicht schon wieder! Es gelang mir, meinen Kopf millimeterweise nach links zu drehen, wobei sich mir der Anblick eines schmalen Einzelfensters bot, dessen Jalousien nur halb geschlossen waren. Neben dem Fenster brannte eine Stehlampe mit weißem Schirm. In meinem Kopf gab es ein merkwürdiges, knarzendes Geräusch, als ich mich in die Ausgangsstellung zurückrollte. Ich zog eine braune Riesenhand unter der Bettdecke hervor, mit der es mir gelang, mein Haupt zu befühlen. Bandagen. Bestürzt zog ich die Hand zurück. Sie fiel schwer auf meine Brust. So. Der andere Arm funktionierte ebenfalls. Und die Beine. Wenn nur jemand dieses Bimmeln abstellen würde. Ich wandte meinen Kopf nach rechts. Mein Blick fiel auf eine weiße Tür. Ein tiefer Seufzer, und ich versank in einem tiefen Schlaf.

Ich erwachte. Das Bimmeln war nicht mehr so laut. Durch die Schlitze der Jalousie hindurch sah ich, daß es inzwischen Nacht geworden war. Ich dachte, nichts habe sich verändert, bis ich merkte, daß ich meinen rechten Arm nicht mehr bewegen konnte. Ich drehte den Kopf zur Seite und besah ihn mir. Er war an ein Brett geschnallt. In der Vene meiner Armbeuge stak eine Nadel. Sie war mit Heftpflaster überklebt, damit sie nicht verrutschen konnte. Ein Gummischlauch führte zu einer Glasflasche, die über mir hing. Sie war halb leer. Das Zeug, das sie enthielt, war gräulich-weiß und durchscheinend. In meinem Kopf suchte ich nach dem Mediziner-Ausdruck: I.V. — intravenös. Dies war wohl mein Abendbrot.

Nach einigem Suchen fand ich die Klingel, die ziemlich ungünstig angebracht war. Aber schließlich gelang es mir, sie mit meiner linken Hand zu erreichen. Ich drückte auf den Klingelknopf.

Wenige Minuten später ging die Tür auf, und herein eilte eine zierliche, weißhaarige Schwester, zirka fünfzig Jahre alt. »Na so was!« rief sie. Und: »Oh, gut so!« Dann sagte sie etwas, was ich wegen des Bimmelns nicht verstehen konnte.

»Wie bitte? Kann nicht jemand diese verdammte Glocke abstellen?«

Sie beugte sich über mich. Lachte. »Glocke? Herzchen, das sind Ihre Ohren. Das kommt von der Bombe.«

»Bombe?«

Sie prüfte die Infusion und meinte: »Hier sind Sie gut aufgehoben. Sie müssen nicht am Schädel operiert werden, Herzchen. Haben Sie Geduld. Ich werde versuchen, Dr. Owings zu erreichen, damit er Sie sich ansieht.«

»Wo bin ich?«

»Fragen Sie den Arzt, Herzchen.« Weg war sie, während sich die automatische Tür mit einem leisen Summgeräusch hinter ihr schloß.

Dr. Owings ließ sich Zeit. Später erfuhr ich, daß er zu diesem Zeitpunkt nicht im Krankenhaus war. Außerdem, so wurde mir klar, wollte ein gewisser Harry Max Scorf zugegen sein, wenn ich wieder ansprechbar war.

Nach einer Stunde erschien Dr. Hubert Owings. Er trug den üblichen Gesichtsausdruck des zerstreuten, überarbeiteten Profis zur Schau. Das Besetzungsbüro einer Filmfirma hätte ihn nicht treffender auswählen können. Er sah aus wie der smarte Bursche auf einer Zigarettenreklame, sogar eine Locke fiel ihm in die hochmütige Stirn. Der Mann, der ihm auf dem Fuße folgte, war hingegen klein, hager und alt. Er trug einen häßlichen Anzug aus schwerem, grauen Stoff, dazu ein abgetragenes fleckiges Hemd, dessen bonbonrosa Streifen verwaschen waren. Am Hals war es zugeknöpft, aber er trug keinen Schlips. Auf seinem Kopf thronte ein blendend weißer Rancherhut. Außerdem, dies offenbarte sich mir später, bevorzugte er spiegelblanke, schwarze Stiefel. Sein Gesicht war schmal, zerfurcht und farblos.

»Mr. McGee«, begann der Arzt gereizt, »Captain Scorf möchte Ihnen zur Kenntnis bringen, welche Rechte Sie haben.«

»Nun, Hube«, sagte Scorf mit klagender Stimme, »ganz so liegen die Dinge nicht. Mein Sohn, ich bin Harry Max Scorf und möchte wissen, ob Sie willens und in der Lage sind, mir freiwillig einige Fragen zu beantworten, die ich zum Tode von Miß Freeler habe.«

»Ich starrte ihn an. »Miß Freeler?«

»Captain, wenn Sie sich dort drüben hinsetzen und mich die üblichen Fragen stellen lassen würden?«

»Sicher, Hube. Geht in Ordnung.«

Hube leuchtete mir mit einem blendenden Lichtstrahl in die Augen, zuerst in das eine, dann in das andere. »Wie heißen Sie?«

Ich gab meinen Namen an — wie aus der Pistole geschossen. Er richtete sich auf und sah völlig perplex auf mich herab. Ich wußte nicht, was ich falsch gemacht hatte. Dann hörte ich wie ein Echo meine eigene Stimme den Namen, Dienstgrad und die Kennummer angeben.

»Ich weiß nicht, warum ich das getan habe«, sagte ich.

»An was erinnern Sie sich zuletzt?«

»Während ich auf Sie gewartet habe, Doktor, habe ich versucht, mich zu erinnern. Das letzte, woran ich mich entsinne, ist, daß ich im Regen unter einem Indischen Feigenbaum stand und mich ein kleiner weißer Köter von der Schwelle eines Hauses ankläffte, dessen Tür mit einem Fliegengitter versehen war. Ich war auf dem Weg, um . . . um jemanden am Seaway Boulevard Fünfzehnhundert aufzusuchen, aber ich weiß nicht, ob ich bis dorthin gelangt bin. Ich weiß nicht, wie ich hierhergekommen bin oder warum. Gehört das hier zur Bayside?«

»Das tut es. Sie wurden bewußtlos bei uns eingeliefert, und zwar mit einer schweren Gehirnerschütterung und einer tiefen triangulären Fleischwunde am Hinterkopf. Ein Stück Kopfhautlappen hing weg.«

»Was ist mit Meyer?«

»Als man Sie brachte . . .«

»Was ist mit Meyer?«

»Er ist in Ordnung«, warf Harry Max Scorf dazwischen.

»Danke, Captain.«

Hube sah verärgert aus, als er fortfuhr: »Wären Sie noch länger nicht aus Ihrer Bewußtlosigkeit erwacht, hätten wir Sie . . .«

»Was haben wir für einen Tag?«

»Donnerstagabend. Neun Uhr dreißig, Mr. McGee. Der 6. Juni.«

»Um alles in der Welt . . .«

»Bitte, halten Sie still. Ich muß Sie untersuchen.«

Zum erstenmal wurde ich mir des Katheders bewußt. Er schickte Scorf hinaus, einzig aus dem Grunde, um mich von den Röhren zu befreien. Er fragte mich, ob ich meinte, daß ich aufstehen könnte. Als ob ich mich danach fühlte, aufzustehen. Schließlich tapste ich aber doch in dem lächerlichen langen Krankenhausnachthemd auf ziemlich wackeligen Beinen einmal um das Bett herum. Als ich wieder im Bett war, machte mich die Anstrengung, die die Aktion gekostet hatte, schwitzen.

Der Arzt ließ mich mit Scorf allein, nachdem er mir erklärt hatte: »Wenn Sie sich erschöpft fühlen, müssen Sie es nur sagen, dann wird der Captain Sie verlassen.«

Die Tür hatte sich geschlossen, als Scorf begann: »Zuallererst würde ich gerne wissen, warum Sie und Ihr Freund von Lauderdale hierherkamen, McGee?«

»Fragen, Captain, werden von mir nicht beantwortet, bevor die Gedächtnislücken bei mir nicht ausgefüllt sind. Was ist passiert? Ich erinnere mich jetzt, daß Joanna mit Nachnamen Freeling hieß.«

»Freeler. Was ich über die Bombe weiß, habe ich von den zwei Experten, die wir anforderten, um das Ganze genau zu überprüfen. Sie und Meyer befanden sich Samstagabend an Bord des Hausbootes. Es regnete in Strömen. Miß Freeler kam mit einem Päckchen auf die Jacht. Sie legte es auf den Tisch und wollte es auspacken. Es explodierte. Sie und Ihr Freund hatten Glück, daß

Sie hinter ihr standen. Ein Großteil der Druckwelle wurde von ihrem Körper abgefangen. Das Mädchen wurde praktisch in zwei Hälften gerissen. Es kriegte nicht mehr mit, was passierte. Sie und Meyer wurden beide zu Boden geschleudert, wobei Sie sich den Kopf anschlugen. Meyer hört auf einem Ohr nicht mehr, die Ärzte meinen aber, das gibt sich wieder.«

»Welche Schäden sind an dem Boot entstanden?«

»Sämtliche Glasscheiben wurden eingedrückt. In der Kabinendecke entstand ein Loch von zirka drei Metern auf drei Meter. Durch dieses Loch regnete es die ganze Nacht herein. Das hat ziemlichen Schaden verursacht. Sie arbeiten jetzt dran.«

»Sie?«

»Jason und Oliver vom Westway-Bootshafen, ein Freund von ihnen und Meyer. Meyer wartet allerdings im Augenblick draußen. Er wurde sofort angerufen, nachdem Sie zu Bewußtsein gekommen waren. Na also, wie auch immer, es war, wie die Experten das nennen, eine primitive Bombe.«

»Eine primitive Bombe?«

»Ohne Zeitzünder oder so etwas Ähnliches. Sie haben's mir erklärt, nachdem sie genug beisammen hatten, um zu rekonstruieren, wie die Sache wahrscheinlich funktionierte. Das Päckchen war ungefähr so groß«, er machte eine entsprechende Bewegung und fuhr fort, »und mit Bindfaden verschnürt. Es enthielt vier Dynamitstäbe, die mit Klebeband zusammengehalten wurden und mit Klebeband in dem Karton festgemacht waren. Des weiteren eine Batterie, eine Sprengkapsel und einen kleinen Schalter, einen sogenannten Kontaktschalter. Der Bursche, der die Vorrichtung angefertigt hat, klemmte zwischen die Kontaktenden ein Stück Pappendeckel, das mit einer Schnur verbunden war, die durch ein Loch im Karton zu der Päckchenverschnürung geführt wurde. Wenn also jemand die Schnur entfernte, wurde der Pappendeckel herausgezogen, es kam zum Kontakt, und alles ging — krach bum — in die Luft. Die Explosion erfolgte zirka acht Zentimeter vor dem Mädchen, und zwar in Taillenhöhe. Bomben sind etwas Dreckiges und Gemeines. Ich kann mir nicht vorstellen, wie's im Kopf von jemand aussieht, der so eine Bombe legt.«

»Wer sind Sie eigentlich?«

»Harry Max Scorf.«

»Ich meine Ihre offizielle Funktion.«

»Oh, natürlich, die hätte ich Ihnen nennen müssen. Ich stehe im Dienst der Stadt- und Distriktverwaltung von Bayside. Ich bin, sagen wir es mal so, Ermittlungsbeamter einer Sonderkommission. Mache dies und jenes, was eben so anfällt. Arbeite, wenn es mir Spaß macht und wie's mir Spaß macht.«

»Muß angenehm sein.«

»Im Grunde ist es schlimmer, als täglich seine Arbeitsstunden abzudienen. Man arbeitet länger. Andererseits gibt es nichts, was ich lieber täte. Hab' keine Familie. Kein Hobby. Am Dienstag bin ich nach Fort Lauderdale gefahren, habe mich im Bootshafen von Bahia Mar rumgetrieben und habe mich so ein bißchen wegen Ihnen und Meyer umgehört. Es sieht so aus, als verfügten Sie nicht gerade über üppige Einkünfte, McGee.«

»Hier und da Bergungsarbeiten. Der Verdienst ist unterschiedlich, mal mehr, mal weniger.«

»Habe jeden feuchten Zentimeter von dem, was von Ihrem Hausboot übrigblieb, durchkämmt.«

»Was von ihm übrigblieb?«

»Na, es ist noch vorhanden und schwimmt noch. Bin zu einer Schlußfolgerung gekommen.«

»Die wäre?«

»Ich glaub' nicht daran, daß Sie hier heraufgekommen sind, um die Pot-Verteilung in und um Bayside neu zu regeln.«

»Danke, Scorf.«

»Früher oder später taucht immer jemand auf. Kein Ort an der Küste bleibt in den Händen von Amateuren. Sie nehmen die herein, die zum Mitmachen bereit sind. Wer sich sträubt, muß über die Klinge springen. Aus Pennies machen sie das große Geld. Dachte, sie hätten sich hier schon etabliert. Vielleicht ist dem auch so. Aber Sie und Meyer sind es jedenfalls nicht.«

»Warum nicht?«

»Weil man bei diesem Job die harte Tour abziehen muß. Man läßt vor allen Dingen Frauen für sich arbeiten, und abgesetzt wird an alle und jeden, von den Großmüttern angefangen bis zu den Babys. Man schmiert außerdem die offiziellen Stellen. Sie und Meyer sind in Ihrer Art ganz schön vif, aber Sie haben sich an Orten rumgetrieben, die's nicht wert sind, daß man sich rumtreibt — von einem gewissen Standpunkt aus gesehen. Wenn sich ein Barkeeper stur stellt und Sie brechen ihm beide Arme und verschandeln ihm das Gesicht, daß er nicht mehr wiederzuerkennen ist, dann wird der Ersatz-Keeper nur zu gerne die Geschäfte mit Ihnen aufnehmen. Bars sind reizende Umschlageplätze für illegale Ware.«

»Arbeiten Sie an einem Buch?«

»Werden Sie bloß nicht frech zu einem alten Mann. Ich könnte eins schreiben.«

»Warum also sind wir hier?«

»Tja also, Harry Hascomb hat da seine Version, Miß Dobrowsky die ihre, und Jack Omahas Frau kann mit einer dritten aufwarten. Bei allen dreien aber spielt Carolyn Milligan als Ihre Freundin eine Rolle. Wenn Sie jedoch angenommen haben, daß das Mädchen umgebracht wurde, und Sie hierherkamen, um herauszufinden, wer es getan hat und wieso, wobei Sie sich nicht mit uns in Verbindung setzten, dann müssen Sie ganz schön in der Patsche stecken, stimmt's?«

»Ich bin überzeugt davon, daß sie getötet wurde, und Sie auch. Ich frage mich nur, inwieweit es absichtlich geschah.«

»Außerdem wollten Sie den Feierlichkeiten beiwohnen?«

»Sehr richtig!«

»Wir können hier sitzen und einander bis zum Sankt-Nimmerleins-Tag auf den Arm nehmen. Da können Sie dann wegtauchen, sich drehen und winden — alles, was Sie wollen. Das, wovon ich am meisten habe, ist Zeit. Wenn jemand Carolyn mit Absicht getötet hat, wer, nehmen Sie an, war es?«

»Soll das vielleicht so was wie ein Tauschgeschäft sein?«

»In der Tat. Sie waren fleißig. Sie haben die Leute angelogen. Könnte sein, Sie haben die Polizei in ihrer Arbeit nicht unterstützt, Sie haben ein Verbrechen nicht zur Anzeige gebracht oder sich als Hüter des Gesetzes aufgespielt. Irgend so was. Ich gehe dem nicht nach, zumindest nicht zum gegenwärtigen Zeitpunkt. Das wäre ein Geschäft, das ich vorzuschlagen habe.«

»Buchten Sie mich ein, Herr Wachtmeister. Lesen Sie mir vor, welche Rechte ich habe.«

Er seufzte und schob sich den weißen Hut weiter aus der Stirn. »Na schön, lassen Sie uns sehen. Was hab' ich anzubieten? Wie wär's damit? Wir haben bei der Autopsie von Cal Birdsong nicht alles rausgelassen. Es war das Herz, gewiß. Aber Doc Stanyard gefiel die Sache nicht. Dieses große Gerinnsel in der Pleura, dabei keine echten Symptome eines Aneurysmas. Er besah sich die Sache näher und fand heraus, daß Cal eine Einstichstelle zwischen den linken Rippen aufwies. Ein Gegenstand war da eingedrungen, schmaler als eine Stricknadel oder ein Eispickel. Eine Klaviersaite etwa, die nadelscharf zugespitzt wurde. Jemand konnte dieses Instrument wie diese chinesischen Akupunkturnadeln zwischen Daumen und Zeigefinger drehen, so daß es sich leicht in den Körper stechen ließ. Bei jedem Herzschlag bewegt sich das Herz im Körper. Wenn man die Nadel mehrere Male hineinstößt, ist es sehr wohl möglich, eine Arterie zu verletzen, den Herzsack zu punktieren oder eine Herzklappe zu erwischen. Der Doktor hat die Einstichbahn freigelegt und Dias davon gemacht. Ich habe sie mir heute heute morgen angesehen. Die Einstichbahn kommt sehr gut heraus.«

»Und wie hat sich Birdsong verhalten?«

»Es scheint so, als sei er hundemüde gewesen. Sie hatten versucht, ihn wachzuhalten, in Anbetracht dessen, daß er Schläge auf den Kopf abbekommen hat. Leute mit Kopfverletzungen läßt man — eine Zeitlang zumindest — nicht gern schlafen. Aber er war total erschöpft und schlief tief. So ein kleiner Piekser, der konnte ihn wohl nicht wecken, so daß er schließlich für immer entschlummerte.«

»Weiß seine Frau davon?«

»Sie gehört zu den Personen, die bei ihm waren. Wir lassen zunächst nichts raus, um zu sehen, wie gewisse Leute sich verhalten.«

»Zu den Personen, die bei ihm waren?«

»Mehr Material gibt's nicht. Jetzt sind Sie dran.«

»Was ich Ihnen zu sagen habe, wissen Sie wahrscheinlich bereits alles.«

»Wir werden sehen.«

»Schön . . . Die *Christina* lief am 14. Mai, das war eine Dienstagnacht, mit über achthundert Pfund Marihuana an Bord ein. Nur zwei waren am Dienstagmorgen ausgefahren, nämlich Jack Omaha und Cal Birdsong. Manchmal hatten sie auch Carrie Milligan dabei, an diesem Tag jedoch nicht, da sie sich krank fühlte. Ich nehme an, daß Carrie in der Nacht mit einem Kastenwagen der Firma Superior Building zum Westway-Bootshafen fuhr. Die Jacht hat einen sehr abseits gelegenen Ankerplatz. Außerhalb der Docklichter, aber man kann bis hin mit dem Wagen fahren. Das Gras wurde in den Lieferwagen verladen, und Carrie brachte es zum Seaway Boulevard Fünfzehnhundert. Dort übernahm es Mr. Walter Demos. Er zahlte Carrie in bar aus, und zwar mit hundert Dollar pro Pfund. Ich vermute nun, daß sie zum Parkplatz von Superior fuhr und den Lieferwagen dort wieder abstellte, wo sie ihn sich genommen hatte. Ihren eigenen Wagen hatte sie dort geparkt. Die übliche Prozedur war, daß sie das Geld, das sie von Demos erhalten hatte, in den Bürosafe einschloß. Sie und Jack Omaha wußten die Zahlenkombination. Ende. Hätten Sie was Neues hinzuzufügen?«

»Hie und da«, meinte er gemütlich. »Hie und da. Dadurch, daß Sie Demos in seinem großen Liebesnest beim Wickel kriegten, haben Sie uns natürlich jede Chance verpatzt, irgend etwas bei ihm zu finden. Da wird auch kein Fitzchen mehr aufzuspüren sein.«

»Er machte sich Sorgen wegen . . . Warten Sie eine Sekunde. Bei mir kommt und schwindet die Erinnerung wie bei einem Wackelkontakt. Tut mir leid. Mein Gedächtnis läßt mich, was Demos betrifft, im Stich. Sie sind an der Reihe«, fügte ich hinzu.

»Lassen Sie mich sehen. O ja, ich habe da noch was, was Sie wohl nicht wissen. An diesem verregneten Samstagabend hatte jemand ein Päckchen auf der Schwelle des Häuschens, die durch eine Überdachung geschützt ist, für Joanna Freeler hinterlassen. Betty Joller erzählte mir, Joanna, als sie nach Hause kam, wußte, was in dem Päckchen war. Wein und Käse und so weiter, ein Geschenk von jemandem, der an diesem Abend eine Verabredung nicht einhalten konnte. In dem Häuschen waren zu diesem Zeitpunkt drei Personen anwesend. Joanna, Betty Joller und Natalie Weiss. Wie ich annehme, war vorgesehen, daß die Mädchen das Päckchen öffnen sollten. Statt dessen gab Joanna einer plötzlichen Eingebung nach und rannte durch den Regen zu Ihnen. Sie war ein Mädchen, das lieber mit Männern als mit weiblichen Wesen zusammen war. Sie sind dran, McGee.«

Ich überlegte, sagte mir, warum, zum Teufel, eigentlich nicht? und setzte ihm dann Punkt für Punkt unsere Vorstellung von Carrie Milligans Tod auseinander, wobei ich besonderen Nachdruck auf ihr unlogisches Verhalten legte, darauf, daß sie am vorhergehenden Tag ihren Wagen hatte auftanken lassen und daß am Abflußventil des Benzintanks frische Kratzspuren zu sehen waren, die darauf schließen lassen, daß sich jemand daran zu schaffen gemacht hatte.

Er starrte auf seine sommersprossige Hand und sagte: »Auch nach Jahren noch entgehen einem manchmal die einfachsten

Dinge. Wissen Sie, ich hatte angenommen, daß sie die Straße überqueren wollte, um zu einem der erhellten Häuser zu gelangen und zu fragen, ob sie telefonieren könne. Hätte sie dabei ihre Handtasche auf dem Vordersitz des unverschlossenen Wagens gelassen? Absoluter Quatsch! Es hätte mich stutzig machen müssen, ich hab's aber glatt übersehen.« Kopfschüttelnd schloß er: »Für heute sollte es genug sein.«

»Sie sind dran.«

»Hab' nichts mehr anzubieten.« Die Mutmaßungen, die durch seinen Kopf schwirrten, verwirrten ihn. Er wollte nichts wie raus hier und weg. Ich hatte ihn auf eine mögliche neue Fährte gelenkt.

Er erhob sich. Ich fragte: »Wann setzen Sie mich hinter Schloß und Riegel?«

Ohne etwas zu sagen, musterte er mich nachdenklich. Harry Max Scorf war kein Hanswurst. Er war ein harter und entschlossener Bursche.

»Ich werde tun, was getan werden muß«, entgegnete er, drehte sich um und verließ das Zimmer, wobei er in der Tür seinen Hut zurechtrückte. Bevor die Tür sich hinter ihm geschlossen hatte, brach sich Meyer Bahn. Grinsend.

10

»Willkommen im Reich der Lebenden!« begrüßte mich Meyer.

»Danke. Wie geht's der *As*?«

»Sie schwimmt.«

»Ehrlich, wie sieht's aus?«

»Nichts, was mit zehntausend Dollar nicht wieder hinzukriegen wäre. Mach dir deswegen keine Sorgen.«

»Guter Gott, was ist von ihr übrig?«

»Mach dir *keine* Sorgen. Da redest du immer davon, daß Besitz Sklaverei bedeutet. Hübsche Dinge sind nur Ballast.«

Ich war bedrückt. Vor mir sah ich eine abgetakelte Jacht mit riesigen Löchern. Aus dem Wrack stiegen Rauchschwaden auf. Gleichzeitig machte ich mir Vorwürfe, daß mich das so bekümmerte, wo der größere Verlust im Tode dieses so lebensfrohen

Geschöpfes bestand. In zwei Teile zerrissen. Zwei Mädchenhälften. Was für eine sinnlose, bitterniserregende Vergeudung.

Mir wurde klar, ·daß, wenn die *As* ganz im Eimer gewesen wäre, bis auf die Wasserlinie niedergebrannt und gesunken, mir das weniger ausgemacht hätte als diese Ungewißheit. Spielzeug und Tand sollten vergehen und nicht als wertloser Plunder zurückbleiben.

Meyer saß neben dem Bett. Er blickte wie ein bekümmerter Uhu drein, als er sagte: »Ich hab' mich gefragt, was zur Hölle ich denn tun soll, wenn du nicht aufwachst. Es gibt Leute, die liegen jahrelang im Koma. Die haben Familie, nehme ich an, jemand, der sich um sie kümmert.«

»Da hättest du dir aber was aufgehalst.«

»Ich sah mich bereits vor mir, wie ich zur Apotheke tapere und mit zittriger Stimme hervorbringe: Herrje, er schläft noch immer. Neunzehn Jahre geht's nun schon. Geben Sie mir noch was von dem Mittel gegen das Durchliegen.«

»Hör zu, bei mir ist der Film an der Stelle gerissen, als ich Samstag mittag den Spaziergang machte. Erzähl mir das mit Joanna.«

Er tat es. Es wurde nicht wirklicher. Aber es fiel mir diesmal leichter, mir die Gedenkfeier vorzustellen. Es war die gleiche Art Feier wie für Carrie. Ein Mädchen weniger, um Blumen ins Meer zu werfen. Leb wohl, Schwester Joanna. Ihr verwitweter Vater nahm daran teil und war zunächst voller Empörung über die formlos-heidnische Zeremonie. Aber dann, so berichtete Meyer, schmolz er rasch dahin und weinte zusammen mit den übrigen.

»Es gehen zu viele Mädchen drauf«, sagte ich zu Meyer.

»Ein neues ist hinzugekommen.«

»Hm. Die muntere Pflegerin?«

»Nein. Cindy Birdsong. Sie hat 'ne Menge Zeit hier verbracht, damit jemand da wäre, falls du aufwachtest, wobei sie sicher war, daß du es tätest. Jetzt hat sie den großen Augenblick um ein paar Minuten verpaßt. Sie ging weg, und kurz darauf bist du wieder zu Bewußtsein gekommen. Sie wartet jetzt draußen, um mich abzulösen.«

»Weshalb der Eifer?«

»Weiß ich nicht. 'ne Art Buße, vielleicht. Mag sein, daß sie zu den Leuten gehört, die jemanden brauchen, für den sie sich aufreiben können. Cal ist tot. Und du bist schließlich in ihrem Bootshafen in die Luft gejagt worden.«

»Was ist dir dabei passiert?«

»Hab 'ne Rückenzerrung abgekriegt, meine Schulter schmerzt mich, und auf einem Ohr bin ich taub.«

»Wir haben also Donnerstag, den sechsten Juni, wie mir gesagt wurde. Fünf Tage fehlen mir in meinem Leben. Was hast du Nützliches in diesen Tagen vollbracht? Mir gefällt's hier nicht mehr, Meyer. Ich möcht' nach Hause. Jedesmal, wenn mich eine Bombe erwischt, sind's die gleichen Gefühle. Laß uns nach Hause zurückkehren.«

»Mit diesem Verband um den Kopf siehst du komisch aus. Als hättest du einen Turban auf. Lawrence von Arabien oder sonst ein verdammter Söldner. Bist auch braun genug, um für einen Beduinen durchzugehen. Die blassen Augen lassen dich irgendwie sehr ungezähmt erscheinen.«

»Meyer, was hast du rausgefunden?«

»Oh. Während du bewußtlos warst? Na, laß mich nachdenken. Hm ja. Auf der Ranch draußen, da steht ein ganz hübsch großer Hangar. Wellblechkonstruktion. Man repariert und wartet dort auch die Geräte von der Ranch. Es gibt einen Ladesatz für Batterien und ein Generatoren-Fahrzeug, mit dem die Flugzeugbatterien im Falle eines Kaltstarts aufgeladen werden können. Ferner einen Fünftausend-Liter-Benzintank, eine Pumpanlage, um das Flugzeug und die Ranchfahrzeuge aufzutanken. An die sechs Leute sind da draußen beschäftigt, was eine ganze Menge an Gehältern bedeutet, meinst du nicht auch?«

»Meyer!«

»Sollst du eigentlich so aufrecht sitzen? So ist's schon besser. Gut so. Travis, er hat . . .« Meyer hielt inne, kramte sein kleines Notizbuch hervor, überflog einige Seiten und grunzte dabei von Zeit zu Zeit.

»Meyer!«

»Er ist Besitzer einer Beechcraft Baron B fünfundfünfzig. Diese ist ausgestattet mit zwei Continental-Triebwerken zu je zweihundertundsechzig Pferdestärken. Typenbezeichnung: Zehn — vier — siebzig — L. Der Rumpf mißt neun Meter, die Tragflächenspannweite beträgt zwölf Meter und zehn Zentimeter. Bei Höhen über dreitausend Meter und Langstrecken zu 350 Stundenkilometern, bei einer optimalen Kraftstoffauslastung von fünfhundert Litern, kann sie zwei Leute und über vierhundert Kilo Nutzlast über eine Strecke von zweitausendfünfhundert Kilometern befördern, das heißt, wenn man zehn Prozent davon als Sicherheitsspanne abzieht, sind es rund zweitausendzweihundert Kilometer. Das Flugzeug verfügt über automatische Steuerung und eine Menge anderer Dinge, die ich mir hier nicht extra aufgeschrieben habe. Er kaufte es letztes Jahr gebraucht für fünfundsechzigtausend. Die hat er bar bezahlt. Der Anstrich ist weiß mit einem blauen Streifen.«

Ich starrte ihn an. »Du hast dich also da hinausgewagt und bist in den Hangar eingedrungen!«

Er starrte zurück. »Ich wünschte, ich könnte das bejahen.«

»Wie hast du es angestellt?«

»Du hast mich ermahnt, vorsichtig zu sein, als ich einen Blick unter den Datsun riskiert hatte.«

»Wie hast du es angestellt?«

»Ich hab' das getan, was alle Volkswirtschaftler tun. Ich habe mich in eine öffentliche Bibliothek begeben. Nach zweistündiger Suche fand ich in einer Zeitschrift mit dem Titel *Florida Rancho-rama* einen Artikel über ihn und sein Anwesen. Der Hangar war abgebildet samt dem Flugzeug. Danach habe ich mich zum Flugplatz aufgemacht. Auf dem Gelände für Privatflugzeuge bin ich mit einigen Mechanikern ins Gespräch gekommen. Ich habe etliche Fragen gestellt und dann die meiste Zeit nur zugehört. Bei dieser Gelegenheit hab' ich mehr über Flugzeuge rausgekriegt, als ich überhaupt wissen wollte.«

»Sehr gut gemacht, alter Freund.«

»Soll ich lieber erröten oder ein selbstgefälliges Lächeln aufsetzen?«

»Wenn du's nicht zu lange aufbehältst. Mir sind erwachsene Männer, die zu oft erröten und selbstgefällig lächeln, ein Greuel.«

»Du gähnst ganz schön was weg.«

»Ich bin aus einem mir unerfindlichen Grund todmüde. Trotzdem komme ich fast um vor Hunger. Hab' mich noch nie so leer gefühlt.«

Wir kriegten die quicke kleine Schwester zu fassen, die uns darüber aufklärte, daß die Küche bereits geschlossen sei. Sie ging, Dr. Owings zu suchen und ihn zu fragen, ob Meyer mir etwas zu essen holen könne. Der Arzt meinte, das sei in Ordnung, zumal ich ja ein Privatzimmer habe.

Als Meyer sich von dannen machte, um etwas zu besorgen, war es elf Uhr. Ich nahm nicht an, daß Mrs. Birdsong so lange gewartet hatte. Aber das hatte sie. Sie kam herein, wobei ihr trauriger Gesichtsausdruck einem strahlenden Lächeln wich, das ihr Gesicht verschönte. Sie kam um das Bett herum und ließ sich auf dem Stuhl nieder. Stand sofort wieder auf. Ein peinlicher Augenblick.

»Bitte, setzen Sie sich doch«, sagte ich.

»Ich bin gewöhnt, mich hierher zu setzen, ohne . . .«

»Nun kommen Sie schon. Meyer hat mir erzählt, wie treulich Sie hier ausgeharrt haben.«

Sie saß jetzt auf der Stuhlkante. Sie trug enganliegende, verwaschene, fast weiße Khaki-Slacks, dazu eine ockerfarbene Bluse mit Silberknöpfen. Mit beiden Händen hielt sie eine braune Lederhandtasche umklammert. Sie hatte nur einen Hauch Lippenstift aufgelegt. Nicht mehr. Ihr glänzend schwarzes Haar hätte ihr Gesicht gerade in dem Augenblick, da sie den Kopf gesenkt hielt, umfluten und weicher machen können, hätte sie es nicht so schrecklich kurz getragen. Es war, als versuche sie in Auftreten und Aussehen ihre Weiblichkeit zu verleugnen. Vielleicht war sie sich ihrer auch so sicher, daß sie wußte, jeder Versuch, diese zu verleugnen, würde sie nur betonen.

»Treulich«, echote sie bitter. »Gewiß. Mag sein. Ich . . . ich wollte nicht, daß Sie aufwachten und keiner da wäre, um Ihnen zu sagen, was passierte. Aber selbst dabei habe ich . . . versagt.«

»Ich weiß es zu schätzen, daß jemand um mich herum war. Ich glaube, hundertprozentige Bewußtlosigkeit gibt es nicht. Bis zu einem gewissen Grade wird der Bewußtlose sehr wohl gewahr, was um ihn herum vorgeht. Ich hab' irgendwie gespürt, daß Sie sich hier im Zimmer aufhielten.«

»Wie sollten Sie wissen, daß ich es war?«

»Es ist einfach das Gefühl, daß jemand da ist, der um einen besorgt ist.«

»Besorgt. Das ist der richtige Ausdruck, Mister McGee. Besorgt, ob jemand am Leben bleibt oder stirbt. Den Ausdruck nehm' ich Ihnen ab.«

»Ich schenk' ihn Ihnen.«

Sie lächelte errötend, wobei sich ihr Gesicht wieder veränderte, aber nur für einen ganz kurzen Augenblick. »Ich dachte nicht, daß es so schwierig sein würde, mit Ihnen zu reden, nachdem Sie wieder bei Bewußtsein sind.«

»Ist es das?«

»Ich weiß einfach nicht, wo ich anfangen soll. Wir haben meinen Mann am Montag beerdigt. Ich habe noch jemanden angestellt. Mit Jason, Oliver und diesem neuen Mann, Ritchie, kann alles so weitergehen, wie ... bisher. Nachdem die Versicherungsleute Meyer gesagt hatten, daß der Schaden nicht von der Versicherung gedeckt wird, war er damit einverstanden, daß die Jungs an Ihrem Hausboot mitarbeiten, wann immer sie Zeit dazu haben.«

Ich setzte mich auf. »Ich bin doch aber versichert!«

»Für eine ganze Menge Dinge — gewiß. Wenn Ihnen die Tanks in die Luft gegangen wären. Oder gegen Schiffbruch, Kollision, Feuer oder Auf-Grund-Laufen. Aber nicht dagegen, daß jemand eine Bombe an Bord bringt. Dagegen sind Sie nicht versichert. Ist das gut für Sie, wenn Sie so aufrecht sitzen?«

Ich legte mich wieder nieder. Sie langte herüber und versetzte mir einen raschen, scheuen Klaps auf den Arm.

»Sie tun's in ihrer Freizeit, deshalb stelle ich Ihnen auch nur das Material in Rechnung.«

»Es war nicht Ihre Schuld.«

»Ich weiß nicht. Manchmal passieren Dinge, die eine Person hätte verhindern können.«

»Man kann auch zuviel von sich verlangen. Wenn ich das so ... oder so gemacht hätte oder noch anders, dann, wer weiß, wäre dies oder das nicht passiert. Das Weltenmuttersyndrom.«

Sie schlug die Augen nieder, zog ihren Blick von mir ab, schweifte in Gedanken weg, durchstreifte die hintersten Winkel ihrer Erinnerung. Ihr Gesicht war stark, klar und unschuldig, geheimnisvoll und zeitlos, wie das Gesicht eines jungen Mönches, den ich einmal auf einer alten Zeichnung gesehen hatte. Es war melancholisch und leidenschaftlich, verschlossen und doch sehr lebensnah. Der Schwung der Lippen, ihre Kehle, der Schnitt der Augen — all dies verriet Feuer, das in erbarmungsloser Disziplin sorgfältig unter Kontrolle gehalten wurde.

Meyer kehrte zurück. Sie machte Anstalten, zu gehen. Aber er hatte auch für sie etwas zum Essen mitgebracht. Er meinte, daß es nicht gerade leicht gewesen wäre, zu dieser nachtschlafenden Zeit noch etwas aufzutreiben. Er kam mit sechs noch warmen

124

Käsesandwiches, die in viereckigen Pappschachteln verpackt waren, an. Außerdem hatte er einen Frischhaltebeutel mit Milch und zwei Becher mit Kaffee besorgt. Meyer ließ sich an meinem Bettende nieder. Ich wußte, ich konnte bestimmt drei Sandwiches verdrücken, so ausgehungert, wie ich war. Doch dann schaffte ich gerade eins. Ich trank etwas Milch und sank zurück. Wollte nur für einen Moment die Augen schließen. Ich hörte sie sprechen, ihre Stimmen klangen seltsam. So, als wäre ich wieder ein Kind, das im Halbschlaf mitkriegt, wie seine Eltern sich vorn im Wagen unterhalten, während es selbst im Fond vor sich hin döst. Als die kleine weißhaarige Schwester mich weckte, weil sie wissen wollte, ob ich eine Schlaftablette wünschte, da waren Meyer und Cindy gegangen und der Raum lag im Dunkeln. In der Ferne hörte ich eine Sirene heulen. Ich versank wieder in Schlaf, kuschelte mich in meine Träume.

Am Freitag, elf Uhr dreißig, wechselte Dr. Owing meinen Kopfverband. Der neue Verband war schmäler, hatte nicht mehr den Turbaneffekt. Er untersuchte mich und teilte mir mit, daß meiner Entlassung nichts im Wege stünde. Ich rief den Bootshafen an und bekam Jason an den Apparat, der Meyer herbeiholte. Meyer erklärte, er könne in einer halben Stunde dasein, um mich abzuholen. Ich bat ihn, Geld mitzubringen und was zum Anziehen. Das, was ich bei meiner Einlieferung getragen hatte, war derart mit Joannas Blut durchtränkt, daß ich es sowieso nie mehr hätte tragen können.

Ich borgte mir eine Duschkappe und nahm eine Dusche. Meyer traf ein und teilte mir mit, daß er mich an der Krankenhauskasse ausgekauft habe, den Entlassungsschein habe er der Stationsschwester übergeben. Ich erhob mich zu hastig, und mir wurde schwindlig. Bevor ich mich anziehen konnte, mußte ich mich für einen Augenblick hinsetzen. Meyer war ziemlich beunruhigt über meinen Zustand.

»Hube meint, ich sei in Ordnung. Eine schwere Gehirnerschütterung. Keine Schädelfraktur. Er sagt, ich hätte Glück gehabt. Falls ich Ohnmachtsanfälle kriege, muß ich zur Beobachtung wiederkommen. Sie brauchen Betten, sonst hätten sie mich länger hierbehalten.«

Die Welt kam mir ganz fremd vor. Alle Gebäude und Bäume hatten einen Hof. Ich atmete tief durch. Es ist höchst seltsam, fünf Tage und fünf Nächte durchzuschlafen, und die Welt läuft ohne einen weiter. Die weite Welt der emsigen Betriebsamkeit, der rollenden Räder, der frisch gewechselten Handtücher, der Fensterputzer, Erntedankfeste, Radrennen, Nasenbohrer und Wanzenjäger wird lustig und lustig immer weitergehen. Wenn man deine Gegenwart nie so recht zur Kenntnis nahm, wird man von deinem Abgang wenig hermachen.

Auf dem Weg zum Bootshafen teilte mir Meyer mit, daß Cindy Birdsong arrangiert habe, daß ich ein Zimmer im Motel bekäme, und zwar eines, das neben dem ihren liege. An Bord der *As* hätte ich ja doch keine Ruhe, bei all dem Sägen und Hämmern. Offenbar war mir eine Menge Ruhe verordnet worden. Da würde ich ja ganz schön träge werden. Ich begehrte auf, das sei alles Humbug.

Als ich jedoch aus dem Wagen geklettert war, mußte ich jegliche Hoffnung aufgeben, zu Fuß zu meinem Boot zu gelangen, um es in Augenschein zu nehmen. Nur unter Aufbietung aller Kräfte gelang es mir, auf wackligen Beinen den Hoteleingang zu erreichen. Cindy und Meyer stützten mich, damit ich in mein Zimmer kam, wo ich völlig erschöpft auf das Bett niedersank.

Ich verschlief das Mittagessen und erwachte gegen fünf Uhr. Ich zog meine Schuhe an, schnallte mir den Gürtel um und machte mich auf den langen Weg zur *As*. Die Sonne stand noch immer hoch am Himmel und brannte heiß hernieder. Das Kreischen der Motorsäge vernahm ich lange, bevor ich sehen konnte, wer an ihr arbeitete. Jason, braungebrannt und verschwitzt, war dabei, eine Sperrholzplatte zu zersägen. Er schaltete den Motor ab und legte die Säge auf den noch unzerteilten Rest der Platte. Er streckte die Hand zur Begrüßung in die Höhe. »So schlecht sehen Sie eigentlich gar nicht aus, Mr. McGee.«

»Mein Kahn auch nicht.«

»Von außen nicht. Drinnen, in der Lounge, hat es aber alles, was nicht niet- und nagelfest war, weggeblasen. Sieht wirklich nicht gut aus, da unten.«

»Wissen Sie, wie man . . . an was sind Sie gerade?«

»Macht es Sie nervös? Gott sei Dank weiß ich, wie man Sperrholzplatten zuschneidet, daß sie passen. Wir kriegen die Sache dicht, bevor es wieder zu regnen anfängt. Sind jetzt in der Regensaison. Hab' die beiden Deckenbalken repariert. Die waren angeknackst. Die schlechten Stellen hab' ich entfernt und neue Zwischenstücke reingezogen. Ist gut so jetzt. Hält mehr aus als vorher.«

»Noch eine Geschenkbombe?«

»Keiner von uns macht darüber Witze.«

»Verzeihen Sie.«

»Joanna war in Ordnung. Nicht wie Carrie, aber in Ordnung. Ich meine, es gab für niemanden einen Grund, sie in die Luft zu sprengen.«

Ich kletterte die Leiter hinauf an Bord. Ein Loch stand noch offen, ein säuberliches Rechteck, das so an die sechzig Zentimeter auf einen Meter fünfzig maß. Eine Stelle von gut neun auf fünf Meter, der hauptsächliche Teil des Sonnendecks, war bereits mit neuen Sperrholzplatten verlegt. Jason kam mit dem zugesägten Teil an und fügte es in das Loch ein. Es paßte so akkurat, daß er es mit bloßen Füßen reintreten mußte. Er kniete darauf nieder, nahm Nägel aus seiner Leinenschürze und schlug sie mit kräftigen Schlägen ein. Er warf mir einen davon zu. Der hatte ein Gewinde wie eine Schraube und war hochgalvanisiert.

»Die halten«, sagte er.

»Sie machen Ihre Sache gut.«

»Ollie und ich, wir tun das gern hier. Er hat mir geholfen. Werde die ganzen Verfugungen noch mit Kunststoffharz abdichten, bevor ich die neue Vinylbedeckung verlege. Die paßt zwar nicht ganz, aber fast. Hier ist ein Muster. Was meinen Sie?«

»Das merkt keiner. Was ist mit den Bullaugen und Türen?«

»Das ist eine andere Geschichte. Morgen früh kommt jemand, um sich die Sache anzusehen. Gegen zehn Uhr. Wenn Sie dabei sein wollen?«

Ich überließ ihn seinem Gehämmer und begab mich unter Deck. Es zog mich in den vorderen Kielraum. Dreißig Sekunden benötigte ich, um sicher zu sein, daß niemand mein Versteck in der Bilge entdeckt hatte, nicht einmal der beeindruckende Harry Max Scorf. Die drei Schießeisen lagen ebenfalls noch an Ort und Stelle. Sollte er auf sie gestoßen sein, hatte er genug Takt besessen, sie dort zu belassen, wo sie waren — da ich sie nun einmal legal besaß.

Die Lounge war ein einziges Durcheinander. Sie war feucht wie ein Sumpf und roch säuerlich, was von dem gräulich-grünen Stockflecken-Belag kam, der den Teppich überzog. Die gelbe Couch, deren Beine in die Luft standen, wirkte wie ein Ungeheuer aus grauen Vorzeiten. Splitter und Einzelteile des Kaffeetisches und der Stühle lagen die Fülle umher. Ein großer Splitter ragte aus einem der Stereolautsprecher. Ein anderer hatte ein Gemälde durchbohrt, das ich sehr liebte, und zwar genau in der rechten unteren Ecke, wo der Maler seine Signatur angebracht hatte. Überall waren zähe bräunliche Flecken getrockneten Blutes. In der Luft hing außerdem ein Geruch von Pulverdampf und Ammoniak.

Meyer fegte herein. »Hallo! Ist das gut für dich, hier die Gegend unsicher zu machen?«

»Mir blutet das Herz.«

»Ich weiß. Ich weiß.«

»Sind die elektrischen Leitungen beschädigt? Wie steht es mit der Klimaanlage?«

»Zuerst, als ich sie einschaltete, gab es dauernd Kurzschluß. Bis ich herausfand, daß es an der Lampe lag, die früher dort den Wandarm zierte. Die war in die Apparatur geraten. Aber jetzt funktioniert alles wieder.«

»Dann würde ich vorschlagen, daß wir, anstatt das hier verrotten zu lassen, Kunststoffolie vor die Luken und Türen spannen und die Klimaanlage anstellen, damit wir den Raum trocken kriegen. Laß uns ferner den Teppich rausnehmen und schleunigst abtransportieren.«

»Alles schön und gut. Aber verschone mich mit deiner Gegenwart. Geh ins Motel zurück und ruh dich aus.«

»Habt ihr Eis hier?«

Das hatten sie. Ich trieb eine Flasche Plymouth auf, trug alles an Deck und ließ mich bei der Steuerung nieder. Während ich an dem Trunk nippte, sah ich zu, wie die Sonne an Floridas westlichem Horizont versank. Der Alkohol warf mich fast um. Auf dem Rückweg ins Motel mußte ich jede Gewichtsverlagerung meines Körpers sorgfältig ausbalancieren. Jeder Schritt wurde zu einem technischen Problem. Wieder klangen mir die Ohren.

Cindy hörte mich kommen und öffnete die Verbindungstür. Sie stand da und blickte mich mit großen Augen an. Mir schwant, daß man mir nur zu deutlich ansah, in welcher Verfassung ich mich befand, und daß sie in ihrer Ehe zu viele solcher Anblicke hatte ertragen müssen.

Sie schüttelte den Kopf. »Travis, guter Gott. Setzen Sie sich, bevor Sie umfallen.«

»Vielen herzlichen Dank.«

»Müssen Sie sich übergeben?«

»Ich glaube nicht. Vielen herzlichen Dank.«

»Kommen Sie. Legen Sie die Beine hoch. Ich werde Ihnen die Schuhe ausziehen.«

»Vielen herzlichen Dank.«

11

Ich öffnete die Augen. Es war Nacht. Eine kleine Lampe, deren Lampenschirm abgedunkelt war, brannte in der Ecke. Cindy Birdsong schlief in dem Schaukelstuhl neben dem Tisch, die langen Beine ausgestreckt, die Füße übereinandergelegt, den Kopf zur Seite gegen ihre Schulter geneigt, den Mund leicht geöffnet. Ich spürte den Geheimnissen ihres Schlummers nach, überraschte sie, wie sie die Schränke und Schubladen ihrer Erinnerung durchstöberte, während ihr Körper entspannt hingeräkelt lag. Sie trug eine graue Wolljacke, darunter eine pinkfarbene Bluse und dunkelblaue Hosen.

Ich blickte auf meine Uhr. Drückte auf den Knopf. Nichts rührte sich. Die Batterien waren leer. Ich hatte einen so widerlichen Geschmack im Mund, daß mir klar war, ich hatte ziemlich lange geschlafen. Mir war danach, einen Bison zu vertilgen. Roh. Mit stumpfem Messer.

Auf Zehenspitzen begab ich mich in den kleinen Baderaum und schloß die Tür, bevor ich das Licht andrehte. Im Spiegel blickte mir ein hohlwangiges, zerknittertes, geradezu fremdes Gesicht entgegen. Ich putzte mir die Zähne voll überschäumender Energie und stürzte vier Glas Wasser hinunter. Meine Sonnenbräune war vergilbt, als ob ich von der Gelbsucht heimgesucht wäre. Das weiße Narbengeflecht über meinem linken Auge trat deutlicher hervor als sonst, die Nase wirkte schiefer. Der Ausdruck in meinen Augen hatte etwas Unstetes. 'ne Art Held. 'ne Art chronischer Mädchen-Verlierer. Jemand am Rande des Lebens, nicht willens und/oder unfähig, ins Zentrum vorzustoßen.

Ich drehte das Licht aus und öffnete die Tür. Cindy saß kerzengerade mit aneinandergepreßten Knien auf der Stuhlkante.

Sie schlug die Arme um sich und rieb sich die linke Schulter. »Ich muß eingeduselt sein. Tut mir leid.«

»Warum leid? Wieviel Uhr haben wir?«

Sie gab sich einen Ruck und sah auf ihre Uhr. »Gott sei's geklagt, Viertel vor vier! Ich . . . ich hab' in letzter Zeit nicht gut geschlafen. Bis auf heute nacht. Sie haben so tief geschlafen, das muß ansteckend gewirkt haben. Wie geht es Ihnen?«

»Wenn Sie mich schon fragen, ich sterbe vor Hunger. Und sollte ich ohnmächtig werden, würde ich hart fallen.«

Auf ihre Einladung hin folgte ich ihr in die Zimmerflucht, die sie mit Cal geteilt hatte. Hinter zwei Falttüren gab es eine Miniaturküche, in der es nur so blitzte. Wir gingen die Bestände durch, und ich optierte für Polnische Wurst und eine Menge Eier. Sie ging ins Badezimmer und kehrte mit Pfefferminzatem und frisch gebürstetem Haar zurück.

Sie machte eine reichliche Portion und tat sich selbst ordentlich auf. Es war keine Mahlzeit, die das Gespräch fördert. Es war eine Mahlzeit, bei der man nach einer zweiten Portion Eier verlangt. Sie sprang auf und schlug nochmals welche in die Pfanne. In dickbauchigen Tassen servierte sie einen guten, starken Kaffee.

Endlich fühlte ich mich wohl. Behaglich geradezu. Ich lehnte mich zurück. Ihr Blick traf den meinen. Sie errötete leicht. »Ich hab' kaum etwas gegessen. Bis eben jetzt. In der letzten Woche hab' ich ungefähr sechs Pfund verloren. Jetzt möchte ich mein Gewicht halten.«

»Sie schienen mir gerade richtig zu sein, als ich in Ihren Bootshafen kam, meine Dame.«

»Jetzt falle ich vom Fleisch. So ist das nun mal.«

Die Stille zwischen uns war angenehm — dann nicht mehr. Wir wurden einander bewußt. Und dieses Bewußtsein war geradezu greifbar wie das Singen in den Ohren. Sie schlug den Blick nieder und errötete wieder. Als sie aufstand, streckte ich meinen Arm nach ihr und kriegte sie am Handgelenk zu fassen. Sanft zog ich sie um die Tischecke herum zu mir her. Sie gab nur widerstrebend nach, hielt den Kopf abgewandt, murmelte »Bitte«. Ich zwang sie gegen meine Schenkel und legte meine Hand auf ihre Taille. Ließ sie unter ihre pinkfarbene Bluse gleiten, griff in weiches, warmes Fleisch, da, wo die Taille am schmalsten ist.

»Nicht doch«, protestierte sie mit sanft schleppender Stimme, ganz weit weg.

»Das muß aufhören, daß ich Mädchen verliere«, erwiderte ich. »Ich bin kein Mädchen mehr.«

Ich erhob mich und legte meine Hände auf ihre Schultern, fühlte, wie ein leiser Schauder sie durchlief, ein Schauder des sich Bewußtwerdens, nicht des Widerwillens.

»Cindy, ich könnte dir eine Menge törichter Dinge vorschwatzen. Es würde alles auf dasselbe hinauslaufen, nämlich, daß ich glücklich bin, am Leben zu sein, und daß ich dich begehre.«

»Ich . . . ich kann doch nicht . . .«

Langsam und behutsam, den Arm um ihre Taille gelegt, steuerte ich sie auf mein verhältnismäßig dunkles Zimmer und durch die Tür hindurch auf das Bett zu.

Als sie auf dem Bett saß, begann ich, die Knöpfe ihrer Bluse zu öffnen. Sie stieß mich von sich und sagte: »Zuerst muß ich etwas erklären. Bevor irgend etwas zwischen uns ist. Hör zu. Warte. Ich bitte dich. Als ich erfuhr, daß er tot war, da . . . da kam so eine dreckige Freude in mir hoch. Ich weinte und weinte, nur weil die Leute es von mir erwarteten.«

»Manchmal geht das so.«

»Aber bei mir finde ich das schrecklich.« Ihre Stimme schwankte. »Ich weiß, was die Leute denken: daß alles bestens war zwischen uns, bevor er mit dem Trinken anfing. Nun, so toll war es nicht. Nicht mal halb so gut. Er wollte, daß es eine große Sache wäre zwischen uns, aber ich konnte ihn nicht lieben. Ich versuchte, ihm was vorzumachen, doch er spürte, daß nichts mehr da war bei mir. Er wußte, daß ich mich leer fühlte. Darum fing er mit dem Trinken an. Die Leute haben das alles ganz anders mitgekriegt. Und ich fühle mich so . . . so gemein. Krank. Gräßlich, wenn ich daran denke, was ich ihm angetan habe.«

Dieses Geständnis hatte sie loswerden müssen. Es hätte sie sonst innerlich zerbrochen. Ich hielt sie in meinen Armen, und sie schwankte vor und zurück in ihrer inneren Qual. Sich schuldig zu fühlen, ist der schlimmsten Krankheit gleichzusetzen. Schuld überlagert alle Lebensbereiche. Schuld verdüstert sämtliche Himmel.

Ich hielt sie fest, beruhigte und besänftigte sie. Als sie sich nahezu gefaßt hatte — bis auf gelegentliche Schluchzer —, fragte ich mich, ob sie zu erschöpft sei für die Liebe. Ich pellte sie zärtlich und ruhig aus ihren Sachen. Als wir uns nackt auf dem Hotelbett gegenüberlagen und uns umarmten, da dominierte ihr Körper, langgliedrig, fest und stattlich, wie er war. Ihre Körpertemperatur lag wohl Grade über der meinen.

Wir waren Geschlagene. Sie vom Trauma ihrer Tränen, ich von der Gehirnerschütterung und den fünf verlorenen Tagen. Deshalb war es auch keine physische, keine sexuelle Gier, die uns zueinander trieb.

Es war der Wunsch, nicht so allein zu sein. Tatsächlich schien es lange Zeit so, als sollten wir uns lieben, ohne zu einem Höhepunkt zu gelangen. Da war nichts als die Unhast unserer Bewegungen, Zärtlichkeit und Gefühl.

Mit dem ersten Morgenlicht fand sie zu einer lang anhaltenden, zarten Erlösung und glitt vom Wellenkamm ihrer Empfindungen ins Wellental des Schlummers. Ich stieg behutsam aus dem Bett, um die Blenden der Jalousien zu schließen, so daß die aufkommende Helligkeit ausgesperrt blieb. Als ich zum Bett zurückging, verfolgte mich der Eindruck, als ob ein Schatten, ein Wesen eilig unter dem Fenster weg außer Sichtweite gehuscht sei.

Samstagnachmittag verließ ich Meyer und Oliver, die dabei waren, Türen und Bullaugen der Lounge mit Kunststoffolie abzudichten, und ging zum Motel zurück. Ich fühlte mich angenehm müde und war neugierig, wie sie sich an die Änderung, die in ihrem Leben eingetreten war, würde gewöhnen können.

Sie trug ein kurzes gelbes Sonnenkleid. Als sie auf mich zukam, hielt sie über meine Schulter hinweg vorsichtig Ausschau, ob wir auch nicht beobachtet wurden. Dann drückte sie mir hastig einen Kuß auf die Lippen und zog mich ins Haus, um mich, nachdem die Tür geschlossen war, etwas zärtlicher zu küssen.

Sie betrachtete mich lächelnd. »Ich weiß nicht, was man in einem solchen Falle sagt. Das, was ich sagen möchte, ist: Danke für einen wunderschönen Abend, für ein wunderschönes Beisammensein.«

»Ganz meinerseits, Ma'am, da dürfen Sie absolut sicher sein.«

»Kannst du Rindfleischeintopf essen?«

»Unbegrenzt.«

»Ich möchte dich bei Kräften halten.«

»Das ist die beste Einladung, die mir heute zuteil wird. Du wirst rot.«

»Es ist Büchseneintopf, zum Kuckuck. Ich mußte Ritchie den Bürokram erklären und hatte keine Zeit, irgend etwas Besonderes einzukaufen. Aber ich habe einiges dazugetan, damit er besser schmeckt.«

Es war ein exzellenter Eintopf. Wir saßen einander am Tisch beim Fenster gegenüber. Man konnte von da aus den größten Teil des Bootshafens überblicken.

Ich begann: »Cindy, Liebling, ich möchte dich einige Dinge fragen. Du wirst dich darüber wundern, warum ich dir diese Fragen stelle. Aber das ist eine sehr lange Geschichte, und die werde ich dir eines Tages erzählen, nicht jetzt. In Ordnung?«

»Fragen zu was?«

»Zu einer Reihe von Dingen. Erste Frage: Wenn Cal vor der Morgendämmerung mit Jack Omaha zu diesen Bootsfahrten auslief, wohin fuhren sie?«

Sie legte den Kopf schief und runzelte die Stirn. »Zu den Bahama-Inseln, zum Hochseefischen, mein Schatz. Manchmal war die kleine Carrie Milligan dabei. Jacks Sekretärin und . . . Spielgefährtin. Nehme an, sie hatten die Möglichkeit, sich miteinander zu verlustieren, während Cal das Boot fuhr. Die übrige Zeit machten sie Jagd auf Thunfische und Marline, na, und was es sonst noch so alles gibt.«

»Bekam Cal irgendwelche Extrazahlungen von irgendwoher, und zwar in beträchtlicher Höhe?«

»Cal? O Gott, nein! Der war groß im Geldausgeben, aber nicht im Einnehmen.«

»Sind dir diese Fahrten nicht in irgendeiner Weise seltsam vorgekommen?«

»Hör zu, Liebling. Mich interessiert das nicht, ob sie seltsam waren oder nicht. Ich habe mir keine Gedanken darüber gemacht, was Cal tat oder nicht. Die Kommunikation zwischen uns war reichlich dürftig. Bevor ich Cal traf, ging ich mit einem anderen, den ich liebte, und zwar sehr. Wir hatten einen schrecklichen Krach. Er verließ mich und heiratete eine andere. Er zeigte es mir, und ich zeigte es ihm. Ein lausiger Grund zum Heiraten. Ich heiratete Cal und gab ihm mein Jawort sozusagen mit gewissen Einschränkungen. Die körperliche Seite war zuerst in Ordnung, aber das hielt nicht lange vor, besonders dann nicht, als er anfing zu trinken. Was seine Fahrten betraf, so hätte ich mir — wenn ich mir überhaupt darüber Gedanken machte — gewünscht, daß sie öfter stattgefunden und länger gedauert hätten. Extrazahlungen von irgendwoher gab es nicht. Ich sollte dir wohl sagen, daß das so ziemlich die gleichen Fragen sind, die mir auch der Anwalt gestellt hat.«

»Fred van Harn?«

»Ja. Er war sehr offiziell mit mir und sehr nachdrücklich. Er erklärte mir, er wolle sichergehen, daß ich, sollte Cal Dinge getan haben, die gegen das Gesetz verstoßen, nicht mit hineingewickelt sei. Ich sagte ihm genau das, was ich dir auch gesagt habe. Er meinte, er könne meine Interessen nur dann vertreten, wenn ich frei und offen mit ihm rede. Das, was ich ihm zu sagen habe, unterliege dem Rechtsanwaltsgeheimnis. Ich hatte ihm aber nichts in dieser Richtung mitzuteilen und erklärte ihm, daß es so lange her sei, seit Cal und ich die Dinge zusammen besprochen hätten. Es war nicht gerade die liebenswürdigste Unterhaltung.«

»Was meinst du damit?«

»Oh, na ja. Fred ist . . . nun, er ist ein Frauenheld. Ungefähr vor einem Jahr, da hat er es ziemlich überfallartig bei mir versucht. Das war in seinem Büro. Er trat hinter mich, drückte sich an mich und fummelte auch schon mit beiden Händen an mir herum. Ich bin ziemlich kräftig.«

»Das habe ich bemerkt.«

»Psscht! Ich packte seine Hand und schlug meine Zähne in seinen Daumen. Da hat er vielleicht geschrien. Sie mußten ihm eine Tetanusspritze geben. Das hat ihn abgekühlt. Aber verständlicherweise sind wir nicht gerade das, was man ein Herz und eine Seele nennt.«

»Das kann ich mir denken.«

»Männer müssen in bezug auf Frauen einen siebten Sinn besitzen, der ihnen sagt, wann eine Frau zu haben ist. Irgend etwas muß es ihnen verraten. Einen Moment lang, als er damit anfing, dachte ich, warum zum Teufel eigentlich nicht? Aber dann hielt ich mir vor, wenn schon jemand, es nicht gerade Freddy sein müsse. Der ist sich seinen langen schwarzen Augenwimpern zu bewußt. Mein Biß ging bis auf den Knochen.«

»Das freut mich.«

»Was soll Cal auf diesen Fahrten gemacht haben?«

»Rauschgift geschmuggelt.«

Sie blickte mich aus weit aufgerissenen Augen an. »Du spinnst! Das kann doch nicht wahr sein!«

»Marihuana aus Jamaika.«

»Oh. Also Gras. Ja . . .«

»Was wolltest du sagen?«

»*Daher* hatte er also den Stoff. Er wollte, daß ich eine von diesen schlampig gedrehten Zigaretten, die an einem Ende abgedreht sind, probiere. Eine Tüte nannte er das. Einen Joint. Er zeigte mir, wie man den inhaliert. Danach haben wir zusammen geschlafen, und er kriegte zu spüren, daß ich dabei eine ganze Menge empfand. Diese Art von Liebe war ganz komisch. Wie ein Traum. Wenn er mit seiner Hand über meine Haut fuhr, war es, als ob man drüber hin bürstet. Alles schien ewig weiterzugehen, und ich wußte in jeder Phase, wie es weiterging. Dann fing ich an zu weinen und konnte nicht mehr aufhören. Es war so traurig und süß, und ich konnte nicht mehr damit aufhören. Das machte ihn fuchsteufelswild, er stürmte wütend ab. Es war das letztemal, daß wir zusammen geschlafen haben. . . ., vor Monaten war das. Ich nehme an, es stammte aus einer der Ladungen, die sie hereinschmuggelten, er und Jack?«

»Wahrscheinlich.«

»Ich mochte es und mochte es wieder nicht. Ich würd's gern irgendwann mal mit jemandem ausprobieren, den ich wirklich gern mag, aber nicht, bevor ich vorher nicht alles andere mit ihm durchhabe.«

Sie erhob sich und trug die Teller zum Ausguß.

Ich beobachtete sie dabei und wußte es zu schätzen, wie das kurze gelbe Kleid ihre Beine ungewöhnlich braun erscheinen ließ und ungewöhnlich lang.

Aber irgendwie wurde ich das eigenartige Gefühl nicht los, daß ich nicht wirklich mit ihr geschlafen hatte. Wir konnten uns herrlich amüsieren. Wir küßten uns genauso, wie zwei Frischverliebte es getan hätten. Ich konnte sie anschauen, beseligt in der Erinnerung an das letzte und in der ungeduldigen Erwartung auf das kommende Mal, zur gleichen Zeit aber kam es mir vor, als ob wir Schauspieler wären, darauf trainiert, eine überzeugende Imitation unseres Begehrens zu geben. Wir waren uns ganz nah. Wir wußten, wie wir uns bewegen mußten. Und trotzdem war da eine unerklärliche Barriere zwischen uns, die wir nicht überwinden konnten.

Gleichsam als Test trat ich hinter sie, legte meine Arme um sie und zog sie an mich. Sie legte den Kopf zurück und murmelte: »Sie riskieren eine Tetanusspritze, Sir.«

»Die wäre es wert, Ma'am.«

»Hör zu. Wo ist das Geld hingekommen? Wenn er solche Risiken auf sich nahm, wo ist dann das Geld geblieben?«

»Ich weiß es nicht. Vielleicht hat er es an einem sicheren Ort versteckt, oder jemand hebt es für ihn auf.«

Sie drehte sich zu mir um. »Er machte sich solche Sorgen wegen der Hypotheken, die wir auf die Hafen-Anlage aufgenommen hatten. Schlechte Laune hatte er deswegen und rumgequengelt hat er. He! Was soll das?«

»Siesta! Fertigmachen zum Dreiuhr-Nickerchen.«

»Meinst du nicht, es wäre besser, du gingest zu deinem Hausboot zurück?«

»Gleich jetzt?«

»Na so gleich wieder nicht, hm?«

Am Sonntagabend fing die Klimaanlage an, sich erfolgreich gegen die Feuchtigkeit an Bord der *As* durchzusetzen. Ein milchiges Licht drang durch die Kunststoffolien. Verschwommen zeichneten sich die Umrißlinien der nahegelegenen Boote ab. Der Teppichboden war über Bord gegangen. Meyer hatte sich Muster besorgt, die er erst studieren wollte, bevor er einen Ratschlag gab.

Der neunte Juni. Die Fünftagelücke in meinem Gedächtnis war immer noch da. Ich war im Gezeitenstrom zu rasch mit fortgerissen worden. Die Ohren klangen mir. Es existierte da eine liebreizende und gefräßige Dame, bei der man hätte sein können.

»Gib den Dingen einen Sinn«, forderte ich Meyer auf.

Er hielt darin inne, mit seinen Teppichmustern Patience zu legen. »Ich kann nicht mit einem Überblick aufwarten«, erwiderte er. »Kein Paradigma offenbart sich mir, das sich später als richtig erweisen könnte. Mit dem, was wir zur Verfügung haben, läßt sich kein Modell entwerfen.«

»Danke.«

»Glaub mir, es gibt nichts.«

»Ich weiß. Ich weiß.«

»Wie wär's mit diesem Blau? Es verblaß nicht.«

»Wirklich hübsch, Meyer.«

»Komm schon. Interessiert es dich nicht, wie das nachher wirkt?«

»Lebhaft.«

»Alles in allem gesehen könntest du fröhlicher sein, Travis.«

»Als wer?«

»Derjenige, welcher hat keine hübsche Lady zur Hand, die seiner Rekonvaleszenz förderlich wäre.«

»Ich bin durcheinander. Schließlich bohrt in meinem Hinterkopf ein dämlicher Schmerz, und ich bin in ein Motel ausquartiert.«

Weitere Diskussionen um meinen melancholischen Seelenzustand wurden dadurch beendet, daß Jason-Jesus mit Susan Dobrowsky auf der Bildfläche erschien. Sie sah bleich und niedergeschlagen aus, ihre Wimperntusche war verschmiert, und irgendwie wirkte sie apathisch. Jason dagegen gab sich entschlossen und direkt. Der Beschützer. Keine Höflichkeitsfloskeln. Kein Gespräch über das Wetter. Er pflanzte sich vor uns auf und kam ohne Umschweife zur Sache.

»Susan und ich, wir hatten eine nützliche Aussprache über ihre hiesige Situation. Wir sind der Ansicht, daß es wichtiger für sie ist, von hier wegzukommen, zurück nach Nutley, als darauf zu warten, bis van Harn den Nachlaß geregelt hat.«

Sie saß auf der Kante der Couch, die einen neuen Überzug nötig hatte. »Ich möchte weg«, murmelte sie. »Alles war hier so gräßlich.«

»Mr. McGee, Susan hat mir erzählt, daß Sie ihr gesagt hätten, Sie schuldeten Carrie Geld. Sie haben die Kosten für die Beerdigung in bar bezahlt. Sollte Susan noch mehr bekommen?«

»Ja.«

»Wieviel?«

»Was geht Sie das an, Jason?«

»Jemand muß so was in die Hand nehmen. Die Menschen sollten sich umeinander kümmern.«

»Einverstanden. Lassen Sie mich allein mit Susan sprechen. Meyer, könntest du nicht mit Jason ein bißchen an Deck gehen?«

Als sie die Kabine verlassen hatten und der Kunststoffolien-Vorhang in seine Ausgangslage zurückgefallen war, setzte ich mich neben sie auf die Couch. Sie versteifte sich, wurde ganz starr. Eine merkwürdige Reaktion. Ich berührte ihren Arm, worauf sie mit einer erschrockenen Bewegung zurückwich. Fast einen halben Meter rückte sie von mir ab.

»Na na«, sagte ich. »Beruhigen Sie sich.«

»Es tut mir leid. Es tut mir wirklich leid. Ich . . . ich reagiere einfach nicht mehr normal auf manche Dinge. Wenn mich zum Beispiel jemand anfaßt. Ich kann nichts dafür.«

»Was ist passiert?«

Sie lächelte mich mit einem schrecklich munteren Lächeln an. »Passiert? Ach, ich war Gast auf der V-H-Ranch, gestern und vorgestern. Das ist alles. Mr. van Harn züchtet Schwarze Angus und Pferde. Er besitzt ungefähr zwölfhundert Morgen da draußen. Das Carpenter-Ranchhaus wurde neunzehnhunderteinundzwanzig aus Kiefernholz errichtet und steht noch immer fest wie ein Fels. Ich . . . ich kann nicht . . .«

Sie warf sich abrupt nach vorn und verbarg ihr Gesicht in den Händen. Ich streckte den Arm aus, um sie zu berühren, zog ihn aber rechtzeitig zurück.

»Hat er Ihnen Gewalt angetan?«

Ihre Stimme klang erstickt. »Ja. Nein. Ich weiß nicht. Ich weiß nicht, was ich darauf antworten soll. Er war hinter mir her — die ganze Zeit. Ich war ganz fertig. Zum Schluß dachte ich . . . ach, ich weiß nicht, was ich dachte. Jedenfalls schien es mir vernünftiger, ihm nachzugeben, damit endlich Schluß wäre.«

»Susan, ich muß etwas wissen. Hat er Sie etwas wegen Carrie gefragt?«

»Wir haben nicht viel miteinander gesprochen.«

»Hat er Sie überhaupt etwas wegen Carrie gefragt?«

»Na ja, er wollte wissen, wann ich das letztemal mit ihr gesprochen hätte. Ich erzählte ihm deshalb von dem Telefonanruf, von dem ich Ihnen auch erzählt habe. Er wollte, daß ich mich an alles erinnerte, was sie gesagt hatte. Ich erzählte ihm auch die Sache mit Ihnen. Sie wissen schon. Carrie hatte gemeint, wenn ein gewisser Travis McGee sich mit mir in Verbindung setzen würde, könnte ich ihm in jeder Hinsicht vertrauen.«

»Schien er daran interessiert?«

»Nicht mehr als an dem anderen auch. Er ließ mich die Sache wieder und wieder durchgehen, bis er sicher war, daß ich nichts vergessen hatte. Viel mehr haben wir nicht zusammen gesprochen.«

»Wann fand das Gespräch statt?«

»Gestern, meine ich. Ja, gestern. Früh am Morgen. Ich erinnere mich, daß die Vögel anfingen zu singen.«

»Wie sind Sie von da draußen reingekommen?«

»Er fuhr mich zurück und setzte mich vor dem Inn ab. Er mußte sich mit jemandem treffen. Es war so gegen drei Uhr nachmittags. Jason kam heute morgen herüber. Ich . . . ich hab' ihm alles erzählt. Ich mußte es einfach jemandem sagen, wie verdammt dämlich ich mich benommen habe.«

»Wie hat Jason darauf reagiert?«

»Er würde ihn am liebsten umbringen. Aber wofür soll das gut sein? Ich hätte nicht mit ihm hinausfahren sollen. Joanna hat mir einiges über ihn erzählt, ich hätte also klüger sein können. Mr. McGee, wie steht's mit dem Geld? Sie haben auch noch Carries Ringe. Ich entsinne mich, daß Mr. Rucker sie Ihnen gegeben hat. Wieviel Geld müßte ich noch bekommen?«

»Eine ganze Menge.«

»Eine Menge?«

»Vierundneunzigtausend Dollar in bar.«

Sie wurde kreidebleich und starrte mich an. Nacheinander rieb sie sich mit den Handflächen über die Unterarme. »Wie bitte?«

»Vierundneunzigtausendzweihundert, weniger die sechshundertfünfundachtzig, die ich an Rucker bezahlt habe, macht dreiundneunzigtausend und einiges darüber.«

Sie rieb sich die Hände. Ihre schräggestellten graugrünen Augen verengten sich. Mit einer Kopfbewegung warf sie ihr Haar zurück. »Wo hatte Carrie . . . wo hatte sie das her?«

»Sie war da an was beteiligt.«

»An Marihuana-Schmuggel?«

»Hat jemand Ihnen gegenüber eine Andeutung gemacht?«

»Betty Joller. Carrie soll deswegen auch aus dem Häuschen aus- und nach Fünfzehnhundert umgezogen sein, wie Betty meinte. War das ihr Anteil?«

»Möglicherweise.«

»Sie wollte immer viel Geld haben.«

»Könnte auch sein, daß es das Geld von van Harn ist.«

Ihr bläßliches, rundes Gesicht sah verschreckt aus. »Könnte es sein, daß sie mit ihm zusammen unter einer Decke steckte? Ob er je . . . ob sie was miteinander gehabt haben? Himmel! Nein!« Sie stockte und sah mich zweifelnd an.

»Ich weiß es nicht.«

Nachdenklich fuhr sie fort: »Sie war immer eine stärkere Persönlichkeit als ich. Wahrscheinlich konnte sie mit diesem Typ Mann besser umgehen als ich, schließlich war sie die Ältere von uns beiden, verheiratet und so weiter. Bin nie mit Männern wie mit ihm zusammengekommen. Er hat mich ganz durcheinandergebracht. Ich glaube, ich hätte jetzt gern das Geld. Wo ist es?«

»Ich bewahre es an einem sicheren Ort auf.«

»Können Sie es für mich holen?«

»Wollen Sie mit so viel Bargeld auf Reisen gehen?«

»Oh. Nein, eigentlich besser nicht.«

»Ich kann es Ihnen später vorbeibringen. Was wollen Sie damit anfangen, wenn Sie es haben?«

»Ich weiß noch nicht. Ich nehme an, ich werde es zunächst in ein Safe bringen. Ich weiß nicht Bescheid mit Steuern und dem allem. Auch ist das mit dem Nachlaß noch nicht geregelt. Wie ich Carrie am Telefon verstanden habe, hat sie Ihnen ebenfalls Geld gegeben.«

»Das hat sie. Ich hoffe, es reicht, mein Hausboot wieder instand zu setzen. Es war als Honorar für einige Dienste gedacht. Jetzt versuche ich herauszufinden, wer sie getötet hat.«

»Wer sie getötet hat! Sie . . . ich . . . ich begreife nichts mehr.«

»Fliegen Sie nach Hause, ich bringe Ihnen das Geld.«

»Wann?«

»Wenn ich herausgefunden habe, was hier vorgegangen ist.«

»Werden Sie mir es erzählen? Hat wirklich jemand Carrie getötet?«

»Es könnte möglich sein.«

»Hängt es damit zusammen, daß sie schmuggelte?«

»Ich nehme an. Susan, in der Zwischenzeit kein Wort zu irgend jemandem. Nicht einmal zu Jason.«

»Aber ich bin sehr . . .«

»Nicht einmal zu Jason. Himmel noch mal, sie hat zu Ihnen gesagt, daß Sie mir vertrauen können. Also vertrauen Sie mir gefälligst. Und jetzt treten Sie hier nicht weiter von einem Bein aufs andere.«

»Also gut. Nicht einmal zu Jason.«

Als ich mit ihr an Deck kam, sah ich Oliver auf die *As* zukommen. Er trug eine würdevolle Miene zur Schau. »Judge Schermer wünscht Sie zu sprechen, Mr. McGee.«

»Schicken Sie ihn hierher.«

»Aber nein. Er erwartet Sie in seinem Wagen, gleich beim Büro.«

12

Es handelte sich um eine prächtige neue Cadillac-Limousine neuester Bauart, schwarz wie die Nacht, mit getönten Fenstern. Ich sah den dunkelhäutigen Chauffeur in einiger Entfernung auf eine im Schatten liegende Bank zusteuern.

Eine junge Frau stand neben dem Wagen. Sie streckte die Hand nach mir aus. »Ich bin Jane Schermer, Mr. McGee. Es tut mir leid, daß wir Sie so überfallen, aber mein Onkel möchte mit Ihnen reden.«

Von der jungen Frau ging ein Geruch nach Sonne, Ranchland, Viehweiden und Pferdekoppeln aus. Ihr Gesicht wirkte vorzeitig gealtert, war teigig mit einer Andeutung von Doppelkinn. Ihre Figur war höchst merkwürdig. Obwohl sie groß und breitschultrig war, hatte sie fast keinen Busen und Taille. Der Tonfall verriet den Schliff eines teuren Mädchenpensionats, wahrscheinlich aus Pennsylvania.

Jane öffnete die hintere Tür. »Mr. McGee, Onkel Jake.«

»Guten Tag, Judge Schermer«, grüßte ich höflich.

»Jane, würdest du einen kleinen Spaziergang unternehmen. Es handelt sich um ein Gespräch unter Männern. Wenn du uns vielleicht eine Viertelstunde allein lassen würdest. McGee, kommen Sie herein, aber nicht neben mich. Man kann nicht mit einem Menschen reden, der neben einem sitzt, verdammt noch eins. Wenn Sie den Klappsitz herunterklappen, können Sie mir gegenüber Platz nehmen. So ist's gut. Bitte, nicht rauchen.«

»Ich hatte nicht die Absicht, es zu tun.«

»Sie hatten nicht die Absicht, es zu tun.« Er lachte in sich hinein. »Haben Sie sich je juristisch betätigt? Sie müssen wissen, man kriegt den Gestank nicht mehr aus den Polstern.«

Auf seine Art sah er genauso komisch aus wie Harry Max Scorf. Ja, es war, als habe jemand Harry Max kräftig aufgeblasen und rosig angesprüht. Sein rundlicher Bauch ruhte auf seinen rundlichen Oberschenkeln. Er trug Khakihosen und einen Strohhut. Der Motor surrte nahezu geräuschlos, während der Kompressor der Klimaanlage andauernd klickte.

»Sie sind mir ein ganz schön groß geratener Hurensohn«, bemerkte er. »Was Sie für ein Paar Handgelenke abgekriegt haben, Gottverdammich! Sie dürften wohl über zwei Meter groß sein.«

»Einige Leute sind sehr stark im Schätzen.«

»Ich schätze 'ne Menge Dinge so exakt. Hat mir in all den Jahren ziemlich geholfen.«

»Wollen Sie was Bestimmtes von mir?«

»Sie möchten uns wohl Zeit sparen, was? Schön. Ich habe einen Protegé.«

»Namens Freddy van Harn, verlobt mit Ihrer Nichte, Jane Schermer. Die Leute sind der Meinung, daß er eine politische Zukunft hat. Es gibt allerdings auch einige, die glauben an gar keine Zukunft bei ihm.«

»Sie sind ein ganz Fixer, in der Tat. Frederick und ich, wir diskutieren von Zeit zu Zeit seine Zukunft und die anfallenden Probleme. Im Augenblick stellen Sie ein Problem dar.«

»Ich?«

»Die Unschuld in Person, was? Frederick ist ein sehr dynamischer junger Mann. Es ist durchaus möglich, daß ein Bursche wie er in etwas Verrücktes hineingezogen wird, einfach aus Spaß am Risiko und Abenteuer. In seinem Alter — er ist erst neunundzwanzig — kann ein alleinstehender Mann allerhand Dummheiten begehen, wobei er sich nicht darüber im klaren ist, daß er seine Zukunft und das Vertrauen der Leute, die auf ihn bauen, aufs Spiel setzt. Bisweilen, McGee, ist ein Mann fähig, um eines Vorteiles willen so ein bißchen vom rechten Weg abzuweichen. Was Frederick betrifft, er wollte rasch zu Geld kommen, um die Erinnerung an seinen Vater vergessen zu machen, der einen gräßlichen Fehler beging und sich deswegen das Leben nahm. Frederick hat ein bißchen über die Stränge geschlagen, er ist ein unsinniges Risiko eingegangen, um schnell Geld zu verdienen. Ich hab' ihm ernstlich die Meinung gesagt.«

»Was für ein Risiko denn?«

»Das ist nicht der richtige Ort, um sich darüber auszulassen.«

»Ich würde sagen, er flog Gras, das an einem bestimmten Ort auf das schnelle Boot eines Freundes umgeladen wurde. Lohnend und risikoreich genug, meinen Sie nicht auch?«

»Ich sag's Ihnen im guten, werden Sie mir nicht zu unverschämt. Leute, die zu sehr auf dem hohen Roß sitzen, machen mich gereizt. Wenn ich gereizt bin, ist schlecht mit mir zu handeln.«

»Mir ist nicht nach einem Handel.«

»Es kann Ihnen aber eher danach sein, als Sie ahnen.«

»Was immer das heißen soll.«

»Frederick van Harn ist ein sehr talentierter Anwalt, er besitzt das Charisma, das man braucht, um es in der Öffentlichkeit zu etwas zu bringen. Es ist höchste Zeit, daß ich und meine kleine Schar jemanden nach Tallahassee kriegen, der sich für diesen Distrikt und unsere speziellen Probleme hier einsetzt. Wenn er erst mal mit Janie verheiratet ist, ist er seine Geldsorgen los. Er wird es nicht mehr nötig haben, sich aufzureiben und verrückte Dinger zu drehen. Sie verstehen, was ich meine. Janie hat zehntausend Morgen vom besten Wald in diesem Staat geerbt.«

»Wie schön für sie.«

»McGee, wir sprechen hier über Imagepflege. Wir sind dabei, ein Image aufzubauen, dem die Leute vertrauen. Sie sollten diesen Jungen mal eine Rede halten hören. Das geht Ihnen durch und durch. Ich würde keinem Fremden raten, hierherzukommen und Wind zu machen, nur auf das Wort einer toten Schlampe hin.«

»Sie würden das keinem raten?«

»Besonders dann nicht, wenn es Fredericks Karriere beeinträchtigen könnte. Man sollte einem Mann nicht die Zukunft wegen einer einzigen Dummheit verbauen. Das wäre nicht fair, nicht wahr?«

»Für wen nicht fair?«

»Für den, der hart arbeitet, um seine Träume zu verwirklichen.«

Ich schüttelte den Kopf. »Judge Schermer, Sie haben sich da den falschen Protegé ausgesucht. Es war eine schlechte Wahl.«

»Von was reden Sie eigentlich?«

»Dieser Tausendsassa ist ein windiger Bursche, Judge. Der ist fies, was sein Sex-Leben angeht.«

»Bei Gott, ich kann nichts Fieses dran finden, wenn ein Mann die Weiber mag und dorthin geht, wo er das kriegt, nach was ihm der Sinn steht. Als ich so alt wie der Junge war, da hab' ich in den Mondnächten drei Distrikte unsicher gemacht.«

»Es gefällt ihm, Frauen weh zu tun, sie sich mit Gewalt zu nehmen, ihnen Angst einzujagen, sie zu demütigen. Ihre Erinnerungen an ihn sind böser Art, wenn sie mit ihm zusammmen waren. Meistens haben sie sogar einen Schock weg.«

»Wie ich merke, hat Ihnen irgendein dußliges Weibsbild, das

zuviel Hemmungen hat, um gut im Bett zu sein, die Ohren voll-geblasen. Ich wette mein Leben, daß dieser Junge normal ist. Und wenn er erst einmal verheiratet ist und seine Karriere in Schwung kommt, wird er zu beschäftigt sein, um wie ein tollge-wordener Kater umherzustreichen.«

»Ja, eine Frau, die so sexy ist, sollte ihn wahrhaftig zu Hause fesseln können.«

»Reißen Sie sich zusammen! Ihr Mundwerk ist größer, als es gut für Sie ist.«

»Judge, ich glaube, wir sind am Ende unserer Diskussion ange-langt. So absurd Ihnen dies auch erscheinen mag, ich bin der Mei-nung, daß Ihr Protegé ein ziemlich heimtückischer Zeitgenosse ist, der Blut an den Händen hat. Ich bin der Meinung, daß er Menschen getötet hat. Zwei Freundinnen von mir. Bestellen Sie ihm das.«

Ich tastete nach dem Türdrücker hinter mir. »Warten Sie!« ge-bot er scharf. »Was versuchen Sie da aufzuziehn? Sie können die-sen Unsinn doch nicht glauben!«

»Doch!«

Wortlos starrten wir uns in die Augen. Dann wandte er den Blick ab, sah zu Boden, die Lippen zu einem Strich zusammenge-preßt. »Es ist unmöglich, daß wir uns so getäuscht haben soll-ten«, murmelte er schließlich nachgiebig. Verwundert schüttelte er sich und starrte mich dann finster an. »Sie erhöhen den Ein-satz. Schön. Hier ist der Handel, den ich Ihnen vorzuschlagen habe. Fünfundzwanzigtausend Dollar in bar, damit Sie von hier verschwinden und sich nie wieder blicken lassen.«

»Auch nicht für das Zehnfache, Judge.«

»Sie täuschen sich todsicher, was Frederick betrifft. Glauben Sie mir.«

»Das muß ich für mich selber nachprüfen.«

»Hören Sie auf damit, nach dem Türöffner zu fummeln! Blei-ben Sie noch eine Minute sitzen. Jeder Mensch hat Schlechtes im Sinn. Was beabsichtigen Sie?«

»Es ist nicht die feine Art, Leute umzubringen.«

»Frederick würde keiner Fliege was zuleide tun. Was für ein romantischer Grund treibt Sie, für Carrie Milligan auf die Barri-kaden zu gehen? Mein Gott, McGee, diese Leute kommen an Drogen. Das sind Eintagsfliegen. Dieses Mädchen wußte womöglich gar nicht, wo sie sich befand, was sie tat. Sie ist mittenmang rein in den Verkehr gelaufen.«

»Und was ist mit Joanna?«

»Wollen Sie damit vielleicht sagen, daß Frederick van Harn mit Bomben rumspielt? Das ist einfach lächerlich. Was wollen Sie? Hinter was sind Sie her?«

»Das würden Sie nicht verstehen, Judge.«

»Ich verstehe eine ganze Menge. Mir ist zum Beispiel klar, daß zu viele Menschen auf der Welt leben und dieses Jahr eine halbe Milliarde Hunger leiden muß. Ich weiß auch, daß einige Millionen Tonnen Phosphat unter dem Ranchland im Südostzipfel dieses Distrikts lagern. Diese überkandidelten Kerle, die sich Ökologen nennen, haben verhindert, daß National Minerals Industries im Tagebau fördern kann. Deshalb meinen einige von uns, wenn es uns gelingt, Fred in den Senat zu bringen, daß die Dinge dann anders laufen werden, wobei etliche Leute ganz nett auf ihre Kosten kommen. Was mich anbelangt, so weiß ich sicher, wir werden es uns nicht gefallen lassen, daß irgendein Hergelaufener die Nase in unsere Angelegenheiten steckt. Menschen sterben, weil es nicht genug Düngemittel gibt. Phosphat ist von großer Wichtigkeit, McGee. Und nun sagen Sie mir, wer tut mehr Gutes für die Welt, van Harn oder Sie?«

»Es ist reizend zu wissen, warum Sie so interessiert an mir sind.«

»Wissen Sie, was ich tun werde? Ich werde eine kleine Zusammenkunft zwischen Ihnen und Frederick arrangieren. Erzählen Sie ihm dann, was er getan haben soll.«

»Sind Sie sicher, daß Sie das auch wirklich wollen?«

»Was ist los? Haben Sie Angst, daß er Ihre Theorien zerpflückt?«

»Ich bin ihm einmal begegnet. Er hat mir keinen Eindruck gemacht, Judge.«

»Das war ein ungünstiger Zeitpunkt. Er hat davon erzählt.«

»Warum hat er Ihnen davon erzählt?«

»Hab' ihn gefragt, ob er Sie kennt.«

»Sicher spreche ich mit ihm. Schicken Sie ihn mir in diesem Wagen hierher. Ich sprech' mit ihm. So wie wir beiden jetzt. Unter vier Augen. Wenn er es will.«

»Er tut das, was ich von ihm verlange.«

»Lassen Sie es uns auf morgen verschieben. Für heute ist es zu spät. Ich ermüde so rasch.«

»Also morgen früh.«

Ich stieg aus. Jane Schermer schlenderte gemächlich auf die Limousine zu. Als sie bemerkte, daß ich die Tür für sie aufhielt, beschleunigte sie ihre Schritte. Der Judge ließ den Klappsitz wieder in die dafür ausgesparte Nische zurückschnappen. Ich half der jungen Frau in den Wagen und schloß die Tür. Der Chauffeur kletterte auf den Fahrersitz und zog die Tür zu. Der Wagen glitt lautlos durch die spätnachmittägliche Hitze davon.

Cindy war im Büro. Ein Mann aus Virginia beglich seine Rechnung, er wollte früh am Morgen auslaufen. Er war gerade dabei, Travellerschecks zu unterzeichnen. Er trug rot-weiß-blaue Shorts und ein gelbes Hemd, ulkige Schuhe und einen ulkigen Hut. Er besaß schmale Schultern und einen gewaltigen Hintern. Er schwatzte Cindy die Ohren voll, wie großartig alles gewesen sei, besonders dann, als die Bombe losging. Ihm sei völlig schleierhaft, was sich die Leute heutzutage dächten. Es war beinahe wie in Irland.

Er verließ das Büro mit seiner Quittung und Cindys guten Wünschen für eine angenehme Heimfahrt nach Virginia. Die Tür fiel ins Schloß, und sie sagte: »Du siehst richtig grau aus im Gesicht. Was ist los mit dir, Liebling?«

»Der Judge hat mich fertiggemacht. Ich werd' mich hinlegen.«

»Besser wäre es, bevor du umfällst.«

»Werd' erst ein bißchen im Motel-pool schwimmen.«

»Meinst du, das ist gut für dich?«

»Wenn ich mir den Anzug nicht naß mache.«

»Jemand sollte auf dich aufpassen.«

Der Neue kam herein. Ritchie. Ein bißchen älter als Ollie und Jason, um etliches behaarter. Er sagte, Jason sei draußen bei den Docks, klar, er würde Stallwache halten.

Ich begab mich zur As und holte meine Badehose. Meyer war nicht da. Ich zog mich im Motel um. Bis ich zum Schwimmbecken kam, durchpflügte Cindy bereits das Wasser von einem Ende zum anderen in weitausholenden Kraulzügen, wobei sie an der Beckenwand Überschlagwenden machte. Das Dämmerlicht färbte sich orange, was eine seltsame Stimmung über die Landschaft legte, so, als stünde ein Gewitter bevor. Ich saß am Beckenrand und bewunderte das geschmeidige Zusammenspiel ihrer Rücken-

muskeln, Hüften und Schenkel, wenn sie diese Wenden vollführte. Dann ließ ich mich in den Pool gleiten und paddelte le-
thargisch umher, wobei ich den Kopf über Wasser hielt. Sie trug
einen weißen Badeanzug und eine weiße Badekappe.

Als ich mühsam aus dem Bassin kletterte, erfrischt und entspannt, schwamm sie noch immer verbissen ihre Runden, zeigte
aber erste Anzeichen von Ermüdung, indem sie leicht aus dem
Takt geriet. Schließlich kam sie zum Beckenrand und klammerte
sich an der Kante fest. Sie atmete stoßweise. Ich ging zu ihr hin,
packte sie an den Handgelenken und zog sie heraus. Sie taumelte
in meine Arme, wich aber sofort zurück, drehte sich weg.

»Was sollte das?«

»Was, was sollte das?« Sie griff nach ihrem Handtuch, rub-
belte sich das Gesicht ab, zerrte sich die Kappe vom Kopf, schüttelte sich das schwarze Haar zurecht, setzte sich auf einen Alu-
miniumstuhl und schloß die Augen.

Ich setzte mich auf den Betonsockel neben ihrem Stuhl und
nahm ihre Hand in die meine. Diese war braungebrannt und
wirkte, als sei sie knochenlos, verriet keinerlei Reaktion. »Was
sollte diese Schwimmerei?«

»Ich hatte Bewegung nötig. Das ist alles.«

»Alles?«

»Na ja. Vielleicht habe ich auch mit dir gekämpft. Mir meinen
Ärger von der Seele geschwommen.«

»Warum?«

»Es klappt einfach zu gut. Es ist zu leicht. Nichts kriegt man
umsonst. Für alles muß man bezahlen. Ich laufe den ganzen Tag
herum und sehne mich danach, mit dir im Bett zu sein. Ich weiß,
daß ich es sein werde und wieder nicht.«

»Warum nicht?«

»Hast du mir nicht zugehört? Ich habe gesagt, es ist zu leicht
mit uns zweien.«

»Und das macht es schlecht? Deswegen ist es doch nicht häß-
lich?«

»Das habe ich nicht gesagt.«

»Meyer ist der gelehrte von uns beiden. Meyer ist gebildet. Ich
kann dir second-hand was von Meyer bieten, vielleicht hilft es
dir. Es stammt von Homer, dem weisen alten Griechen. Ich werd'
dir sagen, wie es der gesehen hat . . . falls es dich interessiert.«

»Wir werden sehen.«

»Der drückte es so aus: ›Stets sei uns teuer Gastmahl, Leier-schlag, Tanz, ein frisch Gewand, ein warmes Bad, die Liebe und der Schlummer.‹«

Sie hielt die Augen geschlossen, ihr Gesicht verriet mir nichts. Schließlich wiederholte sie: »Stets sei uns teuer . . . Ja.« Sie drehte mir ihr Gesicht zu, öffnete die Augen und flocht ihre Finger in die meinen. »Kann sein, der alte Grieche meinte, daß etwas in sich selbst richtig ist, so, wie es ist. Ohne daß man dabei an das Ende denkt oder sich ewige Treue schwört. Daß man es so annimmt, wie es ist.«

»Zusammen annimmt.«

»Gewiß doch.«

Als wir zum Motel zurückgingen, lag auf einer weiter entfernt liegenden Hauswand ein letzter rosaroter Hauch verschwinden-den Sonnenlichtes. Nachdem wir uns unserer Badeanzüge ent-ledigt hatten, fanden unsere Körper in einer klammen Umar-mung zueinander, die jedoch rasch der Glut unserer Erregung wich. Da war keine Befangenheit mehr bei ihr zu spüren, nur Hingabe im Wechsel mit Leidenschaft, die sich auf eine rasch reagierende Weise ihrer selbst sicher war, stark und fordernd.

Als ich erwachte, war sie verschwunden. Es war, als spule im hintersten Winkel meines Gedächtnisses ein alter, verrosteter Projektor unterbelichtete Bilder ab, die über eine flimmernde Leinwand zogen. Die Projektionslampe flackerte, der Film wurde bisweilen nicht weitertransportiert, aber wenn ich aufmerksam hinsah, konnte ich das meiste erkennen. Das Erinnerungsvermö-gen war dabei, zurückzukehren, aus dem Regenschutz des Affen-brotbaumes gelangte ich nach Fünfzehnhundert, wo ich eine Un-terredung mit dem glatzköpfigen Mann hatte. Es waren nur Bruchstücke eines Ganzen, die Szenerie trat nicht deutlich hervor, aber ich konnte hoffen, daß alles mit der Zeit wieder klarer wer-den würde.

Es war vier Uhr morgens. Ich halluzinierte mich am Rande des Schlafes zurück in meine Träume, als das Knarren der Verbin-dungstür mich erneut wach werden ließ. Ich konnte ihr Parfüm riechen. Ihre Hand tastete nach meiner Schulter. Sie flüsterte meinen Namen.

Ich schlug die Bettdecke für sie zurück, und sie legte sich schlot-ternd neben mich. Die Zähne schlugen ihr aufeinander. Sie trug irgend etwas Hauchdünnes, Schenkelkurzes.

»Was ist denn los?«

»Ich habe geträumt, du wärest ebenfalls t-t-tot, Liebling.«

»Bin's aber nicht.«

»Ich wollte einfach bei dir sein und dich spüren. Sonst nichts.«

»Alles ist gut. Alles ist ja gut.«

»Mir geht's bald wieder b-besser.«

Ich hielt sie eng umschlungen, gab ihr das Gefühl der Sicherheit. Eine ganze Weile kam sie nicht zur Ruhe, doch nach und nach ging ihr Atem ruhiger, bis sie tief und fest schlief. Ich versuchte, mir ihr Gesicht vorzustellen, aber es gelang mir nicht. An der Schwelle des Schlafes narrte mich die Alptraum-Vision eines Antlitzes, dessen Züge nicht erkennbar waren. Eine rundliche, sonnengebräunte Fleischmasse verharrte in der Anonymität.

Als ich in der Morgendämmerung erwachte, war sie noch bei mir. Ich hatte den Eindruck, an Bord der *As* zu sein, und ich kam nicht gleich darauf, wer sie war. Zweimal zuckte ihr Bein, und sie gab einen wimmernden Laut von sich, bevor sie in tiefen Schlaf zurückfiel.

Dann, als sie wieder unruhig wurde, stellte ich mir die Frage, warum ich ihr nicht wirklich nahekommen konnte. Wahrscheinlich wußte ich einfach nicht genug von ihr. War sie jemals aus Apfelbäumen gefallen, auf einem Fahrrad gefahren, hatte sie Sandburgen gebaut, sich die Knie aufgeschürft, ihren Vater gemocht, in einem Chor mitgesungen, Gedichte verfaßt, war im Regen spazierengegangen? Ich wußte nichts von den vielfältigen Erfahrungen, die sie an diesen Ort gebracht hatten. In diesem Augenblick lag mein Kinn in ihrem dunklen Haar. Eine Witwe, die sich den Wonnen des Fleisches hingab, die ihr ein dem Trunk ergebener Klotz von Ehemann so lange vorenthalten hatte. Sie fühlte sich schuldig deswegen. Ich war nur Objekt und wollte doch einen tieferen und echteren Kontakt zu ihr. Ich wußte nicht, ob mir daran gelegen war, daß sie sich in mich verliebte. Vielleicht, um meinem Ego zu schmeicheln.

In meinem Erfühlen für sie trat mit einem Male eine Veränderung ein, ich spürte, daß sie erwachen würde. Behutsam, sehr behutsam befreite sie sich von mir, während ich vorgab, zu schlafen. Auf dem Bettrand sitzend, tastete sie nach dem kurzen Nachthemd, erhob sich und zog es sich über. Aus den Augenschlitzen sah ich, wie sie sich die Faust vor den Mund hielt. Das Gähnen, das sich ihr entrang, war so gewaltig, daß es sie erschauern machte. Geräuschlos bewegte sie sich durch den Raum und schlüpfte durch die Verbindungstür. Ich hörte, wie das Schloß leise einschnappte. Ein weiteres metallisches Geräusch verriet mir, daß sie die Tür hinter sich abgeschlossen hatte. Tat sie das des Zimmermädchens wegen? Wollte sie ihr nächtliches Erscheinen nicht wahrhaben? Oder zeigte es das Ende einer Episode an?

13

Frederick van Harn hatte sich an derselben Stelle im Fond des Wagens placiert wie der Judge. Der farbige Chauffeur hatte eine andere Bank gewählt, da die Schatten heute, Montagmorgen zehn Uhr anders standen als am Nachmittag zuvor. Der Motor schnurrte leise, und der Kompressor der Klimaanlage klickte dazu.

Ich hatte auf demselben Klappsitz Platz genommen und wandte ihm das Gesicht zu. Ich trug Bootshosen, Sandalen und ein ausgeblichenes Hemd, das ich einmal in Guatemala käuflich erworben hatte. Er war in einen beigen Stadtanzug gekleidet und trug dazu ein weißes Hemd, eine Krawatte aus dunkelgrüner Seide und braune Slipper, die auf Hochglanz poliert waren. Als er mir direkt ins Gesicht sah, bemerkte ich, daß seine langen Koteletten präzise auf gleicher Höhe endeten. Sie bedeckten seine Ohren, die ich mir wohlgeformt und klein vorstellte. Vielleicht liefen sie so ein bißchen spitz zu. Olivfarbener Teint, feine Gesichtszüge, lange, schwarze Augenwimpern, feuchtbraune Augen . . .

Ich war ihm ein Ärgernis, als wir uns im Haus der Omahas trafen. Jetzt studierte er mich gelassen, sehr entspannt, sich nicht im geringsten unbehaglich fühlend. Seine Hände waren lang und nervig. Er hielt sie um sein Knie geschlungen, das er leicht angezogen hielt.

»Mr. McGee, ich erinnere mich sehr gut an Sie. Wir trafen uns bei Chris.«

»Da waren Sie ganz schön auf der Palme.«

Er lächelte. »Fangen Sie schon wieder an?«

»Ich wüßte nicht, mit was. Mal anders gefragt: Was haben *Sie* vor?«

Sein Lächeln war von einnehmender Offenheit. »Ich möchte Sie mir vom Hals schaffen. Onkel Jake meint, Sie könnten mir schaden.«

»Sind Sie nicht der Meinung?«

Das Lächeln erstarb. Sein Gesichtsausdruck wurde ernst. »Ich wüßte nicht, wie. Gewiß, wenn Sie politisch interessiert wären, könnten Sie so ein bißchen Störfeuer mit der dußligen Geschichte von wegen Marihuana-Einfliegen geben. Aber Sie haben keine Beweise dafür. Was ich sagen will, ist, ich könnte das überzeugend abstreiten. Außerdem sind die Leute nicht mehr so blindlings dagegen, wie das einmal der Fall war. Die Sache ist zu verbreitet. Ich habe mir sagen lassen, daß die Schnapsschmuggler vor langer Zeit hier an der Küste so was wie Volkshelden waren. Mit Gras wird das bald ebenso gehen. Ich glaube nicht, daß Sie mir eins auswischen könnten.«

»Was wäre, wenn jemand notariell beglaubigte Erklärungen von Betty Joller und Susan Dobrowsky beibrächte? Meinen Sie nicht, daß Ihnen Ihr fieses Liebesleben schaden könnte, wenn es aufkäme?«

Er lief rot an, hatte sich aber rasch wieder in der Gewalt.

»Die Leute schütten Ihnen anscheinend leicht ihr Herz aus, McGee. Ich glaube nicht, daß es fies ist, hart ranzugehen. Widerstand stimuliert mich. Kann sein, Sie sehen es im Nachhinein anders, als es war. In beiden Fällen haben sie ganz schön gequietscht, solchen Spaß hatten sie.«

»Joanna war der Meinung, Sie seien langweilig.«

»Bitte hören Sie auf damit, mich zu reizen. Lassen Sie uns wenigstens etwas weiterkommen. Versuchen, einander zu verstehen.«

»Was soll ich verstehen?«

Er zuckte die Achseln. »Wie ich so ein verdammter Narr sein konnte. Die meisten Inseln hatte ich schon einmal angeflogen. Bin ein guter Pilot, besitze eine ordentliche Maschine, halte sie erstklassig in Schuß. Als Anwalt von Superior Building Supplies war mir bekannt, daß Jack und Harry schlecht dastanden und daß es immer mehr bergab ging mit ihnen. Ich glaube, es war Jack, der die Sache, mehr aus Jux, aufbrachte. Ich hatte irgend etwas davon erzählt, daß ich mit den Abzahlungen für die Ranch in Rückstand geraten sei und eine Stundung erwirken müsse. Er meinte, wir sollten uns was ausdenken, wie man Gras reinbringen könne. Er hätte einen ganz netten Absatzmarkt dafür. Wir trafen uns wieder und spielten durch, wie es auszuführen wäre — immer noch mehr als Spaß. Doch schließlich flog ich runter und machte in Jamaika eine Quelle ausfindig. Danach . . . na ja, da lief die Sache dann an. Zuerst hatten wir nicht das Geld, um viel aufzukaufen. Doch dann lief alles prima.«

»Erzählen Sie mir mehr darüber.«

Er zuckte die Achseln. »Wir hatten unsere Treffs nördlich der Bahamas. Dort ist das Meer nicht sehr befahren. Die Küstengewässer galten als unberechenbar. Ich kreiste mit dem Flugzeug und warf den Stoff ab. Wir steckten die Säcke in große Plastikhüllen, die wir aus Omahas Lagerbeständen hatten. Sie wurden zugebunden und trieben wasserdicht, wie sie waren, im Meer. Sie sammelten sie mit einem Bootshaken ein. Kinderleicht.«

»Wie war das mit der letzten Fahrt?«

»Was soll gewesen sein?«

»Wer war mit von der Partie?«

»Wir vier. Carrie flog mit mir. Jack und Cal waren an Bord der Jacht. Wir hatten Gegenwind und kamen etwas verspätet am Treffpunkt an. So gegen fünf Uhr fünfzehn fing Carrie damit an, die Säcke aus der Luke zu stoßen. Sie war eine kräftige Person, müssen Sie wissen. Die unten sammelten sie ein. Neun waren es, wenn ich mich richtig erinnere. Dann kriegte ich meine Maschine klar, und wir überflogen die Küste etwas nördlich von hier. Bei der Ranch ging ich runter und setzte auf der Piste auf. Sie fuhr mit einem kleinen Lieferwagen weg, mit dem sie sich spät nachts dann auch zum Bootshafen begab, wo sie den Stoff umluden. Sie transportierte ihn anschließend zur Verteilerstelle, wo sie ihr Geld bekam, das sie zu Superior in den Safe brachte.«

»Was ist mit Jack Omaha passiert?«

»Ich habe da eine Theorie.«

»Die wäre?«

»Ich bin der Meinung, daß einige Profis Wind von der Sache bekamen. Das Geld ließ sich zu leicht einstreichen. Wahrscheinlich haben sie Jack in die Zange genommen und ihm Angst eingejagt. Er wird bei Carrie in ihrem Apartment gewartet haben, sie werden zurückgefahren sein und den Safe geleert haben. Danach haben sich vermutlich ihre Wege getrennt. Ein ziemlicher Anteil an dem Geld gehört eigentlich mir. Hätte mir 'ne Menge geholfen, wenn ich es gehabt hätte. Wie die Dinge lagen, mußte ich dann . . . na ja, ich mußte es mir borgen.«

»Von Onkel Jake Schermer?«

Er lächelte ironisch. »Dafür gab's einiges an Ratschlägen gratis. Er war empört wegen der Sache. Ich konnte ihm nicht klarmachen, daß es so schlimm, wie er es machte, nun auch wieder nicht sei. Eine . . . nennen wir's eine Kapriole. Es machte Spaß, verdammt noch mal. Jeder von uns kam dabei auf seine Kosten. Bei geringem Risiko sprang gutes Geld heraus. Wir hatten vor, noch ein oder zwei Fahrten zu unternehmen, dann wollten wir das Geld aufteilen und es dabei bewenden lassen. Ich wollte genau auf Zweihunderttausend kommen. Was Jack Omaha betraf, so war er der Meinung, er bräuchte dieselbe Summe, um sein Geschäft zu retten.«

»Harry Hascomb war nicht daran beteiligt?«

»Harry quatscht zuviel, um sich wichtig zu machen. Der quatscht in Bars, in den Betten — überall. Harry ist ein Schwachkopf. Ich erzähle Ihnen das jetzt alles, McGee, aber Sie können mir nichts beweisen. Keiner kann mir daraus einen Strick drehen.«

»Wobei der Judge und seine Getreuen darauf sehen werden, daß Ihre Weste weiß bleibt, denn schließlich werden Sie sie ja alle reich und glücklich machen.«

Ein ärgerliches Zucken lief über sein Gesicht, doch als er sprach, schien er sich wieder in der Gewalt zu haben. Seine Stimme klang ganz ruhig. »Ich weiß nicht, wieviel Gutes ich ihnen werde tun können. Ich weiß es wirklich nicht. Der Zeitpunkt ist auf alle Fälle richtig. Ich habe die Chance, gewählt zu werden. Die Kampagne ist finanziell gut abgesichert, der jetzige Mandatsträger senil, ich hab' mir hier eine nette Basis ausgebaut. Gleich nach der Heirat werde ich meine Kandidatur bekanntgeben. Ich liebe diesen Teil von Florida. Ich bin mir gar nicht so sicher, ob ich mich für einen neuen Tiefwasserhafen einsetzen werde, den Phosphatabbau und die -verarbeitung. Es ist eine schmutzige Industrie. Der Hafen kann andere Industriezweige anziehen. Eine Raffinerie etwa, wobei nur Arbeitsplätze mit niedrigen Löhnen geschaffen werden. Die jungen Leute werden dadurch nicht abgehalten, von hier wegzugehen. Wasser und Luft werden verseucht. Wenn man die Nachteile bedenkt, kann man nicht dafür sein. Ich habe das Gefühl, ich werde im besten Interesse der Leute, die mich in mein Amt wählen, handeln und nicht im Interesse derer, die mich managen.«

Er wirkte auf eine beeindruckende Weise überzeugend, total ehrlich. In diesem Augenblick gehörte meine Stimme ihm. Ich wußte nun, was an ihm war, das den Judge veranlaßte, ihn mit dem Etikett ›charismatisch‹ zu belegen. Er redete so zu mir, als sei ich die interessanteste Persönlichkeit, die ihm in diesem Jahr begegnet sei.

»Was meinen Sie, daß ich tun soll?« wollte er von mir wissen.

»Tun Sie, was Sie für richtig halten.«

»Das klingt zu simpel. Recht und Unrecht. Schwarz und weiß. Oben und unten. Es wird den Lebensgegebenheiten nicht gerecht. Die Welt ist des öfteren grau, und ihre Pfade sind verschlungen. Der Einsatzplan sieht, sollte ich nach Tallahassee gehen, vor, daß ich in fünf oder sechs Jahren soweit bin, eine Änderung der Situation herbeizuführen. Sollten wir bis dahin eine Welthungersnot haben, bin ich natürlich gezwungen, dies zu tun.«

Er seufzte und zuckte mit den Schultern.

»Na ja, das ist mein Problem. Ich werde die Entscheidung im richtigen Augenblick zu treffen haben. Ich weiß, daß ich mich um den Platz bewerben werde. Ich muß nur einen Schritt nach dem anderen tun. McGee, ich möchte Ihnen dafür danken, daß Sie mir zugehört haben. Ich habe niemanden getötet. Ich weiß nicht, wo das Geld geblieben ist. Ich bin da in eine schiefe Situation geraten, weil ich nicht alle Konsequenzen bedacht habe. Jetzt bin ich glücklich, daß alles hinter mir liegt. Ich bin mir darüber klar, daß die zwischenmenschliche Beziehung zwischen uns nicht gerade gut zu nennen ist. Ich kann's nicht ändern. Kann nicht von jedem erwarten, daß er mich mag. Ich verlasse mich auf jeden Fall auf Ihren Sinn für *fairplay*.«

Ich fand mich dabei, wie ich ihm die Hand schüttelte. Hastig verließ ich den Wagen, um mir, als dieser davonfuhr, die Hand an der Hose abzuwischen. Ich fühlte mich benommen. Er hatte seine unwiderstehliche Persönlichkeit auf mich angesetzt, wie man einen Scheinwerfer auf jemanden richtet. Er besaß jenes undefinierbare Etwas, das man Auftreten nennt, und zwar in hohem Maße. Ich versuchte, das neue Bild, das ich von ihm gewonnen hatte, auf jenen Burschen zu übertragen, dem ich in Jack Omahas Haus begegnet war und der sich gleichgültig seine Krawatte band, nachdem er eine Runde in Jack Omahas Bett absolviert hatte. Die Wut dieses Menschen war banal gewesen, leicht schrill. Ich konnte die beiden Bilder nicht zusammenbringen. Ich hätte gern gewußt, ob der frühere Eindruck, den ich von ihm in meinem Hinterkopf bewahrt hatte, durch den großen Knall, der mich von den Füßen riß, irgendwie verwischt worden war.

Dieser Mann heute verfügte über ein gewinnendes Wesen, war glaubhaft, seiner selbst vollkommen sicher gewesen. Er hatte mir das Gefühl vermittelt, daß es eine angenehme Sache gewesen sei, in sein Vertrauen aufgenommen zu werden. Dutzende von Fragen waren noch da, die ich ihm gern gestellt hätte, aber die Chance war verpaßt. Die Chance entschwand in einer schimmernden Limousine, in der es kühl blieb, trotz der Morgenhitze.

O ja. Wenn er dies alles einer größeren Gemeinde in der Weise vortrug, hatte er die Aussicht, gewählt zu werden. Ohne große Anstrengungen sogar.

Und doch, wo warst du, van Harn, als der bullige Cal Birdsong im Krankenhaus starb, weil ihm ein dünner Draht ins Herz gestoßen wurde? An seinem Bett etwa — entspannt und charismatisch? Wenn deine Mannen Land roden, um neuen Ranchlandboden zu gewinnen, läßt du die Pinienwurzeln mit Dynamit heraussprengen? Haben diese schlanken, nervigen Hände Carrie vor den Lastwagen gestoßen? Wie kommt es eigentlich, daß Susan so herzzerbrechend elend, niedergeschlagen und unglücklich wirkte?

Ich hatte die Vorgänge als eine ununterbrochene Serie von Gewaltakten interpretiert. Aber seine überzeugende Gegenwart hatte diese Annahme zunichte gemacht. Die Gewaltakte waren zu unerheblichen Episoden geschrumpft.

Harry Max Scorfs Stimme sagte: »Hatten Sie eine angenehme Unterhaltung?«

Für gewöhnlich bin ich in der Lage, Leute wahrzunehmen, die sich hinter mir heranschleichen. Irgend etwas warnte mich. Diesmal war das nicht der Fall. Ich tat einen Satz.

»Jesus!«

»Aber, aber! Ich bin's nur. Harry Max Scorf.«

»Von der Stadt und dem Distrikt Bayside. Ich weiß. Ich weiß.«

»Ihre Nerven sind nicht die allerbesten, mein Sohn.«

»Ja, ich hatte eine angenehme Unterhaltung. Was gibt's sonst Neues?«

»Lassen Sie uns sehen«, erwiderte er und lenkte seine Schritte auf eine schattige Bank zu.

Ich setzte mich neben ihn, lehnte mich zurück, blinzelte mit zugekniffenen Augen aus dem Schatten heraus auf das blendende

Weiß der Jachten im Bootshafen. Eine braungebrannte Lady räkelte sich im lavendelfarbenen Bikini auf dem Vorderdeck einer Chris. Ganz in der Nähe war Jack Omahas weißblitzende, stramme Bertram vertäut. Fing diese bereits an, ein leicht schmuddeliges Aussehen anzunehmen? Unbenutzte Boote wirken so rasch verlassen, ungeliebt, ungepflegt. Chrom beschlägt. Bronze wird grünspanig. Aluminium wird vom Rost angefressen und blättert ab. Die Trosse zerspleißen, und die Fender verdrecken. Wenn ich nach rechts sah, konnte ich einen Blick ins Büro tun, wo Cindy Birdsong über einem Eintragungsbuch brütete, den Ellbogen auf dem Kontortresen aufgestützt, eine Hand ins Haar vergraben, die Zunge im Mundwinkel. Über die Bertram hinweg, über den Bikini hinweg konnte ich Meyer und Jason schweißglänzend auf Deck der *As* wirken sehen. Sie waren dabei, den Vinyl-Belag zu verlegen und festzukleben. Hinter mir war das Rauschen des montäglichen Verkehrs auf den Schnell- und Landstraßen zu vernehmen. Florida fällt nicht mehr länger im Juni in einen Sommerschlaf. Es ist ein Jammer.

Harry Max Scorf zauberte von irgendwoher ein blaues Taschentuch hervor. Er schnipste ein Stäubchen von der Spitze eines seiner spiegelblanken Stiefel. Bedächtig nahm er seinen weißen Hut ab, wischte über das Schweißband und legte die Kopfbedeckung zwischen sich und mich auf die verwitterte Holzbank. Es war, als habe er sich mit dieser Geste seiner Stärke und Autorität begeben. Sein Schädel war übrigens merkwürdig zugespitzt.

»Neu ist«, begann er, »daß die Sonderkommission heute früh beim ersten Morgenlicht einen Schlag gegen Fünfzehnhundert führte. Fünfundzwanzig Mann mit neun Wagen. Leute von der Bundes- und Staatspolizei. Ich war als lokaler Beobachter dabei. Sie haben mich schon vor längerer Zeit unter die Lupe genommen und wissen, daß ich meinen Mund halten kann. Ich hatte mich den Vieren angeschlossen, die sich Walter J. Demos' Apartment vornahmen. Er hatte sich im Bett mit einer kleinen Lehrerin amüsiert. Sie fanden so an die dreißig Pfund Cannabis bei ihm, in einem Plastiksack verpackt. Der hing an einem Haken, ungefähr einen Meter hoch im Kamin. Das eine kann ich Ihnen sagen, mein Freund, 's war 'ne mistige Qualität. 'ne Menge Unterblätter, schlecht ausgereift, pulvrig wie Kassia. Na ja, die zwei hatten sich was übergezogen, standen beide im Wohnzimmer und flennten. Die kleine Lehrerin, weil sie sich schämte und Angst um ihren Job hatte, der kahlköpfige Demos, weil er fuchsteufelswild auf sich selber war. Die anderen Männer kämmten die übrigen Apartments durch. Das war ein einziges Durcheinandergerenne von Leuten, die in ihre eigenen Betten zurückflitzten. Verrückt war das. Ich glaube, ich hab' die Zahl richtig im Kopf. 's waren fünfzehn Festnahmen wegen Rauschgiftbesitzes, ohne Demos und die Lehrerin, wohlgemerkt. Die Quantität, die Demos aufbewahrte, war natürlich zum Weiterverkauf bestimmt, was schwerer wiegt. Wollen Sie die Sache für mich zusammensetzen?«

»Das haben Sie ja bereits getan.«

»Ich weiß. Ich weiß. Aber Sie regen mich an. Sie haben einen detektivischen Verstand.«

»Ich kann mich nicht an ein Wort meiner Unterhaltung mit ihm erinnern.«

»Was könnten Sie denn zu ihm gesagt haben?«

»Na ja, etwas, das ihn zum Reden bringt. Wahrscheinlich bin ich ihm ziemlich hart gekommen, wie jemand, den das Syndikat schickt. Ein Amateur wie Demos würde einem auch eine Schau abkaufen, die eigentlich nicht so richtig glaubwürdig ist. Dann, vermute ich, hab' ich ihm geraten, sein Geld beisammen zu halten, nicht ungeduldig zu werden und auf eine Lieferung zu warten.«

»Sie glauben also, das könnten Sie alles gesagt haben?«

»Und ihn in keinem guten Zustand hinterlassen haben. Er ist schließlich der große Onkel Walter, das prächtige Familienoberhaupt. Man erwartet von ihm, daß er sich um alles kümmert und für alles Vorsorge trifft, was das Leben seiner Mieter spannender zu machen imstande ist. Wenn also jemand mit Stoff auftauchte, wird Onkel Wally ihn aufgekauft haben, und dann haben sie ihn verpfiffen. Ich würde sagen, er wurde von echten Profis aus dem Geschäft gedrängt, auf die einfachste Weise, geräuschlos, ohne viel Aufhebens. Er kauft so viel auf, um in Fünfzehnhundert den Bedarf zu decken. Der Squire von Swingleville. Profis würde es nicht einfallen, sich die Hände damit schmutzig zu machen, ihn auszuschalten. Profis benutzen die gesetzlichen Möglichkeiten, um Amateure loszuwerden.«

»Und wie war das mit diesem Mädchen Carolyn Milligan, sind sie die auch losgeworden?«

Ich mußte mich nicht lange besinnen. »Mir geht's wie Ihnen, Captain, ich mag diese Theorie auch nicht. Im Grunde glaub' ich nicht dran.«

Er seufzte. »Ich auch nicht. Hab' versucht, mir vorzustellen, sie hätten die Zulieferer beseitigt: Omaha, Birdsong, Milligan. Danach wollten sie sich die Verteiler vornehmen. Das, was nicht stimmt dran, ist, daß sie sich nicht solche Ungelegenheiten wegen eines einzigen Verteilerzweiges im Bayside-Distrikt machen würden. Es gibt da drei oder vier andere Gruppen. So groß ist die Sache nicht; 's wird alles ganz geschäftsmäßig betrieben. Keiner würde den anderen um die Ecke bringen. Es gibt einfach kein Ganzes, weil ich einige Dinge nicht weiß. Das ist immer so. Wenn man genug beisammen hat, auf einmal geht einem ein Licht auf.«

»Wie steht's mit Carrie? Sind Sie da weitergekommen?«

»Bin deswegen bei Doc Stanyard gewesen. Wir sind seinen Autopsiebefund durchgegangen. Ihr linker Arm wies am äußeren Unter- und Oberarm schreckliche Hautabschürfungen auf. Farbsplitter hatten sich unter die Haut geschoben. Ist Ihnen klar, was das heißt?«

»Nein.« .

Es brauchte so ungefähr zwanzig Sekunden, bis es mir dämmerte. »Schön, wenn sie nüchtern genug war, um mit ihrem Wagen seitlich ranzufahren, müßte sie normalerweise auch genug Reaktionsvermögen besessen haben, um instinktiv den Arm zu heben, den Lastwagen abzuwehren, der da auf sie zukam. Außerdem wäre sie nach hinten ausgewichen. Ihr Arm muß also seitlich heruntergehangen haben, als der Zusammenprall erfolgte. Die Vermutung liegt daher nahe, daß sie zu dem Zeitpunkt nicht bei Bewußtsein war.«

»Oder sie hat Selbstmord begangen. Sie wartete auf den richtigen Wagen, ließ ihre Tasche im Auto, schloß die Augen, trat auf die Straße und — *bum*.«

»Welche der beiden Möglichkeiten halten Sie für die wahrscheinlichere?«

»Ich muß sagen, je mehr ich weiß, um so weniger weiß ich. Warum hatten Sie gestern eine Unterredung mit dem Judge und heute morgen ein Gespräch mit Freddy?«

»Wir sprachen über die Wirkung, die er auf die Wähler ausübt.«

»Sein Vater war ein umgänglicher Mann. Schwach, aber umgänglich und − schlitzohrig. Komisch. Die Leute sagen, Freddy wäre nicht so geworden, wenn das seinem Vater nicht passiert wäre. Die Meinung geht dahin, daß es ihm gut bekommen sei. Man schätzt es, wie er seinen Senkrechtstart bewerkstelligt hat.«

»Ging der nicht zu schnell vonstatten, Captain?«

»Sie haben die Pensionsvorschriften geändert, seit das hier zum Stadt- und Landdistrikt von Bayside erklärt wurde. Hab' noch dreizehn Monate im Amt. Muß ich vorher gehen, kann ich auf einem alten Fahrrad dahergondeln und mich von Hundefutter nähren. Halt' ich durch, geht's mir besser, als es mir vor der Änderung gegangen wäre. Wenn Judge Schermer und seine Kumpane nächstens Poker spielen und jemand am Tisch sagt, er könne mein Gesicht nicht mehr sehen, dann bin ich am nächsten Tag geliefert.«

»Man droht Ihnen also?«

Er drehte sich um und sah mir in die Augen. Weise Augen, die schon eine Menge gesehen und manch einen durchschaut hatten. Der Schatten eines Lächelns umspielte seine Mundwinkel. »Es ist beschissen«, murmelte er.

»Dann sollte ich Ihnen wohl besser nicht erzählen, daß Freddy Gras aus Jamaika herbeiflog und es über Omahas Boot vor den Bahamas abwarf.«

»Nein, das sollten Sie mir nicht erzählen, denn es würde zu nahtlos in die Berechnungen passen, die ich für mich über Freddy angestellt habe. Er ist extravagant gekleidet, seine Trinkgewohnheiten sind extravagant, seine Wagen ebenfalls. Er hat die Ranch gekauft, das Flugzeug und besitzt vierzig Paar Stiefel. Aber dann kann man nicht umhin, sich daran zu erinnern, daß Miß Janie zehntausend Morgen Waldland besitzt. So, wie die Sache bewirtschaftet wird, müssen sechzig Dollar netto pro Morgen und Jahr für sie herausspringen, dafür kann sie sich Fred van Harn ohne weiteres als Spielzeug leisten. Allerdings würde ich, wenn ich Jake wäre, nicht meine Hoffnungen darauf setzen, daß ein Bursche, bei dem im Kopf eine Schraube locker sein muß, meine Nichte heiratet. Vor zwei Jahren haben sie jemandem den Mund gestopft. Die Sache wurde verzögert und verzögert. Als sie schließlich vor Gericht kommen sollte, war das Mädchen einige Zentimeter gewachsen. Wie gesagt wird, machte er geltend, daß er nie gedacht hätte, daß das Mädchen erst vierzehn sei. Na, wie auch immer, sie war größer, älter und schlauer geworden und beruhigte sich für Geld. Sie haben ihn für die Politik getrimmt, zuerst soll er in den Staatssenat, danach denkt man daran, daß er Gouverneur wird. Sie geben keinen Pfifferling dafür, was für ein Mensch er ist. Was sie interessiert, ist, daß er im lokalen Fernsehen ankommt und in Anzeigen. So viel Post, wie da reinkommt, haben Sie noch nicht auf einem Haufen gesehen. Alle bitten sie ihn, doch ja zu kandidieren. Das ist alles, was zählt. Wenn man's richtig betrachtet, kann es ihnen nur recht sein, daß er was auf dem Kerbholz hat. Dann haben sie ihn besser an der Kandare. O ja, er wird Miß Janie heiraten, sie wird eine gute Gastgeberin sein und ihm gesunde Kinder schenken — damit hätten wir's dann. Er kann seinen Charme spielen lassen. Er bringt es fertig, ein Fünftausend-Dollar-Honorar aus einem Fünfhundert-Dollar-Fall herauszucharmieren, und der, den er gemolken hat, kommt, wenn er einen Rat braucht, wieder zu ihm. Was hat er Ihnen gesagt?«

»Er hat mir gesagt, daß er niemanden getötet hat.«

»Mein Verdacht ist, daß dies wahrscheinlich stimmt. Aber sicherlich hat er jedem weiblichen Wesen, das in die Sache verwikkelt ist, unter den Rock gelangt. Haben Sie eine Liste?«

»Carrie Milligan. Joanna Freeler. Betty Joller. Chris Omaha. Bei Mrs. Birdsong hat er einen Versuch unternommen, aber sie hat ihn gebissen.«

»Gut für sie.«

»Und Susan Dobrowsky.«

Er starrte mich schockiert an. »Dieses Mädchen auch? Dieser Hurenbock!«

»Er hat sie auf die Ranch mitgenommen. Sie wird die Stadt heute morgen verlassen haben. Jason wollte sie zum Flugzeug bringen.«

»Seit seinem vierzehnten Lebensjahr ist dieser Bursche hinter jedem Weiberrock her. Geschichten kursieren über ihn! Er treibt's mit jeder, als sei's das letztemal. Sie sagen, es sei etwas an ihm. Die, von denen man das nie erwarten würde, verdrehn die Augen, legen sich hin und machen die Beine breit. Er wird nie müde, sich zu verschaffen, was er braucht, und zwar da, wo man es nie vermuten würde.«

Ich konnte bestätigen, daß man ihn in der Tat an den unerwartetsten Orten und zu den unerwartetsten Tageszeiten antraf.

»Wählen Sie van Harn«, sagte ich.

»Er wird gewählt werden. Senator van Harn. Sie brauchen einen Mann an der Spitze, um das durchzusetzen, was sie hier durchsetzen wollen. Einen Tiefwasserhafen, um das Phosphat, das im Süden des Distrikts abgebaut werden soll, zu verschiffen. Eine Raffinerie. All die leckeren Sachen, von denen nur einige Auserwählte ihren Teil abkriegen werden.«

»Der Judge hat mir fünfundzwanzig Große angeboten, falls ich alles, was Freddy angeht, vergesse.«

Harry Max Scorf sah mich überrascht an.

»Was denken die denn, daß Sie wissen?«

»Nicht mehr, als ich Ihnen erzählt habe. Daß er einen Sparren hat. Frauen vergewaltigt, Menschen tötet und Gras einfliegt.«

Er erhob sich und paßte den weißen Hut sorgfältig über den spitzen Schädel, rückte ihn im rechten Winkel zurecht. Dann bedachte er mich mit einem Haifischlächeln. »Was sollten sie auch für einen Kandidaten wollen? Ein Muttersöhnchen vielleicht? Bis demnächst, mein Sohn.«

Als ich in das Büro trat, blickte Cindy mit ihrem Geschäftsgesicht auf, höflich und kühl. Dann erschien darauf das breite, warme Lächeln. »Hallo«, sagte sie. Nur ein Wort, aber es dehnte sich wie fünfzehn.

»Ebenfalls hallo. Stimmen die Bücher?«

»Jetzt schon. Ich hatte hundertsechzehn Dollar eingetragen, dabei sollten es hunderteinundsechzig sein. Hab' dich da draußen gesehen. Captain Scorf gehört hier schon seit ewigen Zeiten dazu. Wie die Leute sagen, hat er immer gleich ausgesehen. Hat er dich hart angepackt?«

»Nein. Er meinte, ich habe einen detektivischen Verstand.«

»Ist das gut?«

»Sie haben jetzt den geräuschvollen Teil der Reparaturarbeiten an der As hinter sich. Ich glaube, es ist besser, ich bezahle meine Motel-Rechnung und bringe meine Zahnbürste auf mein Boot zurück.«

Bestürzung und Enttäuschung zeichneten sich auf ihrem Gesicht ab. Dann fing sie sich wieder.

»Wie du wünschst, Liebling.«

»Wenn du einen kleinen, tragbaren Feuerlöscher mitbringst,

werde ich Meyer dazu überreden, heute abend sein berühmtes Chili zuzubereiten.«

»Das wäre nett«, sagte sie gezwungen.

»Ist etwas nicht in Ordnung?«

»Doch, alles.«

»Bist du sicher?«

»Gewiß bin ich sicher!«

Über diesen Punkt hinaus kann man nicht gehen. Die Straßen sind verbarrikadiert, die Brücken gesprengt, die Felder vermint, und Artillerie hat jeden Abschnitt im Visier.

Also setzte ich mich in Marsch, holte meine Zahnbürste und die anderen Toilettengegenstände aus dem Badezimmer, begab mich an den Empfang und zahlte einer korpulenten Dame die aufgelaufene Summe. Sie fragte mich, ob ich mich besser fühle, und ich erwiderte, ich fühlte mich großartig. Sie sagte: »Es ist gut, daß Mrs. Birdsong einen Freund hat, der ihr in der Not beisteht. Kennen Sie sie schon lange?«

»Sehr lange.«

»Er trank, wie Sie wußten.«

»Ja. Cal trank.«

»Einerseits ist es ein Segen.«

»Man kann eine Sache von verschiedenen Seiten betrachten.«

»Ja, das ist wohl wahr.«

Ein kleines Feuergeplänkel, ohne Sieg und Niederlage. Beide Seiten zogen sich zurück.

Als ich zum Boot kam, waren die Glaser eingetroffen. Sie waren zu viert, in weißen Overalls. Die Scheiben aus gehärtetem Marineglas waren bereits in der erforderlichen Größe zugeschnitten. Der Vorarbeiter meinte, sie seien spätestens um vier Uhr fertig. Jason und Meyer zelebrierten die Komplettierung der Vinyl-Verlegung auf dem Sonnendeck, wobei sie gekühltes Bier im Schatten des Sonnensegels gelagert hatten. Ich inspizierte ihre Arbeit und lobte sie.

Ich bin skeptisch, was die sogenannten großartigen Errungenschaften der modernen Wissenschaften angeht. Und etwas, das aussieht wie etwas, das es nicht ist, macht mich mißtrauisch. Demnach hätte mich dieses auf Teak getrimmte Steinkohlenteer-Derivat von Fußboden total verrückt machen müssen. Aber die Sache ist so verdammt praktisch.

Also wandle ich an Deck meines Bootes über Kunststoffbelag und denke mir mein Teil. Übrigens, habe ich jemals Anspruch darauf erhoben, als konsequent zu gelten oder auch nur als vernünftig?

Ich ging hinunter, um meine Stereoanlage auszuprobieren. Ich legte die neue Platte mit Ruby Braff und Georges Barnes auf. Es ist eine angenehme Vorstellung, eine Platte zu besitzen, die frisch aus der Presse kommt und von der man dennoch bereits weiß, daß sie Jazz bietet, der dereinst als klassisch gelten wird. Ich wußte, daß ein Lautsprecher ausgefallen war. Eigentlich vermutete ich ja, daß es mehrere seien. Selbst bei größter Feinregulierung läßt sich diese explosive Wirkung nicht ausgleichen. Als der Ton kam, klang es denn auch, als gurgle jemand mit einem Hals voller Grillen. Hastig schaltete ich wieder aus.

Im Geschäft erklärten sie mir, die Boxen für meine Anlage seien nicht mehr zu haben. Mir war, als verfüge ich nicht mehr über die Gelassenheit, einen dieser verbindlich lächelnden Verkäufer zu ertragen, die mir erklärten, das, was ich benötigte, sei quadrophonischer Sound, der von allen Seiten komme. Ich habe niemals das Bedürfnis verspürt, inmitten einer Gruppe von Musizierenden zu sein. Sie gehören einem gegenüber, verdammt noch mal. Musik, die, aus unsichtbaren Quellen kommend, einen einhüllt, hat etwas Trickhaftes, Unredliches, kann schlankweg vergessen werden.

Jason verließ uns, um seinen Dienst im Büro anzutreten. Meyer und ich machten uns Sardinensandwiches. Er war glücklich, zu erfahren, daß ich zurückgekehrt war. Wir saßen in der Nische der Kombüse und vertilgten die Sandwiches, wobei wir Gedanken und Meinungen austauschten.

»Wir haben absolut nichts erreicht«, stellte Meyer fest.

»Du sagst es.«

»Fühlst du dich auch wirklich wieder okay?«

»Sehe ich nicht so aus?«

»Du hast einen etwas starren, um nicht zu sagen glasigen Blick.«

»Das kommt davon, weil ich denke, da fühle ich mich eben starr, glasig, wenn du so willst.«

»Nur im Augenblick. Oder . . .?«

»Nee, die ganze Zeit. Vielleicht ist auch das Licht zu hell.«

»Wenn die Fenster fertig sind . . .«

»Die Bullaugen.«

»Wenn die Fenster eingesetzt sind, könnten wir Leine ziehen.«

»Du willst nach Hause?«

»Wir könnten diese ganze ungute Geschichte vergessen, Travis.«

»Verlockend. Wer sind wir eigentlich, daß wir uns hier herumtreiben und versuchen, herauszubekommen, wer was getan hat und aus welchem Grunde?«

»Dazu ist die Polizei da.«

»Genau.«

Wir grinsten uns an und wußten doch beide, daß wir Blödsinn redeten. Der Bann des Engagiertseins ist schwer zu brechen. Er ist beherrschender als der des Desinteresses, der Bereitschaft, sich Schwierigkeiten zu entziehen.

Ich belehrte ihn, daß wir nicht auslaufen könnten, da wir einen Gast zum Abendessen erwarteten. Außerdem sagte ich ihm, daß er ein Chili kochen müsse.

14

Bei dem Mahl zu dritt waren uns die Tränen über die Wangen gekullert, während wir uns mit erstickter Stimme versicherten, wie überaus köstlich das Chili gelungen sei. Cindy und Meyer hatten den Aufwasch besorgt, mir war bedeutet worden, daß ich mich noch immer im semi-invaliden Status befände.

Als sie schließlich soweit waren, spannte sich draußen eine weite Nacht mit einem hohen Sternenhimmel über das Land, der die Juni-Winde keine Kühlung brachten.

Wir löschten die Lichter und begaben uns an Deck, in den dunklen Teil des Sonnendecks, der von den Docklichtern nicht beschienen wurde. Der Himmel über Bayside stand blaßrot bis orange wie auf Reklamebildern gegen den Abgasdunst der Lastwagen und anderen Vehikel. Wir stellten unsere Schiffsstühle auf dem neu reparierten Deck so, daß wir in den Sternenhimmel über dem Atlantik blickten. Wir befanden uns jetzt in der Regensaison. Die Nacht des zehnten Juni. Schwärze ballte sich im Südosten, durchzuckt von unheimlichen Feuergarben einer unsichtbaren Artillerie.

Sie lag zu meiner Linken, Meyer zu meiner Rechten. Die Nachtluft rührte sich, entflatterte in die Stille. Ihre Hand wanderte verstohlen über meinen Schenkel, stubste mich wie zur Begrüßung und wurde von der meinen umschlossen. All dies ging vor sich, ohne daß Meyer etwas davon bemerken konnte. Wie Kinder in der Kirche waren wir. Mit meinem Daumen rieb ich die dicken, warmen Polster unter ihren Fingern. Ich fragte mich, ob ihr mitgeteilt worden war, daß ihr Ehemann nicht eines natürlichen Todes gestorben sei. Früher oder später würde man es ihr sagen müssen, wie gering auch immer die Chance war, den Schuldigen zu finden. Harry Max Scorf hatte ganz offen zu verstehen gegeben, daß sie auf seiner Verdächtigenliste stand. Ich kannte sie zwar ganz gut — auf eine gewisse Weise, wußte aber in mancher Hinsicht gar nichts von ihr. Und doch konnte ich mir nicht vorstellen, daß sie heimtückisch tötete und dem schlafenden König einen Draht in den Brustkorb stach.

Der schlaue und ausdauernde Harry Max Scorf würde längst die Identität jeder Person festgestellt haben, die lange genug an Cal Birdsongs Bett weilte, um ihm den Rest zu geben.

»Es erscheint einem so sehr als Verschwendung, wenn es draußen auf dem Meer regnet«, seufzte sie. »Einfach schlecht organisiert.«

»Es zieht hierher«, ließ sich Meyer vernehmen. »Wobei zu sagen wäre, daß ein durchschnittliches Gewitter nicht länger als fünfundfünfzig Minuten dauert.«

Sie richtete sich auf und blickte über mich hinweg auf Meyer. »Jetzt nehmen Sie uns auf den Arm.«

»Glaub ihm«, warf ich hin.

»Wenn die Bedingungen entsprechend sind, baut sich da, wo zuvor die Entladung eines elektrischen Feldes stattgefunden hat, ein neues Feld auf. So entsteht der Eindruck, ein Gewitter dauere Stunden. Dem ist nicht so.«

Sie legte sich zurück und gab einen unterdrückten Laut der Belustigung von sich. »Für den Rest meines Lebens«, meinte sie, »werde ich bei jedem Gewitter daran denken, daß es nur fünfundfünfzig Minuten anhält.«

Ihre Hand lag noch immer in der meinen. Warm und trocken. Ich mußte an Lügendetektoren denken. Es gibt da eine Ausführung, bei der es erforderlich ist, daß man in jede Hand eine Elektrode nimmt. Fühlt man sich angespannt und nervös, dann sind die Handflächen feucht und kalt, die Leitfähigkeit der Haut ist erhöht. Der Apparat besitzt eine Skala und reagiert mittels eines elektronisch gesteuerten, dünnen, insektenhaften Tones. Beruhigt man sich, werden die Handflächen trockener, die Nadel der Skala sinkt langsam nach unten, der elektronische Ton fällt ebenfalls ab. Wird einem auf diese Weise — das heißt visuell und akustisch — eine Vorstellung von dem mentalen und emotionalen Zustand vermittelt, in dem man sich befindet, ist man mit der Zeit in der Lage (und zwar auch ohne Apparat), zu lernen, wie man sich zu absoluter Gelassenheit zwingen, wenn man so will, einen *Alpha*-Zustand erreichen kann.

Bald würde man ihr mitteilen, daß ihr Mann ermordet wurde. Diese Tatsache konnte nicht unbegrenzt vor den Gerichten verheimlicht werden. Ich rieb meinen Daumen über die Schwielen in ihrer Hand und überlegte, wie ich meine hinterhältige Bemerkung in Worte kleiden sollte. Ich verabscheute mich selber für das abgefeimte Spiel, das ich mit dieser Frau zu spielen im Begriff war.

Plötzlich, ohne daß ein Wort gefallen wäre, spürte ich, wie ihre Handfläche kalt wurde und feucht. Sie entzog mir ihre Hand, stand auf und ging zur Reling hinüber. Sie lehnte sich dagegen, die Arme verschränkt, die Schultern vornübergebeugt.

»Was ist los, Cindy?«

»Ich glaube, jemand treibt sich in den Docks herum.«

Ihre Silhouette hob sich gegen zeitweilige ferne Blitze ab. »Hast du an etwas gedacht, das dich beunruhigt?«

»Ich gehe jetzt besser nach Hause«, sagte sie.

»Ich bringe dich.«

»Ist nicht nötig.«

»Ich tu's gerne.«

Ich versuchte, auf unserem Weg zum Motel Konversation zu machen, doch sie blieb einsilbig. Sie schloß die Tür auf, stieß diese zurück und drehte sich nach mir um. Ich nahm sie in meine Arme. Ihre Lippen waren kühl und fest, reagierten ebensowenig wie ihr Körper. Doch dann war da eine ganze Menge Reaktion zu verspüren. Eine hungrige Menge.

Wir gingen hinein. Die Tür schnappte hinter uns ins Schloß. »Mach kein Licht«, bat sie. »Laß mich nicht zum Denken kommen. Gib mir nicht die Möglichkeit, an irgend etwas zu denken. Ich flehe dich an.«

Das Bett war vor großen Fenstern postiert. Die Vorhänge waren zurückgezogen. Das Gewitter kam näher. Rasch hintereinander zuckten die Blitze auf. Jeder ließ ein Bild von ihr in Schwarz und Weiß aufscheinen. Dunkle Augen, Lippen, Haare, Brustwarzen, der dunkle Hügel der Scham . . . Weiß, weiß der ganze Rest von ihr. Jeder Blitz hielt eine Bewegung fest. Erfaßte sie mit vor keuchender Anstrengung geöffnetem Mund. Ließ das Anheben eines Beines zu einer Pose gefrieren, fing sie mit gespreizten Beinen ein, versteiften Armen, um den kreisenden Schwung der Hüften abzustützen, machte aus ihr eine Tuschzeichnung von größter Klarheit. Lange Zeit ließ ich sie die Gefangene ihrer eigenen Anspannung sein, nur bisweilen entschlüpfte sie mir in einer teilweisen Befreiung. Jeder Blitz erschien heller als der vorhergegangene, trug die Donnerschläge näher, ließ sie heftiger wirken. Zuletzt gab es ein schwirrendes Geräusch. Ein Blitz füllte den Raum mit einem seltsam bläulichen Licht. In dem nachfolgenden gewaltigen Donnerschlag ging ihr Atem rascher. Sie bäumte sich auf, und der unmittelbar darauf niederstürzende Wolkenbruch war wie eine Erlösung für uns beide.

Ermattet und schweißgebadet lagen wir in enger Umarmung beieinander. Unsere Sinne waren befriedigt. Wir atmeten schwer, konnten uns nur langsam beruhigen. Der Sturm brauste über uns hinweg, kühlte unsere Körper. Die Intensität des Wolkenbruches begann nachzulassen, aber es war noch immer ein heftiger tropischer Regenguß.

»Ruthie nahm Tabletten«, sagte sie.

»Was?«

»Du hast sie nicht gekannt. Es liegt lange zurück. Bud — er war ihr Mann — wurde aus der Kurve getragen und prallte gegen einen Baum. Sie haben ihr Tabletten gegeben, um es leichter für sie zu machen. Guter Gott, sie nahm so viel davon, daß man sie kaum noch ansprechen konnte. ›Ha?‹ war alles, was sie herausbrachte. ›Ha? Wa . . .?‹ Und schlafen konnte sie! Zwanzig Stunden am Tag. Toby — du hast ihn ebenfalls nicht gekannt — seine Frau wollte ihre kranke Mutter besuchen, das Flugzeug, das sie benutzte, fiel vom Himmel. Toby, der fing zu trinken an. Nach einem Jahr mußten sie ihn in eine Trinkerheilanstalt bringen. Die Menschen brauchen in einem solchen Falle irgend etwas, nicht wahr? Bei mir ist's der Sex. Ich will immer mehr, wenn ich mit dir zusammen bin. Diesmal war es besser als je zuvor. Das Komische dabei ist, daß ich in Wirklichkeit nicht so bin. Ich hab' dir erzählt, daß Cal mich lange Zeit nicht berührt hat. Mir . . . es hat mir nichts ausgemacht. Es war in Ordnung. Ich vermute, daß ich so mit dir zusammen bin, weil ich vergessen will. Vergessen um jeden Preis. Drum stürze ich mich in den Sex, wie ich's nie vorher gekonnt habe. Hab' mich immer ein bißchen albern dabei gefühlt. Geschämt fast. Wo man doch hätte denken können, groß, stark und gesund, wie ich aussehe, daß ich's mag.«

»Du mußt dich nie wieder dabei schämen.«

»Werd' ich nicht. Werd' ich auch nicht.«

»Dein Bedürfnis darüber zu reden, ist geradezu rauschhaft.«

»Ich weiß. Und du mußt dir's anhören, hm? Wir wissen im Grunde nichts voneinander. Seltsam. So, wie Männer darüber denken, und vielleicht klingt es egoistisch, was mich betrifft, aber das, was du getan hast, war: Du hast deine Chance zu nutzen gewußt. Du bist zu einer Zeit hier aufgekreuzt, wo jeder gut aussehende und sympathische Kerl das bei mir hätte erreichen können, was du erreicht hast.«

»Man ist doch nie vor Schmeicheleien sicher.«

»Trav, keine schnippischen Bemerkungen, bitte! Unsere Verbindung wurde von hinten aufgezäumt. So ist's. Das, wohin ich gelangen möchte, ist der Anfang. Ich möchte dich als Mensch kennen, nicht nur als jemand, nach dem ich verrückt bin, weil er mich den Kopf verlieren läßt. Das ist ein aufrichtiges Bedürfnis bei mir, ob du's glaubst oder nicht.«

»Okay. Keine schnippischen Bemerkungen. Keine Schlafzimmerpose. Ich hab' mitgekriegt, wie anfällig du warst, und meinen Vorteil wahrgenommen. Deshalb erscheint mir das Ganze ebenfalls ziemlich unwirklich. Trotzdem steckt mehr als physische Begierde dahinter.«

»Was denn sonst noch?«

»Ich mag dich. Ich möchte, daß die Dinge stimmen bei dir. Möchte, daß du Spaß kriegst am Leben. Außerdem fühle ich mich schuldig.«

»Weswegen?«

»Weil mir bekannt ist, daß Cal ermordet wurde, deswegen. Harry Max Scorf hat's mir gesagt, wobei mir nicht klar ist, ob er wollte, daß ich's dir beibringe.«

Sie fuhr erregt hoch. »Wie?« flüsterte sie.

Ich sagte es ihr. Sie stieß einen Laut aus wie ein waidwundes Tier, ihre Finger krampften sich um meinen Arm.

»Jason«, wisperte sie.

»Bist du sicher?«

»Beweisen kann ich es nicht. Einmal . . . nachdem es ganz schlimm war — Cal hatte getrunken und mich geschlagen —, kam Jason zu mir und vertraute mir an, es gäbe Möglichkeiten, Cal umzubringen, ohne daß es jemand herausbekommen könne. Ich hab' ihm gesagt, er soll schweigen. Ich wußte, er würde sagen, er tut es für mich. Und dabei wär's nicht geblieben. Er ist ein merkwürdiger Junge. Er kann Grausamkeiten, gleich welcher Art, nicht ertragen. Er kriegte als Kind furchtbare Schläge, starb fast einmal daran. Dazu kommt . . . er ist ein bißchen in mich verliebt.«

»Das war offensichtlich, nachdem Cal dich niedergeschlagen hatte.«

Sie ließ sich langsam zurück, legte ihre Wange an meine Brust und schlang ihren Arm um mich. »Ich glaub', ich hab' ihn an dem Abend, an dem Cal starb, gesehen. Ich ging zum Essen weg. Es könnte tatsächlich Jason gewesen sein, der auf seinem Fahrrad am anderen Ende des Parkplatzes auf das Krankenhaus zufuhr. Hab' nicht mehr daran gedacht — bis jetzt. Als ich vom Essen zurückging, bearbeiteten sie Cal wie irre. Wahrscheinlich war's so ein Stückchen Bleidraht. Cal lag für sich in einem dieser Intensivräume. Er wurde nicht bewacht. Aber mit Bestimmtheit weiß ich's natürlich nicht. Also muß ich's auch niemandem sagen, oder?«

»Bist du böse auf Jason?«

»Ich weiß nicht. Cal hätte sich auf jeden Fall selber umgebracht. Es war ihm gesagt worden, daß es sehr schlecht mit seiner Leber stünde, er solle mit dem Trinken aufhören. Ich verstehe, warum Jason es getan hat. Wenn er es getan hat. Trav, hilf mir.«

»Früher oder später wird Captain Scorf dir Fragen stellen. Es wäre besser, wenn du von dir aus zu ihm gingest. Frag ihn, ob dein Mann eines natürlichen Todes gestorben ist. Wenn er dir die Wahrheit sagt, tu erschrocken und teile ihm deinen Verdacht mit. Es steht bei dir, ob du Jason einweihen willst, daß du vorhast, Scorf aufzusuchen. Du selbst mußt auch darüber entscheiden, wieviel Vorsprung du ihm geben willst, sollte er das Weite suchen wollen.«

»Okay. Ich mach' es so. Doch ich wollte, du hättest mir nichts gesagt, Liebling.«

»Warum bist du heute abend unruhig geworden, als wir nach den Sternen und dem Gewitter sahen?«

»Unruhig? Ach, ich hab' mich an einen schlechten Traum erinnert, den Cal hatte, ungefähr eine Woche, bevor er starb. Er schrie im Schlaf auf. Ich konnte ihn gar nicht richtig zu sich bringen. Als ich zu dem dunklen Himmel aufblickte, erinnerte ich mich daran. Er hatte geträumt, etwas fiele vom Himmel auf ihn herab, erschlüge ihn, begrabe ihn unter sich. Seine Angst war so echt, daß wohl bei mir etwas zurückgeblieben ist. Wird wohl halb Alptraum, halb Delirium gewesen sein. Sein Verstand war nicht mehr klar, verwirrte sich von dem vielen Trinken. Dann wollte er, daß ich niemandem davon erzähle. Als ob sich irgend jemand dafür interessieren würde! Heute abend hab' ich mich dran erinnert, und es wurde mir ganz unheimlich dabei zumute, es machte mich ganz kribbelig.«

Der Regen ließ nach. Eine neue Gewitterfront baute sich auf und wälzte sich grollend auf uns zu. Ihre Stimme wurde schläfrig und brach ab, ihr Atem ging langsamer, ihre Atemzüge wurden tiefer, ihr warmer Atemhauch streifte meine Kehle. Ich beobachtete, wie die Blitze über die Fensterausschnitte hinzuckten und die Zimmer erhellten. Dieses Unwetter kam viel näher als das vorhergehende. Schließlich wurden die Donnerschläge so laut, daß sie davon aufwachte. Sie fuhr auf, fiel zurück. »Ich hab' geträumt«, sagte sie.

»Angenehm?«

»Das kann man nicht sagen. Ich stand vor einer Richterbank. Die war sehr hoch. So hoch, daß ich den Richter nicht sehen konnte. Sie ließen mich nicht zurücktreten, dorthin, von wo aus ich ihn gesehen hätte. Das machte mich ganz wild. Ich war überzeugt davon, er würde mir nicht glauben, wenn er mich nicht sah. Ich war wegen irgend etwas angeklagt, das Jason betraf. Irgend etwas hatte ich falsch gemacht.«

»Was?«

»Ich weiß nicht. Ich sollte mich wohl schuldig fühlen. Wenn einen jemand verehrt, dann spürt man das. Es tut einem wohl, so bewundert zu werden. Deshalb . . . nun, man geht darauf ein. Du weißt, was ich meine? Man sieht diejenige Person, welche plötzlich anders an, dein Gang verändert sich, wenn du dich von dieser Person beobachtet fühlst, dein Lachen bekommt einen anderen Klang. All dies . . . ich meine, das summiert sich. Mag sein, er tat es deshalb. Wenn er es getan hat.«

»Suche nicht nach Schuld.«

»Ich vermisse Cal. Ich vermisse ihn an jedem Tag meines Lebens. Es war eine miese Ehe, aber ich vermisse ihn so sehr.«

»Jemandem verbunden zu sein, ist weder gut noch schlecht. Es ist eine Realität. Und wenn man auseinandergerissen wird, bleibt da eine Leere.«

»Etwas passiert, und ich meine, ich müßte es Cal erzählen. Dann wird mir klar, damit ist es vorbei. O Gott.«

Sie fing zu weinen an, nicht besonders heftig. Sanfte Tränen, geweint in einer Regennacht. Als sie versiegt waren, versuchte sie so zu tun, als brauche sie mich, versuchte sie, Begehren vorzutäuschen. Der Ausdruck ihrer Lippen aber überzeugte nicht. Der Sturm hatte uns beide erschöpft. Ich war froh, daß sie nicht beharrlicher war. Aus männlichem Stolz wäre ich womöglich darauf eingegangen. Der zweite Sturm raste über uns hinweg, ein feuchter Wind strich über unsere müden Körper. Ich deckte uns mit der Bettdecke zu. Wiederum erhellte ein Blitz den Raum, hob ihren Kopf neben mir vom Kissen ab. Als der Regensturz nachließ, schlief sie. Nachdem der Regen ganz aufgehört hatte, glitt ich aus dem Bett, schloß die Vorhänge, schlüpfte in meine Sachen und verließ sie, ohne sie zu wecken, wobei ich mich versicherte, daß die Tür hinter mir ins Schloß gefallen war.

Der Sturm hatte die Elektrizität lahmgelegt. Sterne standen am Firmament. Da meine Augen an die Dunkelheit gewöhnt waren, fand ich den Weg ohne Schwierigkeiten. Ich folgte dem Pfad, der sich durch dunkles Gebüsch hinunter zum Dockgebäude schlängelte.

Meyer hatte die *As* verriegelt und war zu Bett gegangen. Ich fand nach einigem Herumtasten den richtigen Schlüssel. In der unbeleuchteten Lounge stieß ich mir das Schienbein böse am neuen Kaffeetisch an. Ich hinkte zum Bug, duschte im Dunkeln heiß und ausgiebig, woraufhin mich das geräumige Bett verschlang wie eine Kröte, die eine Fliege in ihrem scharzen Schlund verschwinden läßt.

15

Als ich auf der Bildfläche erschien, um mir das Frühstück zuzubereiten, genehmigte sich Meyer bereits seine zweite Tasse Kaffee.

»Willst du etwa kandidieren?«

»Ich nahm an, es sei dir bekannt, daß ich ein weißes Hemd und eine Krawatte besitze.«

»Muß ich wohl vergessen haben.«

»Ich habe vor, einen seriösen und vertrauenerweckenden Eindruck zu machen.«

»Auf wen?«

Ich goß mir meinen Orangensaft ein und suchte mir eine Handvoll Eier aus.

»Fünf Eier?« bemerkte er.

»Es handelt sich hierbei um extra supergroße Eier der Spitzenklasse, was bedeutet, daß sie gerade ein bißchen größer sind als Rotkehlcheneier. Verschone mich mit deiner unproduktiven Kritik und wirf lieber einen Blick auf meinen Hinterkopf. Ich hab' die Verkleidung abgenommen.«

Ich ging in die Knie. Er kam aus der Nische heraus, stellte sich hinter mich und drehte meinen Kopf dem Licht zu. »Mm. Wie Stiche auf einem Baseball. Adrett und sauber genadelt, nichts dagegen zu sagen. Kann keinerlei Rötung feststellen.«

Er begab sich zu seinem Kaffee zurück. Ich schlug die Eier in den kleinen Tiegel, schnitt einige Scheiben scharfen Cheddarkäse auf und legte ihn darüber, hackte eine Zwiebel und gab sie dazu. Mit einer Gabel zerklepperte ich das Ganze, rührte noch ein bißchen darin herum, und in ein paar Minuten war alles fertig.

Als ich mich zum Frühstück niederließ, sagte Meyer: »Was hast du gesagt?«

»Ich darf dir eine neue Erkenntnis mitteilen. Wir haben unser Spiel mit zuwenig Karten gespielt. Wenn eine Karte fehlt, nützen die besten Tricks nichts. Mag sein, es handelt sich um eine Variante deiner Theorie vom unsichtbaren Planeten, jedenfalls möchte ich dir die fehlende Karte beschreiben: Das van-Harn-Flugzeug kommt durch die Himmelsbläue angesegelt. Am späten Nachmittag machte es die Bertram — wie so manches Mal zuvor — vor der Nordküste der Bahamas aus. Sie haben acht oder neun Säcke an Bord, die wasserdicht in Plastikhüllen verstaut sind. Jeder dieser Säcke wiegt so an die hundert Pfund. In einer Höhe von zirka hundert Metern zieht van Harn mit seiner Maschine weite Kreise, die so bemessen sind, daß Carrie Zeit hat, jeweils einen Sack zur Passagiertür zu ziehen und ihn auf ein Zeichen hin hinauszustoßen. So würde man es doch machen, oder? Neun

Durchgänge. Sie hoffen, daß die Säcke nahe genug bei der Jacht aufschlagen, so daß die unten mit möglichst unaufwendigen Manövern an sie herankommen, um sie mit ihren Bootshaken zu erwischen. Cal Birdsong und Jack Omaha ziehen denn auch die Säcke emsig und vergnügt an Bord. Oder Birdsong steuert das Boot, und Omaha versieht die Stauarbeit allein. Van Harn und Carrie sind ebenfalls glänzender Laune. Sie erleben ein Abenteuer, sie verdienen eine Stange Geld und werden ihrer Sorgen ledig sein. Kurzum: Es rentiert sich dicke. Siehst du, was ich meine?«

»Ja — aber worauf willst du hinaus?«

»Cindy erzählte mir, daß Cal die Woche, bevor er starb, einen Alptraum hatte, in dem etwas aus dem Himmel fiel und ihn erschlug.«

»Ich sah, wie Meyers Gesichtsausdruck wechselte, wie er begriff, nickte, die Lippen zusammenpreßte.

»Ein Wurf war zu gut«, äußerte er.

»Und Jack Omaha zu leichtsinnig. Paßte nicht auf. Lehnte vielleicht über Bord, um einen treibenden Sack an den Haken zu kriegen. Der Aufprall muß ziemlich heftig gewesen sein. Es wäre wohl nicht abwegig, zu vermuten, daß ihn die Last am Hinterkopf traf und ihm das Genick brach. Und mit einem Mal war es keine Bootspartie, war es kein Spaß mehr.«

Meyer nickte wieder und schien in einem monotonen Tonfall wie zu sich selber zu sprechen: »Birdsong beschwerte die Leiche mit Ballast und versenkte sie nach Einbruch der Dunkelheit im Meer. Van Harn flog mit Carrie zurück zur Ranch. Zu der Zeit, als Birdsong zurück sein sollte, wartete sie hier im Bootshafen mit dem kleinen Kastenwagen auf ihn. Birdsong verlud die Säcke in das Fahrzeug und berichtete. Daraufhin fuhr sie nach Fünfzehnhundert, der Wagen wurde entladen, Walter J. Demos zahlte sie aus. Sie brachte das Fahrzeug zu Superior Building Supplies, wo sie vermutlich ihren Wagen gelassen hatte. Das Geld verstaute sie im Safe, nachdem sie ihren Anteil an sich genommen hatte, da sie wußte, daß das Spiel aus war. Diesen Anteil brachte sie zur Aufbewahrung zu dir. Travis, wie deutest du van Harns Reaktion?«

»Jähes, totales Entsetzen. Ich glaube nicht, daß ihn das Geld überhaupt noch interessierte. Durch die Heirat mit Jane Schermer würde er seine finanziellen Sorgen für immer los sein. Ihm wurde plötzlich klar, in was für ein sinnloses Abenteuer er sich da eingelassen hatte, vielleicht nur, um ein bißchen dagegen zu rebellieren, daß Onkel Jake und seine Kumpane ihn als Strohmann benutzten. Er wußte, wenn es herauskam, war er fertig. Das war kein Dummer-Jungenstreich mehr. Er war verstrickt in den Tod eines prominenten Bürgers der Stadt, welcher bei einer gemeinsam begangenen kriminellen Handlung eintrat. Der gute alte Jack Omaha, Rotarier, Mitglied der Kiwanis und der Handelskammer. Van Harn würde nicht einmal seine Rechtsanwaltslizenz behalten. Ich behaupte, daß er deswegen plötzlich sehr erpicht war, Onkel Jake zu Gefallen zu sein.«

»Augenzeugen waren Carrie Milligan und Cal Birdsong.«

»Genau das, Meyer. Eine etwas durchgedrehte junge Frau und ein Trunkenbold. Mir fällt noch etwas ein: Freddys Gastspiel bei Chris Omaha. Eine bessere Methode, aus jemandem etwas herauszukriegen, als übers Bett, gibt es wohl nicht. Er wollte wissen, wieviel ihr Jack über die Schmuggelei erzählt hatte, beziehungsweise ob er überhaupt etwas hatte verlauten lassen. Offensichtlich nicht.«

»Und was ist mit dem Apartment, in das eingebrochen wurde?«

»Das geschah aus demselben Grunde. Man wollte verräterische Beweise entfernen.«

»Wie steht's mit Joanna und der Bombe?«

»Das wird keinen Sinn ergeben, bevor wir nicht mehr wissen.«

»Eine Bombe wird nie einen Sinn ergeben. Guck dir die Iren an, die haben es versucht. Das Ganze ist zu einer blutigen Farce geworden, über die die Welt den Kopf schüttelt. Die Iren haben ganz vergessen, warum sie überhaupt Bomben legen, wenn sie's jemals gewußt haben. Vielleicht tun sie's auch, weil sich so verdammt wenig sonst in diesem langweiligen Land anstellen läßt.«

»Du wärst nicht gerade beliebt in Irland.«

»Ich hab' niemals den Drang verspürt, dorthin zurückzukehren. Besten Dank.«

»Joanna kam an Bord und brachte ein paar Leckerbissen mit, die für ein kleines Fest im Häuschen bestimmt waren. Wir gingen beide auf sie zu, Meyer, als sie anfing, den Karton aufzuschnüren. Wäre sie jemand gewesen, der Schnur aufhebt und daher Knoten pedantisch aufpusselt, wären wir beide tot. Aber sie gehörte zu den Typen, die eine Schnur einfach abreißen. Guter Gott, ich kann noch immer den Explosionsgestank hier drin riechen.«

»Ich weiß. Jeden Tag läßt's ein bißchen mehr nach.«

Nachdem ich mit den Eiern fertig war, beantwortete ich seine erste Frage. »Ich habe die Absicht, dem brillanten jungen Anwalt einen Besuch in seinem Büro abzustatten. Kann sein, daß ich auch Judge Schermer samt Nichte aufsuchen muß.«

»In welcher Angelegenheit?«

»Ein bißchen Druck ausüben.«

»Und was soll ich tun?«

»Hierbleiben, damit ich dich erreichen kann, wenn ich dich brauchen sollte.«

Cindy Birdsong war allein im Büro, als ich von den Docks hereinspazierte. Sie erhob sich von ihrem Schreibtisch und kam sofort hinter dem Tresen hervor. Bevor sie sich jedoch auf die Zehenspitzen erhob und mich küßte, warf sie verstohlene Blicke aus den Fenstern zur Rechten und Linken. Es war ein knapper Kuß, der immerhin persönlich und voller Nachdruck war. »Du hast dich weggeschlichen«, sagte sie.

»Wie der Dieb in der Nacht.«

»Ich schlief wie eine Tote. Als ich aufgewacht bin, hab' ich nicht gewußt, wo ich und wer ich bin, Liebling.«

»Da muß ich ein Auge auf dich haben.«

Sie wurde geschäftsmäßiger, brüsker, als sie sich hinter den Tresen zurückbegab. »Etwas Seltsames, Travis. Jason sollte heute morgen Bürodienst machen. Ollie sagt, er kann ihn nicht finden. Ritchie ist wütend deswegen.«

»Wo wohnt Jason?«

»Er und Ollie wohnen auf der *Wanderer*. Da drüben, am anderen Ende. Sie gehört uns . . . mir, wollte ich sagen. Sie braucht neue Motoren und 'ne ganze Menge anderer Dinge.«

Ich konnte erkennen, daß die *Wanderer* eine Sedan mit Brückensteuerung war, der Schiffsrumpf war weiß gestrichen, das Deck in einem unglücklichen Grün gehalten. Das Boot mochte so an die zwölf Meter messen.

Ollie trat ein, rundlich, braun und schweißglänzend. Er wünschte mir einen guten Morgen, händigte Cindy eine Dockkarte aus und sagte: »Ich hab' die Hatteras aus Jacksonville in Dreiunddreißig gelegt anstatt in Sechsundzwanzig. Sie ist neu, und er kann nicht richtig mit ihr umgehen. Bei Dreiunddreißig ist leichter rein- und rauszukommen. Okay?«

»Selbstverständlich.«

»Sie werden die Karte noch persönlich abzeichnen, wenn sie

das Boot abgespritzt haben. Beide sind ziemlich doof. Nicht alt. Aber doof.«

»Oliver«, mischte ich mich ein, »meinen Sie, daß Jason auf Nimmerwiedersehen verschwunden ist?«

Er starrte mich an. »Warum sollte er?«

»Ich weiß nicht. Er ist nicht aufzufinden. Es wäre eine Möglichkeit, oder?«

»Ich habe ehrlich noch nicht daran gedacht, daß er abgehauen sein könnte, Mr. McGee.«

»Sind seine Sachen noch da?«

»Darauf hab' ich nicht geachtet.«

»Könnten wir mal nachsehen?«

Er blickte auf Cindy, und als diese nickte, entgegnete er: »Warum nicht?«

Wir gingen im selben Moment an Bord der *Wanderer*, wodurch diese mit einem knarrenden Geräusch gegen die Fender scheuerte. Unter Deck bemerkte Oliver: »Wir schlafen hier in der Hauptkabine, Jason in der Bullaugenkoje, ich da drüben. Wenn einer von uns sich mit jemandem amüsieren will, schläft der andere im Bug, wo es noch zwei Kojen gibt. Sie können sehen, daß er vor kurzem noch in seinem Bett schlief. Wissen Sie was? Ich kann seine Gitarre nicht sehen.«

Wir durchsuchten den Seemannsschrank und den Stauraum. Seine persönlichen Habseligkeiten waren weg.

»Was für einen Wagen fährt er?«

»Keinen. Er fährt Fahrrad. Ein blaues. Er hat es immer an einem Pfosten hinter dem Büro unter dem Regendach angekettet. Seine Rucksäcke passen auf den Gepäckträger. Die Gitarre hat einen langen Riemen, so daß er sie sich um die Schulter hängen und sie auf den Rücken tun kann. Er liebt das Rad. Hat nicht gespart dabei. Zehngang, Rennsattel. Damit macht er 160 Kilometer pro Tag. Daher seine fantastischen Beinmuskeln.«

Ich setzte mich auf Jasons Bettstelle. »Ich weiß nicht mal seinen Nachnamen.«

»Breen. Jason Breen«, entgegnete er und setzte sich mir gegenüber.

»Konnte man gut mit ihm arbeiten?«

»Sicher. Warum?« Er sah mich herausfordernd an.

»Was wissen Sie über ihn?«

»Was geht Sie das an?«

»Die Chefin hat wohl genug Ärger gehabt, meinen Sie nicht?«
Er sah mich unsicher an. »Ich weiß, aber, was hat das . . .?«

»Jason könnte etwas Schlimmes getan haben, etwas sehr Dummes, weil er Mrs. Birdsong helfen wollte. Es liegt mir daran, Ihre Meinung zu hören, was Sie ihm zutrauen und was nicht. Sie kommen mir sehr clever vor, so, als könnten Sie ausgezeichnet beobachten, Ollie.«

Er errötete. »Na ja, ich bin nicht so helle wie Jason. Er liest die schwierigsten Sachen und denkt über schwierige Dinge nach.«

»Über was zum Beispiel?«

»Freien Willen, Schicksal, Reinkarnation. Lauter so Zeugs.«

»Was für ein Mensch ist er?«

Oliver dachte nach. Seine Stirn kräuselte sich. »Tja, er ist so 'ne Mischung. Einerseits ist er gern mit Menschen zusammen. Er ist beliebt. In einer Gruppe machen alle, was er will, ohne daß er die Leute irgendwie antreibt. Wenn's ihm gefällt, gefällt's den anderen auch. Ist er nicht glücklich, sind's die anderen auch nicht. Andererseits ist er ein Einzelgänger. Man weiß nie recht, was er eigentlich denkt. Er tut Gutes, ohne großen Wind drum zu machen. Frauen stehen auf ihn. Sie haben's wahrscheinlich mitgekriegt, wie er sich um Carries Schwester gekümmert hat. Hat sie zum Flugzeug gebracht und all das. Sollte er was Falsches gemacht haben, war's seiner Meinung nach bestimmt nicht falsch. 's gibt nichts auf Gottes Erdboden, das ihn davon abhalten könnte, etwas zu tun, von dem er annimmt, daß es richtig ist.«

»Hatte er ein Auge auf Mrs. Birdsong?«

Oliver errötete noch tiefer. »Nicht mehr als . . . als alle. Sie ist 'ne Klasseperson und sieht so . . . so riesig aus. Cal war widerlich zu ihr. Ein richtiger Dreckskerl. Niemand vermißt ihn.«

»Außer ihr. Sie schon.«

»Das sieht ihr ähnlich, wirklich. Sie ist jemand, der sogar diesem verkommenen Bastard vergeben konnte. Schauen Sie, ich weiß, was zwischen Ihnen beiden ist. Sollten Sie's ihr miesmachen, dann ist mein bester Schuß für Sie reserviert.«

»Das trau ich Ihnen zu.«

»Da können Sie Gift drauf nehmen.«

»Trotzdem, was soll zwischen uns sein?«

»Jason hat's mir erzählt. Der täuscht sich nie in solchen Dingen. Schläft nur ein paar Stunden, treibt sich viel rum. Er weiß immer, was drüben im Häuschen vor sich geht, auf den Booten, im Motel, in der ganzen Nachbarschaft.«

»Wie benahm er sich, als er es Ihnen erzählte? Wie hat er es Ihnen überhaupt erzählt? Können Sie sich an die Worte erinnern?«

»So ziemlich. Ich kam gestern abend rein, er lag in der Koje und las. Er guckte zu mir her und sagt: ›McGee hat's mit Cindy.‹ 's war bloß die Feststellung einer Tatsache. Mir hat's einen Stich gegeben, das kann ich Ihnen sagen. Ich tobte rum, daß Sie ein Schwein seien, sie umzulegen, nachdem Cal erst so kurz tot ist. Er erklärte mir, daß das eine sentimentale und dumme Einstellung sei. Ich hab' keine Ahnung, wie er darüber dachte.«

»Wer ist sein Mädchen?«

»Er hat im Augenblick keine bestimmte, wenigstens weiß ich nichts davon. Er geht rüber und besucht Betty Joller. Sie werden's wissen, sie wohnt jetzt allein im Häuschen. Wenn sie nicht ein paar Mädchen findet, die zu ihr ziehen, kann sie die Miete und den Unterhalt nicht mehr aufbringen.«

»War da nicht noch ein Mädchen?«

»Zwei. Nat Weiss und Flossie Speck. Nach der Sache mit der Bombe ging Nat zurück nach Miami, und Floss wollte es in Kalifornien probieren. Ihr Job hier langweilte sie sowieso. Sie arbeitete für die Telefongesellschaft.«

»Hatte Jason nicht ein Techtelmechtel mit Carrie und Joanna?«

»Mag sein. Sicher. Nichts Großes. In keiner Hinsicht. Richtiger Ort, richtige Zeit — und es passierte eben.«

»Hätte Carrie ihm vertraut?«

»In welcher Hinsicht?«

»Wenn sie Ärger gehabt hätte.«

»Ich wüßte nicht, warum nicht. Die Leute reden mit Jason über die unmöglichsten Dinge. Er quatscht nichts weiter. Man kann ihm alles anvertrauen. Komisch, jetzt kommt mir's erst, daß er nie was über sich erzählt. Nehme an, er hatte ein hartes Leben. War in Heimen. Sie haben ihn seinen Leuten weggenommen, weil die ihn beinahe totgeschlagen hätten. War damals nicht mal zwei Jahre alt. Das ist das einzige, was ich von ihm weiß, und daß er dabei sechs Knochenbrüche davontrug. Vielleicht auch mehr. Hab's vergessen.«

»Hat Sie der Sturm die letzte Nacht geweckt?«

»Na, und ob!«

»War Jason in seiner Koje?«

»Lassen Sie mich nachdenken. Nein, er war nicht drin. Ich konnt's sehen, wenn es blitzte. Ich meine, es war nichts Außergewöhnliches. Er streunt immer allein rum. Oder besucht Leute. Er ist ein sehr ruheloser Typ.«

»Aber er arbeitet hier immerhin schon zwei Jahre, seit sie eröffnet haben.«

»Ich meine nicht ruhelos in der Art. Wir haben darüber gesprochen, ob wir nicht weiter sollen. Aber wir werden's nicht tun. 's packt einen irgendwie. Die Boote, das Meer, und die meiste Zeit kann man im Freien arbeiten.«

»Immerhin, jetzt hat er seine Siebensachen gepackt und sich aus dem Staub gemacht.«

»Ich kann's nicht glauben, daß er sich, ohne ein Wort, verdrückt haben soll. Vielleicht doch. Vielleicht doch. Aber, wir haben bald Zahltag. Ich weiß nicht, warum er sich fortmacht, ohne seinen Lohn zu kassieren. Kann sein, er läßt ihn sich nachschikken. Vielleicht ist er auch gar nicht weg, nur ins Häuschen umgezogen.«

»Könnten Sie das für mich rausfinden?«

»Möcht's auch gern wissen. Sicher kann ich das.«

Während ich gemächlich zum Büro zurückschlenderte, überlegte ich, was Jason Breen dazu gebracht hatte, anzunehmen, daß es Zeit sei, sein Bündel zu schnüren und zu verduften. Wenn er unter den offenen Fenstern, in nächster Nähe des Bettes gekauert hatte, wäre es ihm leicht möglich gewesen, unsere Unterhaltung bezüglich der Ermordung von Cal zu belauschen. Ein kleiner Tip für den rastlosen Voyeur des Bootshafens. Ein kleiner Vorsprung auf dem blauen Fahrrad. Ich hätte gern gewußt, ob er seine Gitarre in eine regenundurchlässige Kunststoffhülle gesteckt hatte.

Ich teilte Cindy in kurzen Worten die Sachlage mit, und wir warteten auf Oliver. Er kehrte erhitzt und außer Atem zurück. »Dort ist er nicht«, berichtete er. »Betty . . . sie ist noch nicht zur Arbeit weg. Sie sagte . . . sie hat Jason nicht gesehen.«

Nachdem er uns wieder verlassen hatte, meinte Cindy? »Du nimmst doch nicht etwa an, daß Jason . . . daß er gehorcht hat?«

»Es könnte sein. Dann hätte er gewußt, daß du mit Scorf sprechen wirst.«

»Aber . . . flieht . . . flieht jemand denn auf einem Fahrrad?«

»Wenn jemand fliehen möchte, flieht er mit allem, was gerade zu haben ist.«

»Das . . . ich fühl' mich scheußlich, wenn ich denke, daß uns jemand belauscht haben könnte.«

»Ollie hat mir erzählt, daß Jason ziemlich viel herumgestrichen ist.«

»Er wirkte so sympathisch!«

»Wir mögen die Leute, die uns mögen.«

»Mag sein. Ach, es ist alles verrückt. Möchtest du telefonieren? Bitte. Hier ist das Buch.«

Ich rief die Kanzlei von Frederick van Harn, Rechtsanwalt, im Kaufman Building an. Ein Mädchen mit sanfter Stimme wiederholte die Nummer, die ich gerade gewählt hatte.

»Könnte ich bitte Mr. van Harn sprechen?«

»Wer ist am Telefon?«

»Ein gewisser Mr. McGee, meine Liebe.«

»Handelt es sich um einen geschäftlichen oder um einen privaten Anruf?«

»Sagen wir: um einen geschäftlichen.«

»Er kommt heute nicht ins Büro.«

»Ist er nicht in der Stadt?«

»Nein, Sir. Heute nicht.«

»Wo kann ich ihn erreichen?«

»Sie können morgen hier wieder anrufen, Mr. McGee.«

»Was wäre, wenn ich sagen würde, es handelt sich um eine private Angelegenheit und nicht um eine geschäftliche?«

»Sie haben sich bereits festgelegt, Sir.«

»Ist er auf der Ranch? Was für eine Nummer hat er da, bitte?«

»Tut mir leid, Sir. Das ist eine Geheimnummer. Sie können ihn morgen früh erreichen.«

Ich dankte und hing ein. Vage gab ich mich der Vorstellung hin, Freddy könnte so dämlich gewesen sein, einen weiteren Abstecher nach Jamaika zu unternehmen. Doch dann entschied ich, daß dies nicht der Fall sei. Ich fragte Cindy, ob sie mir den Weg zur van Harn-Ranch beschreiben könne. Da war sie überfragt, aber sie wußte, wie man zu Jane Schermer kam, hinaus zu den Grapefruit-Plantagen. Meyer hatte mir berichtet, daß sie Nachbarn seien.

Ich warf das Jackett und die Krawatte auf den Rücksitz des Wagens, der so heiß wie ein Backofen war, öffnete sämtliche

Fenster, fuhr eine kurze Strecke gen Süden und hielt mich dann auf der Central Avenue westwärts. Zunächst war die Fahrstraße sechsspurig, gesäumt von Motels, Hühnerbratereien, Steakhouses, Geschenkläden, Bekleidungsgeschäften, Kreditinstituten und kleinen Bürogebäuden. Anschließend führte der Weg durch eine Gebrauchtwagen-Landschaft mit müden, veralteten Einkaufszentren und Tante-Emma-Läden. Nach zirka einem Kilometer bog die Straße ab, und ich fuhr durch verkommene Siedlungen. Die pseudo-maurischen und auf alt frisierten Fachwerkhäuser waren einmal eindrucksvoll gewesen — und teuer. Sie waren in Apartments unterteilt, die Häuser wurden möbliert vermietet. Die in Reih und Glied angeordneten Gärten mit kränklich wirkenden Palmen machten einen ungepflegten Eindruck. Die Straße wurde zweispurig. Ich befand mich nun in einer Flachland-Zone riesiger, neu erbauter Einkaufszentren und öder Entwicklungsgebiete, die die Planer jedes Baumes beraubt hatten, bevor sie ihre Schachtelhäuser in die Gegend setzten. Allenthalben verkündeten Tafeln ›Zum Verkauf‹. Nach ungefähr fünfzehn Kilometern war ich fast am Ziel. Ranchland tat sich vor mir auf. Rinder standen auf den Weiden. An Wasserlöchern klapperten Windmühlen. Salzblöcke lagerten in offenen Verschlägen. Das Vieh hatte die niederen Zweige von den Bäumen abgefressen, wodurch die Landschaft an Afrika erinnerte.

Zur Rechten besaß das Land mehr Kontur und war mit geometrisch angeordneten Plantagen bepflanzt. Tankwagen mit hochragenden Sprengern sprühten weiße Fontänen über Blätter und junge Früchte bis weit hinauf in die Bäume.

Riesige Lastwagen befuhren die enge Straße in raschem Tempo. Der frische Fahrtwind fing sich an meinem kleinen Mietwagen. Die Landschaft begann sich nach den schweren Regenfällen in ein sattes, majestätisches Grün zu verwandeln. Eisvögel hockten auf Überlanddrähten, äugten optimistisch in die Bewässerungsgräben. Glitschige, fette Insekten zerbarsten an meiner Windschutzscheibe.

Die Einfahrt, durch zwei graue Pfosten markiert, war so unauffällig, daß ich sie beinahe verpaßt hätte. Eine gefirnißte Tafel, nicht größer als ein Kraftfahrzeugnummernschild, war an einen Pfahl genagelt und kündigte an, daß es hier zur V-H-Ranch ginge. Der schmale Auffahrtsweg war holprig und verschlammt. Ein Drahtzaun begrenzte beide Seiten des Weges. Vor mir, in einiger Entfernung, lag ein Kiefernwäldchen. Beiderseits erstreckte sich das Gelände, flach wie ein Zeichentisch. In der Ferne ballte sich das Vieh zu in der Hitze flimmernden Klumpen. Der Drahtzaun bog vor dem Wäldchen nach beiden Seiten hin aus. Das Wäldchen entpuppte sich als umfänglicher Baumbestand von uralten Sumpfkiefern, Heimstatt für Habichte, Krähen und Spottdrosseln sowie Eichhörnchen, die mir die Zähne zeigten, mir mit Gebärden und wütendem Geschnatter drohten. Als der Hain hinter mir lag, konnte ich das Haus in einigen hundert Metern Entfernung inmitten von moosüberwachsenen Rieseneichen liegen sehen.

Es war quadratisch angelegt, hatte zwei Stockwerke, wovon jedes von einer breiten Veranda umgeben war. Ein mächtiges, weit ausladendes Kupferdach beschirmte es. Der Eingang war von einer Säulenhalle überdacht. Das Haus machte einen rustikalen und heimeligen Eindruck. Zwei Hunde schossen um die Hausecke und kamen blaffend auf mich zu. Es war eine Schäferhundmischung, breiter im Brustkorb als reinrassige Schäferhunde. Einer von ihnen stemmte seine Vorderfüße gegen meinen gelben Gremlin und fletschte mich an. Dabei gab er einen Laut von sich, der wie das Brummen eines Generators in einem tiefen Keller klang. Im Nu hatte ich mein Fenster hochgedreht, bevor er auch nur nach Atem hecheln konnte.

Ein alter Mann trat unter den Portikus, beschattete die Augen, um dann die Finger in den Mund zu stecken und einen durchdringenden Pfeifton von sich zu geben, der Vögel und Hunde zum Schweigen bringen und womöglich den Verkehr auf einer weiter gelegenen Landstraße hätte stoppen können. Die Hunde wichen vor meinem Wagen zurück. Mit eingezogenem Schwanz, schuldbewußt gesenkten Köpfen und hängenden Lefzen schlugen sie sich seitwärts in die Büsche.

»Kimmt 'r her!« schrie er. Und sie kamen, den Schwanz eingekniffen. Er hatte sich unter dem Eingang aufgepflanzt und wartete mit verschränkten Armen auf mich, wartete darauf, daß ich das erste Wort sagte. Er war ein hochgewachsener, hagerer Mann und bis auf die weißen Haarbüschel hinter seinen Ohren völlig kahl. Wenn man von seinem Wassermelonenbauch absah, schien er nur aus Sehnen zu bestehen. Er trug frischgewaschene Khakis und neue blaue Turnschuhe.

»Reizend, wenn einem Tiere so viel Aufmerksamkeit schenken«, sagte ich.

»Die wiss'n, daß ich se mit'n Ärschen drei Meter hoch in die Luft schießen tu, wenn se nich parieren. Was woll'n Se 'n hier?«

»Ich hätte gern Mr. van Harn gesprochen.«

»Tut mer leid.«

»Ist er nicht hier?«

»Hab' ich nich behauptet.«

»Also ist er hier?«

»Könnte man möglich sein.«

»Mein Name ist Travis McGee. Mit wem hab' ich das Vergnügen?«

»Bin Mr. Smith.«

»Mr. Smith, Ihre Loyalität ist bemerkenswert. Ich möchte Sie bitten, daß Sie Mr. van Harn eine kurze Nachricht überbringen. Ich glaube, daß er mit mir sprechen wird.«

»Weiß nicht, ob ich's tun soll, weil er heute morgen . . . 's geht ihm nich gut. Er mußte Sultan erschießen, weil der sich das Spielbein gebrochen hat. 'n Fünfzehntausend-Dollar-Pferd. Wollte keine Hilfe dabei ham. Hat sich een Schaufellader bringen lassen und een Jeep mit'm Schaufelblatt. Rowdy und die Jungs hat er weggeschickt, Zäune reparier'n. Möcht mit dem dußligen toten Pferd alleine sein. Möcht da man nich dazwischen kommen, Mister McGee.«

»Die Nachricht ist sehr wichtig für ihn.«

Smith sah mich einige Sekunden lang prüfend an. Das war eine Charakterstudie. »Se sagen, Se ham sich man so'n bißchen rumgetrieben, nachdem ich Se weggeschickt hab', ja?«

»Ich stell' meinen Wagen im Wald ab und treib mich so'n bißchen rum. Wo soll ich mich denn rumtreiben, wenn's erlaubt ist zu fragen, Mr. Smith?«

»Folgen Se man dem ausgefahrenen Weg da am Haus. Zweihundert Meter, und Se komm'n an eene Holzbrücke. Die überquer'n Se und halten sich an der Eichenschonung links. Se können von da aus die Ställe und Lagerschuppen seh'n, dahinter den Hangar und die Landebahn. Er wird auf der Anhöhe gegenüber den Ställen zu finden sein, schätz' ich. Der Bagger und der Jeep, die werd'n Ihnen wohl zuerst ins Auge stechen.«

»Mr. Smith?«

»Ja?«

»Was ist mit den Hunden?«

»Laßt 'n in Frieden, habt 'r gehört?« gebot Smith seinen Kötern. Sie schienen verstanden zu haben. »Die tun Ihnen nichts mehr«, bemerkte er.

Er hatte recht. Das Vehikel machte ich zuerst aus. Der gelbe Jeep mit der Frontschaufel kroch langsam eine holprige Ackerfurche entlang, schleifte den rötlich schimmernden Pferdekadaver hinter sich her auf eine leichte Erhebung inmitten von Kohlfeldern zu. Dort war auch der Schaufellader in der Nähe eines frisch aufgeworfenen Erdhügels abgestellt.

Van Harn sah mich auf sich zukommen und brachte den Jeep zum Stehen.

»Was suchen Sie hier, McGee? Wie sind Sie überhaupt am Haus vorbeigekommen?«

»Smith hat mir den Rat gegeben, so zu tun, als habe ich mich verirrt. Hab' meinen Wagen unter den Kiefern geparkt. Tut mir leid wegen Ihres Pferdes.«

Um die Hinterbeine des Tieres war eine Kette geschlungen, die an einem Haken an der Rückfront des Jeeps befestigt war. Der große Kopf des Tieres hatte bei der Fahrt über das Stoppelfeld leblos hin und her geschwankt. Das Auge, das zu sehen war, quoll aus der Augenhöhle, was einen schauerlichen Anblick bot. Der Schuß war perfekt angesetzt worden, etwas über und in der Mitte zwischen den Augen. Um die Einschußstelle herum hatte sich eine Kruste geronnenen Blutes gebildet. Schmeißfliegen hatten sich auf dem Kadaver niedergelassen, sobald der Wagen zum Stehen gekommen war. Das, was da ausgestreckt lag, war die groteske Karikatur eines Pferdes in vollem Lauf mit ausgestreckten Vorder- und Hinterbeinen und in den Wind gerecktem Kopf.

»Was wünschen Sie?«

»Ich habe versucht, Sie über Ihr Büro zu erreichen.«

»Was wünschen Sie?«

»Warum verscharren Sie nicht zuerst Ihr Pferd und dann . . .«

»Was wünschen Sie?«

Er hatte eine Sonnenbrille mit großen, ovalen Gläsern auf, wie sie Flieger tragen, und eine weiße Segeltuchmütze. Sein Oberkörper war nackt. Seine Bekleidung bestand aus schmuddligen Khakihosen und abgetragenen, weißen Bootsschuhen. Ich war überrascht, wie gebräunt sein Körper war, wie schlank und durchtrainiert er wirkte. Gestählte Muskeln hoben sich bei der kleinsten Bewegung unter seiner braunen Haut ab. Ein Medaillon schwarzen Haares, ungefähr untertellergroß, sproßte auf seiner Brust, lief zu einem schmalen Pfad zusammen, der hinter der Messingschnalle seines Gürtels verschwand.

Glaubwürdigkeit war Trumpf. Ich sagte: »Als wir unseren kleinen Meinungsaustausch in der Limousine hatten, haben wir eine Sache nicht berührt.«

»Die wäre?«

»Onkel Jake hat mir fünfundzwanzigtausend geboten, wenn ich mein Bündel schnüre und mich aus dem Staube mache. Ich hätte gern von Ihnen gewußt, ob das Geschäft das wert ist?«

»Mir erscheint's zuviel. Was können Sie mir schon anhaben?«

»Ich könnte die Dinge zusammenfügen. Carrie hat mich genügend informiert, damit läßt es sich arbeiten. Es kommt lediglich darauf an, die Blankostellen zu füllen.«

»Blankostellen?«

»Da wäre zum Beispiel zu klären, wer entschieden hat, daß man Jack Omaha mit Ballast beschwert im Meer versenkt, nachdem er von dem Sack mit Gras erschlagen wurde, den entweder Sie oder Carrie für Cal und Jack über der *Christina III* abwarfen.«

Er öffnete den Mund, schloß ihn wieder, öffnete ihn abermals und meinte: »Sie wurden bereits in der ersten Kurve abgehängt, McGee.«

»Ich dagegen bin der Meinung, Sie haben zu lange gewartet.«

»Kann sein. Ich muß jetzt Sultan begraben.« Er startete den Jeep, und wieder hüpfte der massige Kopf auf dem Boden auf und ab, während die Zunge zwischen den riesigen Pferdezähnen heraushing. Ich folgte im Schrittempo. Er fuhr von der linken Seite so nahe wie möglich heran an die große Grube, lehnte sich zurück, lockerte die Kette, stieg aus, löste sie vom Haken und den Beinen des Pferdes und warf sie in den Wagen. Als nächstes bückte er sich, nahm die Hinterbeine, drehte das Tier auf den Rücken und versetzte dem Hinterteil einen Stoß. Der Kadaver rutschte über den Grubenrand und fiel ungefähr einsfünfzig tief, wobei er sich überschlug und Fürze von sich gab, als er auf dem Grubenboden aufschlug.

Ich sprang aus dem Weg, als er mit dem Jeep zurückstieß. Er hatte das Schaufelblatt tiefer gestellt und begann jetzt, damit Erde in die Grube zu schieben. Es war eine fahle Mischung aus

Sand, Humus und Kalkstein, das Billionen winziger Fossilienge-
häuse enthielt.

Ein Bussard fing an, über unseren Köpfen träge seine weiten
Kreise zu ziehen. Ich blinzelte in den Himmel und fragte mich,
wie er die Sache ausgemacht hatte, als das plötzliche Aufheulen
des Jeeps mich aus meiner dämlichen Trance riß. Das näherkom-
mende Schaufelblatt war nur etwa einen Meter von meinen Füßen entfernt, als ich mit einem verzweifelten Sprung zur Seite
hechtete. Ich stieß mich ab, turnte eine Rolle und kam wieder auf
die Füße. Der Jeep war direkt hinter mir. Ich schlug einen Haken,
warf mich wieder kopfüber zur Seite, rappelte mich hoch und
spurtete zur anderen Seite des Pferdegrabes.

Er nahm das Gas weg und hielt an. Ovale Brillengläser waren
unter dem fransigen Mützenschirm hervor auf mich gerichtet.

»Für Ihre Größe sind Sie ganz schön flink«, stellte er fest.

»Besten Dank. Was bedeutet schon ein Toter mehr!«

»Am rechten Ort, zur rechten Zeit nicht viel.«

»Aber damit kommen Sie nicht durch, Freddy, nicht so, wie
Sie's anstellen. Sie haben den Stein ins Wasser geworfen, doch so
schnell können Sie die Kreise, die er zieht, nicht verwischen.«

»Das werden wir ja verdammt noch eins sehen. Ich war mir
nicht sicher, ob Sie ein Schießeisen bei sich haben. Glaub's aber
nicht.«

»Sollte eins bei mir tragen. 's ist ein Versehen, daß ich's nicht
tue.«

»Der entscheidende Fehler.«

»Und was war Carries entscheidender Fehler?«

Er schien perplex. »Fehler? Vielleicht, daß sie vor einen Lastwagen rannte?«

»Haben Sie ihr nicht für immer den Mund gestopft?«

»War nicht nötig. Carrie hatte Köpfchen. Sie war schließlich
mit in Jacks Tod verwickelt, wie Sie wissen, und hatte weniger
Rückendeckung als ich.«

Das klang überzeugend. Ich war aus dem Konzept gebracht.
Wenn er nicht der Mörder von Cal Birdsong oder der Bomben-
bastler war, warum war er dann so offensichtlich darauf aus, mich
aus dem Weg zu räumen?

»Ich meine, wir sollten darüber reden«, sagte ich.

»Setzen Sie sich in Trab.«

»Warum sollte ich um mein Leben rennen? Wie weit würde ich kommen?«

Er gab Gas und zog den Jeep nach rechts. Ich warf mich nach links, tauchte weg, um nach einer Handvoll prähistorischer Austernschalen in dem Erdhaufen zu grapschen. Es waren dickschalige, schwer in der Hand liegende Versteinerungen aus einer erdgeschichtlichen Epoche, als das Gelände der V-H-Ranch noch den Grund eines seichten Meeres bildete. Ich kam rasch wieder hoch, streckte eines meiner Beine nach hinten und warf eine Schale mit so viel Schwung nach ihm, daß ich mit der Hand fast den Boden berührte. Vergebens. Der Brocken beschrieb eine zu niedere, zu weite Kurve, streifte aber dennoch fast seine rechte Schulter. Er zuckte rechtzeitig zurück, stand auf, zog die Windschutzscheibe hoch und befestigte die Flügelmuttern, bevor er sich in die Ausgangsposition zurückrollen ließ.

»Das war clever«, sagte er anerkennend.

»Freddy, ich hab' mit 'ner Menge Leute über Sie gesprochen.«

»Das ist mir nicht gerade angenehm. Aber es ändert absolut nichts.«

»Ihre Chancen stehen nicht gut.«

»Sie wissen gar nicht, wie schlecht sie in Wirklichkeit stehen, McGee. Aber es ist meine einzige Chance und das einzige Spiel, das sich noch zu spielen lohnt.«

Ich warf die anderen Schalen weg. Sie waren zu nichts nutze. Es war nicht schwer zu erraten, was er im Sinne hatte. Er würde die Grube so rasch umfahren, wie es nur irgend ging, und mich dabei vor sich hertreiben. In der Hitze würde ich das nicht lange durchhalten. Sobald ich abschlaffte oder versuchen würde, die Baumgruppe oder die Ställe zu erreichen, hatte er mich. Viel Zeit zum Überlegen blieb nicht.

In einer solchen Situation fällt es einem schwer, den Ernst der Lage zu erfassen. Ein gelber Jeep ist ein so lustiges Vehikel. Eine Farmlandschaft hat nichts Bedrohliches. Elf Uhr morgens ist nicht die rechte Zeit zum Sterben. Wir spielten eine etwas merkwürdige Abart von Haschmich. Zum Schluß würde der Verlierer dem Gewinner gratulieren. Das müssen wir mal wiederholen, Junge.

Aber dies war Ernst. Ein Jeep mit oder ohne Schaufelblatt stellt eine tödliche Waffe dar. So, wie der Wagen anzog, konnte ich sagen, daß dieser Vierradantrieb hatte. Der Bursche ging recht gewandt mit dem mobilen Gefährt um.

Ich erwog einige Möglichkeiten, ließ sie aber fast so rasch wieder fallen, wie sie mir in den Sinn kamen. Ich konnte mich aufs freie Feld schlagen und dort in offenem Gelände versuchen, immer kleinere Kreise zu ziehen, bis ich nahe genug an den Wagen herankam, um aufzuspringen. Doch ich gab mir keine Chance. Er würde das durchschauen. Würde aus dem Kreis ausscheren und mich von hinten attackieren. Oder ich konnte versuchen, ihn langsamer zu machen, so daß ich mich über Schaufelblatt und Kühlerhaube auf ihn werfen konnte. Doch wie sollte ich es fertigbringen, daß er mit dem Gas herunterging?

Plötzlich vermeinte ich, eine hauchdünne Chance zu erkennen. Sollte ich kein Glück haben, dann war nichts verloren — tot war ich dann so oder so, ob ich's probiert hatte oder nicht. Eine Spottdrossel schwang sich über uns in die Lüfte. Ihr Jubilieren war von so herzzerreißender Süße, daß es einen ins Herz traf. Ich wollte nicht aus einer Welt der Spottdrosseln, Jachten, Strände, weiblichen Wesen und der Liebe scheiden. Vor allem wollte ich sie nicht einem Narren wie van Harn überlassen, der meinte, er könne etwas ungeschehen machen, indem er jeden tötete, der Kenntnis davon hatte. Andere hatten das auch versucht. Es klappte nicht. Ein Rechtsanwalt sollte das wissen.

Ich mußte ihn dazu bringen, daß er gegen den Uhrzeigersinn um das Pferdegrab fuhr. Deshalb wandte ich mich nach links. Er biß an. Er jagte den Motor hoch und preschte in einem solchen Tempo los, daß es böse für mich aussah. Die Grube war ein schlampig ausgehobenes Rechteck von zirka drei mal zwei Meter fünfzig. Bevor ich meine Füße richtig in Bewegung setzen und die erste Ecke nehmen konnte, hatte er mich fast schon erwischt. Er hatte mit dem Schaufelblatt an die drei Schub Erde über das tote Pferd geschoben. Damit war die eine Grabhälfte mit ungefähr siebzig Zentimeter des Aushubs aufgefüllt, der vordere Teil des Kadavers war hingegen noch immer unbedeckt.

Er hetzte mich ganz schön. Ich rannte, was das Zeug hielt, wobei ich ständig Angst haben mußte, an den Ecken auszugleiten. Er hielt das Tempo, wobei er mit den Vorderrädern näher am Grubenrand war als mit den Hinterrädern. Es war klar, was er bezweckte. Bei der enormen Hitze konnte ich nur eine gewisse Anzahl von Umrundungen durchstehen. Um ihn in Sicherheit zu wiegen, mußte ich jedoch einige Runden hinter mich bringen. Der Schweiß rann mir in die Augen. Jedesmal, wenn ich die Stelle passierte, die ich mir dafür ausgesucht hatte, hielt ich mir im Geiste vor, wie ich es anzustellen hatte. Es mußte bald geschehen, bevor ich zu erschöpft dazu war.

Endlich fühlte ich mich bereit. Ich setzte über die Ecke, ließ mich die zirka sechzig Zentimeter in die Grube fallen, schwang blitzschnell herum und kam mit einem Satz neben dem Jeep hoch. Ich langte nach dem Kotflügel. Er versuchte auszuweichen, aber es gelang mir, die notwendigen Zentimeter auszugleichen. Mit der Rechten hielt ich den Kotflügel gepackt, mit der Linken zog ich den Wagen hart zu mir heran. Der Jeep geriet ins Schlittern, rutschte ab, kippte um und schlug im tieferen Teil der Grube auf.

Die hintere Stoßstange hatte mich am Oberschenkel getroffen und in die rückwärtige Ecke der Grube geschleudert. Ich wühlte mich heraus und hievte mich wieder auf die Beine. Dabei beobachtete ich, wie van Harn im Zeitlupentempo seitlich aus dem Jeep kippte. Die vier Räder rotierten noch immer, wodurch der Wagen tiefer sank. Schließlich soff der Motor ab.

Seine Beine ragten in den Jeep hinein. Sein eines Auge war halb geöffnet, das andere geschlossen. Auf seiner Stirnmitte begann sich in Sekundenschnelle ein weißer Huckel zu bilden. Ich schleppte mich zu ihm hin und beugte mich über ihn. Er versetzte mir einen Schlag direkt auf den Mund, der mich zurück in die Ecke beförderte, aus der ich mich soeben herausgeschafft hatte. Bevor ich mich abermals hochrappeln konnte, sprang er aus der Gruft und rannte auf den Schaufellader zu. Ich folgte ihm humpelnd, wobei wenig Hoffnung bestand, ihn einzuholen.

Er riß einen Spaten aus der Schnapphalterung am hinteren Gestänge des Laders, einen Spaten, von dem ich wünschte, ich hätte ihn eher gesehen.

Die Schaufel hochkant über seinem Haupte schwingend, stürmte er auf mich zu. Ich schrie vor Entsetzen laut auf. Im letzten Augenblick gelang es mir, meinen Bauch einzuziehen, so daß er an mir vorbeischoß. Er drehte bei und zielte mit der Schaufel nach meinem Kopf. Links — rechts — links — rechts. Ich konnte nicht rechtzeitig zurückweichen und fiel hin. Fiel auf Hände und Knie, spürte, wie der Spatenhieb mein Haar streifte. Das ließ alles wirklich und unwirklich erscheinen. Eine Zehntelsekunde später, und er hätte mir den Schädel gespalten.

Ich kroch auf allen vieren nach vorn, rammte ihm meine Schulter in aller Gemütsruhe ins Gekröse, tauchte wie ein Unterwasserschwimmer hinter ihm hoch und schlang einen Arm um seine Hacken, als er versuchte, nach hinten zu treten. Er schlug der Länge nach lang hart hin und verlor sein Gartenwerkzeug. Ich robbte vollends ran und setzte mich rittlings auf ihn drauf. Er versuchte, mich abzuwerfen, wimmerte, wand sich vor Schmerz. Ich hatte keine Lust, mir die Handknochen an seinem Schädel oder mit einem Hieb in seine Visage zu zertrümmern. Deshalb schlang ich ihm einen Arm um die Kehle, umschloß mit der anderen Hand mein Handgelenk, um auf diese Weise eine gute Hebelwirkung zu erzielen. Mein Gesicht barg ich zum Schutz in der Armbeuge, da er wie wild um sich schlug. Krampfartige Zuckungen durchliefen ihn, gingen in ein kurzes Beben über, dann lag er bewegungslos. Ich lockerte meine Umklammerung nicht sofort, um sicher zu sein, daß er hinüber war. Dann ließ ich mich abrollen, richtete mich auf den Knien auf, setzte mich in die Hocke. Mein Atem ging rasch. Seine weiße Kappe lag herum, ich nahm sie auf und wischte mir damit den Schweiß aus Gesicht und Augen.

Sein Gesicht war verschwollen und blutüberströmt. Seine Brust hob und senkte sich. Plötzlich schien es sehr still hier draußen zwischen Weiden und Feldern. Ich lauschte dem mittäglichen Gezirpe der Insekten und dem entfernt zu hörenden melodischen Schlag eines Wiesenpiepers. Es war höchste Zeit, ihn zusammenzupacken und auszuliefern.

16

Als ich mich etwas erholt hatte und mein Atem ruhiger ging, stand ich auf. Im rechten Oberschenkel machte sich aufgrund der Muskelquetschung, die mir der Jeep verursacht hatte, ein Krampf bemerkbar. Ich brachte eine tiefe Kniebeuge zustande, ohne dabei aufzuschreien. Eine zweite tat schon nicht mehr so weh.

Im Jeep durfte am ehesten etwas zu finden sein, um ihn zu fesseln. Ich humpelte also auf das Pferdegrab zu. Wäre er mir lediglich über Grasboden gefolgt, hätte er mich gehabt. Doch er mußte über eine Stelle, die von dem Grasaushub bedeckt war. Sprödes Kalkgestein zerknirschte unter seinen hastigen Schritten. Ich warf mich zur Seite, zog den Kopf ein und schwang mit einer einzigen erschrockenen Bewegung herum. Der Spaten sauste an meinem Kopf vorbei. Der Anlauf, den er genommen hatte, trug ihn bis zum Erdloch. Er wollte wenden, verhedderte sich mit den Füßen, strauchelte, fiel hin und rutschte in die Grube, wo er neben dem Jeep zu liegen kam.

Ich, ohne zu zögern, hinter ihm drein. Als ich bei ihm anlangte, hob er gerade den Spaten über seinen Kopf. Ich streckte die Hände aus und erwischte den Spatengriff. Sobald sich meine Finger darum schlossen, ließ er den Spaten fahren und versetzte mir in rascher Folge drei gut sitzende Treffer. Seine Beine hatte er in das Erdreich gestemmt. Seine Auslage war ausgezeichnet, außerdem war er nur zu willens, seine Position als Angreifer zu nutzen und weitausholende Schläge zu landen. Er brachte sie sehr exakt, sehr methodisch an. Sie verfinsterten den Himmel. Der Spaten entglitt meiner Hand. Ich ging in ihn hinein, umarmte ihn wie ein tolpatschiger, kranker Bär und zog ihn nach unten. Plötzlich war er hinter mir anstatt vis-à-vis. Ich fand mich auf Händen und Füßen auf dem weichen Erdreich rutschend wieder, während sein sehniger Arm sich um meine Kehle schloß.

Es schnürte mir die Luft ab. Benommen, wie ich war, fand ich mich nicht imstande dazu, mich aus dieser Umklammerung herauszuhebeln oder ihn abzuwerfen. Ich versuchte, auf den Jeep zuzukriechen. Irgendwie hielt er mich zurück. Ich scharrte wie ein Hund mit beiden Händen in der Erde, versuchte, mich vorwärts zu ziehen. Die Welt schwamm. Meine Lungen zersprangen fast. Ein Gefühl trägen Sichtreibenlassens machte sich in mir breit. Sauerstoffmangel. Tiefenrausch. Ich sackte vornüber. Mein Blick verdunkelte sich, und ich starrte in das Loch, das ich gebuddelt hatte. Was ich erblickte, war ein Stückchen blauen Metallrohres. Sauberes blaues Metallrohr. Darunter — als sei's so 'ne Art surreales Stilleben — war etwas von dem sichtbar, was unverwechselbar als sonnengebräuntes Handgelenk gelten konnte. Schmutz hatte sich in der sonnengebleichten, gelockten Behaarung verfangen.

Bei nicht mehr ganz klarem Bewußtsein arbeitet der Verstand langsam, man tut sich mit dem Denken schwer. Sauberes blaues Metallrohr. Azurblau. Im Durchmesser von Fahrradrahmen. Warum um alles in der Welt lag der Bursche unter dem Rad, unter dem trockenen Erdreich, das aus einer Tiefe stammen mußte, die der vor kurzem niedergegangene Regen nicht erreicht hatte?

In mein schwindendes Bewußtsein hämmerte ein stupider Reim:
Wo sind Jason Breen und sein blaues Fahrrad hin?

Die Erkenntnis durchbrach die Dunkelheit, die mich gerade
einhüllen wollte. Weder Angst noch Zorn, nur Entsetzen über-
wältigte mich. Ein Crescendo des Entsetzens. In wenigen Augen-
blicken war mein erschlaffter Körper wie elektrisiert, zu schreckli-
cher, letzter Anstrengung fähig. Wie es mir gelang, mich mit van
Harn auf dem Buckel aufzurichten — ich weiß es nicht. Ich tat
einen einzigen Schritt, geriet ins Wanken und taumelte gegen den
Jeep, wobei ich mich im Fallen so drehte, daß er gegen die Ka-
rosserie prallte. Wieder plumpste ich auf Hände und Knie nieder.
Meine Kehle war von der Umklammerung befreit. Ich streckte
alle viere von mir und atmete tief durch, bis die Schatten wichen
und die Sonne wieder durchkam. Dann schoß ich hoch, von jäher
Furcht befallen, und wirbelte herum. Freddy lag da, wo ich ihn
abgeschüttelt hatte.

Ich wurde das Gefühl nicht los, daß er jeden Augenblick wieder
auf die Füße springen und wir das Ganze noch einmal von vorn
beginnen würden, als ob wir zwei mythologische Geschöpfe seien,
die man nicht erschlagen konnte.

Als allererstes zog ich die Kette aus dem Jeep. Ich drehte ihn
mit dem Gesicht zur Erde, fesselte ihm die Handgelenke, indem
ich die Kette zu einem plumpen Knoten schwang. Mit dem Rest
umwand ich seine Fußknöchel.

Dann kniete ich neben dem Loch nieder, schob vorsichtig das
Erdreich beiseite, bis eine Hand sichtbar wurde und der größte
Teil eines Unterarmes sowie etwas mehr von dem Fahrradge-
stänge.

Nach Lage des Armes mußte die Leiche, von fußhohem Erdreich bedeckt, unter dem Jeep liegen. Da unten ruhten nun also
das stille Jesus-Antlitz, die Nickelbrille, die eingedrückte Gitarre,
die braunen Beine, muskelstrotzend vom vielen Fahrradfahren.
Irgendwo in Jasons Kopf war mit dem Tod auch das Wissen
darum dahingegangen, warum er hier herausgekommen war und
was van Harn mit ihm gemacht hatte. Die Idee war blendend gewesen. Ein großes Loch auszuheben und die Leiche unter einem
Pferdekadaver zu begraben. Wer würde je tiefer buddeln als bis
zu der Pferdeleiche?

Ich schleifte van Harn die Böschung hinauf zum rückwärtigen
Teil des Jeeps und legte ihn dort in den Schatten. Ich befühlte

seine Halsschlagader. Der Puls ging kräftig und regelmäßig. Außer der Beule auf seiner Stirn war sein Gesicht nicht gezeichnet. Die linke Seite meiner Unterlippe fühlte sich wie eine heiße Backpflaume an. Wenn ich den Mund öffnete, um ein breites Gähnen zu versuchen, krachten mir die Kinnladen. Hinter meinen Augen saß ein dumpfer Schmerz. Er konnte einen ganz schön schaffen. Seine dunkle Brille fehlte. Ich fand sie; sie war plattgetreten.

Als ich gerade aus der Grube klettern wollte, vernahm ich den Hufschlag eines herangaloppierenden Pferdes. Es war ein großer Dunkelbrauner, und sie sah gut aus mit dem Cowgirl-Hut, in gelber Bluse und Baumwollbreeches. Sie hatte das Pferd am kurzen Zügel zum Stehen gebracht. Als sie nun absprang, war sie wieder Jane Schermer mit dem Pudding-Gesicht, dem kurzen Hals und dem Körper eines Neutrums.

»Smith sagte mir, Frederick müsse . . .« Sie erblickte Freddy im Schatten des Jeeps. »Was machen Sie da mit ihm?«

»Im Augenblick nichts. Aber er hat mich ganz nett in Schwung gehalten.«

»Nehmen Sie ihm sofort die Kette ab!«

»Werfen Sie erst einen Blick auf das hier.«

Sie zögerte, sprang dann in die Grube. Man konnte das Pferd, das mit schleifenden Zügeln frei herumlief, die kurzen Grashalme abrupfen und mampfen hören. Ich deutete auf die Kuhle, wo ich den Arm, die Hand und etwas von dem blauen Fahrradgestänge freigelegt hatte.

Ihr Blick weitete sich, sie wich zurück und drehte sich rasch weg. Ein gepreßter Laut, der wie ein unterdrücktes Keuchen klang, entrang sich ihr. »Wer . . .? Was soll das . . .?«

»Ich bin so gut wie sicher, daß es sich um Jason Breen handelt. Er arbeitete im Westway-Bootshafen.«

»Aber, was haben Sie da . . .«

»Ich? Um Gottes willen! O doch, ja, ich kam hier heraus, borgte mir den Schaufellader, von dem ich nicht weiß, wie man mit ihm umgeht. Nichtsdestotrotz habe ich damit dieses verdammte Loch ausgehoben. Dann habe ich Jason und seine Habseligkeiten in die Grube gelegt und ihn gut zugedeckt. Schauen Sie . . . ich erschoß das Pferd. Ach, vergessen Sie's.«

»Aber Frederick kann das nicht getan haben.«

»Lady Jane, ich glaube nicht, daß es irgend etwas auf dieser

Welt gibt, das Freddy nicht tun würde, wenn ihm der Sinn danach steht.«

Sie eilte zu Freddy und kniete bei ihm nieder. Sie befühlte seine Stirn und preßte ihr Ohr gegen seine nackte Brust, um seinen Herzschlag abzuhören. Dann erhob sie sich und blickte auf den sichtbaren Teil des Pferdekadavers. »Armer Liebling«, sagte sie weich. »Armer Sultan. Armes Tier. Er ist der Sohn meiner Graciela und wurde in meinem Gestüt aufgezogen. Er war ein Geschenk von mir an Frederick.«

»Wie nett.«

Sie begab sich zu dem Kadaver, hob die Vorderbeine des Pferdes an und tastete sie mit ihren kräftigen Händen ab. »Muß eine Hinterhand sein«, bemerkte sie. »Nehmen Sie Frederick auf der Stelle diese alberne Kette ab!«

»Eine Hinterhand ist es meiner Meinung nach auch nicht.«

Sie starrte mich an. »Was meinen Sie damit?«

»Ich glaube, daß Freddy ein totes Pferd brauchte.«

»Er besitzt andere Pferde. Sultan war ein wertvolles Tier.«

»Das war es ja gerade, was er benötigte — ein wertvolles Pferd, eines, das er so liebte, daß es einen Sinn ergab, wenn er die Rancharbeiter wegschickte, irgendwelche Arbeiten zu verrichten, während er selbst das Töten übernahm.«

»Wieso kommen Sie darauf, daß auch keins von den Hinterbeinen gebrochen ist?«

»Ich hab' ihn dabei beobachtet, wie er den Kadaver zum Rand des Lochs schleifte und reinstieß. Ihm war's zu der Zeit egal, was ich sah, da er bereits entschlossen war, mich zu Jason in die Grube zu legen. Unter das Pferd.«

»Sie sprechen von ihm, als sei er ein . . . Wäre es bitte möglich, die Hinterbeine freizulegen?«

Ich holte mir den Spaten und machte mich an die Arbeit. Nachdem ich den richtigen Rhythmus raus hatte, brauchte es wenig Zeit. Bevor ich die Sache jedoch beenden konnte, bekam ihr dämliches Roß Wind davon, daß da ein toter Artgenosse um den Weg war. Es tänzelte herbei und glotzte in die Gruft, fing zu wiehern an und drehte ab, wobei es den Kopf von einer Seite zur anderen warf, mit den Augen rollte und den Zähnen knirschte. Jane rannte ihm nach und fing es ein. Sie führte es zu der Baumgruppe und schlang die Zügel um einen Zweig. Es blieb wiehernd und den Boden unter sich aufscharrend zurück.

Bei mir in der Grube angelangt, kniete sie nieder, prüfte die beiden Hinterbeine, erhob sich schließlich und klopfte sich den Staub ab. Sie kletterte aus der Grube. Ich folgte ihr. Sie blickte gedankenverloren auf Freddy herab und sagte kein Wort mehr wegen der Kette.

»Sultan wurde von mir aufgezogen«, seufzte sie.

»Ich geh' jetzt besser zu den Stallungen, um zu telefonieren.«

»Telefonieren?«

»Ich muß schließlich der Polizei die Leiche melden.«

»Oh, gewiß. Es gibt einen Anschluß im Raum für das Sattelzeug. Wollen Sie Frederick . . . wollen Sie ihn so liegenlassen?«

»Ich weiß, mit der Kette sieht das so aus, als ob ich übertreiben würde. Aber ich fühl' mich viel wohler, wenn wir ihn so lassen, wie es ist.«

Sie blickte mich an und durch mich hindurch. Ihre Augen waren klein und von einer unbestimmten Farbe. Ein dunkles Haselnußbraun, vielleicht. »Das, was die Leute über ihn gesagt haben . . . Für mich waren das alles Lügen, weil sie neidisch waren.« Ihr Blick konzentrierte sich auf mich. »Ist das Ganze womöglich nichts weiter als ein mieser Trick? Haben Sie Sultan erschossen?«

»Ich mag Pferde nicht gerade besonders, aber ich hab' noch nie eins erschossen.«

»Jemandem muß ich glauben können.«

»Warum nicht mir? Freddy hat versucht, mich umzubringen. Er hat es recht geschickt angestellt. Versuchte, mich mit dem Jeep zu kriegen, mit dem Spaten, wollte mich erwürgen. Er hat Bärenkräfte. Er ist doppelt so stark wie er aussieht.«

»Jane?« ließ sich Freddy schwach vernehmen. »Jane, Liebes?«

»Ja?«

»Hilf mir, bitte.«

»Hast du Sultan erschossen, weil er sich das Bein gebrochen hat?«

»Hatte keine andere Wahl, Liebling. Bitte, hilf mir. Nimm mir bitte die Kette ab.«

Sie ging näher an ihn heran und blickte auf ihn herab. »Ich glaube nicht, daß ich dir helfen kann. Ich glaube nicht, daß dir irgend jemand helfen kann. Verhalte dich ruhig. Wir gehen jetzt, um zu telefonieren. Du wirst nicht lange hier zubringen müssen.«

Ich war auf halbem Wege zu den Ställen, als seine Stimme, die ihren Namen rief, endlich erstarb. Sie galoppierte an mir vorbei, als ich fast am Ziel angelangt war. Ich fand das Telefon, während sie ihr Pferd in eine der leeren Boxen scheuchte.

Captain Scorf war nicht da, deshalb verlangte ich jemanden zu sprechen, dem ich Meldung von einer Leiche respektive der Auffindung eines Ermordeten machen konnte. Ich gab einen knappen Bericht ab und erklärte eingehend, wo ich mich befand.

Jane Schermer saß mit dem Rücken gegen die Stalltür gelehnt, die Knie angezogen. Die weit überspringende Traufe überdachte den Weg, der um die Ställe führte. Ich setzte mich neben sie.

Nach einer langen Weile sagte sie: »Die Leute haben die Wahrheit gesagt, er hat gelogen.«

»Wie bitte?«

»Ach nichts. Ich hab' die Dinge noch einmal durchdacht, die mir Kummer gemacht haben und derentwegen ich ihm Fragen stellte. Ich war ein solcher Narr.«

»Er kann ein sehr überzeugender Bursche sein, wenn er es darauf anlegt, einen einzuwickeln.«

»Ich war so leicht einzuwickeln. Ich wollte heiraten.«

»Sie werden heiraten. Aber nicht Freddy.«

Sie drehte sich mir zu und blickte mir ins Gesicht. »Männer haben mir nie sehr viel Beachtung geschenkt. Ich weiß, wenn es wegen des Geldes ist. Ich kann ein Lied davon singen. Ich war mir nicht sicher, was ihn betraf, traute ihm nie richtig.«

»Kann sein, daß es nicht wegen des Geldes war.«

»Sie müssen sich schon sehr anstrengen, um Kavalier zu sein, nicht wahr? Warum . . . warum nur hat er sich alles so kaputt gemacht?«

»Im Kleinen wie im Großen tun das die Menschen ständig. Wir können den Wohlstand nicht verkraften. Wir sind einfach so im Räderwerk drin.«

Ihr Blick wanderte den Pfad entlang in die Ferne, dorthin, wo ein Stückchen von dem hochkant in der Grube liegenden gelben Jeep zu erkennen war. Plötzlich berührte sie meinen Arm. »Schauen Sie!«

Ich blickte hinaus und sah, daß Freddy ein Kunststückchen fertiggebracht hatte, das ich nie für möglich gehalten hätte. Mit auf dem Rücken gefesselten Hand- und Fußgelenken hatte er es geschafft, sich unter der Rückseite des Jeeps hervor und aus der Grube herauszuwinden und auf die Füße zu kommen. Er befand sich auf der anderen Seite des Lochs, wo er mit geradezu dämonischer Energie auf- und niederhüpfte. Dabei gelang es ihm irgendwie, die Balance zu halten. Er schien nicht vorwärtszukommen. Er sprang nur in die Luft. Ich vermeinte, entfernte Rufe zu vernehmen. Dann beobachteten wir, wie er hinfiel und aus unserem Sichtfeld in die Gruft zurückrollte.

Wir erhoben uns. Jane sagte: »Irgend etwas stimmt nicht mit ihm.«

»Ich könnte Ihnen eine Liste aufstellen, zu welchen Finten er fähig ist.«

Doch sie schoß bereits in vollem Lauf ab, zu beunruhigt, um daran zu denken, daß sie auf ihrem großen Gaul zu ihm hinausreiten konnte. Ich heftete mich an ihre Fersen, wobei ich bei jeder Bewegung den Schmerzklumpen in meinem Schenkel verspürte. Als wir angelangt waren, sprang sie in die Grube, wo er sich herumwälzte, Hände und Füße bewegte, so gut es ging. Sie gellte: »Feuerameisen! Feuerameisen! Helfen Sie ihm!«

Schätzungsweise so an die fünftausend Ameisen schwärmten ihm über Gesicht, Arme und den übrigen Körper. Mit der diesen unschuldig aussehenden Tierchen eigenen Aggressivität waren sie über ihn hergefallen und zerbissen ihn.

Ich hopste in die Grube, packte ihn mir und zerrte ihn aus dem Erdloch. Dann trug und schleifte ich ihn ungefähr zehn Meter weit und legte ihn ins Gras. Während der ganzen Aktion stöhnte, ächzte und wimmerte er, während Jane versuchte, die Ameisen wegzuschlagen und abzustreifen. So an die hundert hatten ihre gierige Aufmerksamkeit mir zugewandt. Nachdem ich ihn abgesetzt hatte, hüpfte ich herum, klopfte und fegte sie weg, bis mich nur hie und da noch eine zwackte. Sie werden Feuerameisen genannt, weil einem ihre Bisse wie feurige Kohlen auf der Haut brennen.

Sie versuchte weiterhin, ihn von den Ameisen zu befreien, während ich die Kette von den Fuß- und Handgelenken entfernte. Er war nicht mehr gefährlich. Obgleich seine Bewegungen schwach und unpräzise waren, konnte er uns doch behilflich sein, die Ameisen loszuwerden. Doch sie krabbelten aufs neue an ihm hoch. Ich stellte ihn auf die Füße und schob ihn nochmals an die fünfzehn Meter weiter, bis er stolperte und hinfiel.

Ich zog ihm Schuhe und Socken aus, hakte die Messingschnalle auf und streifte ihm die Khakihosen ab. Beine, Oberschenkel und Leistengegend waren schwarz vor Ameisen. Ich riß ihm auch noch die Unterwäsche vom Leib, knüllte sie zusammen und benutzte den Bausch, um die Biester damit wegzuwischen. Nebenbei bemerkte ich, daß er noch größer dimensioniert war, als Joanna ihm dies bescheinigt hatte. Jedesmal, wenn ich Ameisen von ihm entfernt hatte, rollte ich ihn ein Stückchen weiter, so daß sie ihn nicht wieder befielen.

Die Feuerameisen sind zwar angriffslustig, stellen aber nicht die Bedrohung dar, wie es uns landwirtschaftliche Genossenschaften und die petrochemische Industrie glauben machen wollen. Wenn man nahe bei einem Ameisenhaufen steht, dann versuchen sie, einem an den Beinen hochzukrabbeln und einen in die Waden zu zwicken. Da man das sofort merkt, kann man sich hinwegbegeben und die Tierchen abschütteln. Die Bisse rufen weiße Bläschen hervor, die, wenn sie nicht behandelt werden, leicht vereitern können. Am einfachsten ist es, die befallenen Stellen so schnell wie möglich mit Alkohol abzutupfen. Wodka oder Gin tun's auch.

Neunundneunzig von hundert Geschichten von Feuerameisen sind erlogen. Freddys Fall war der eine von hundert. Ich habe niemals davon gehört, daß jemand so zerbissen wurde. Endlich hatten wir ihn von den Ameisen frei. Er gab schwache Klagelaute von sich, rollte seinen Kopf von einer Seite zur anderen. Er war aschfahl im Gesicht und schweißbedeckt. Ich zwängte ihn wieder in seine Hosen und machte die große Messingschnalle zu.

Ich wußte jetzt, warum er so drauf aus gewesen war, mich fertigzumachen. Aber mir schien's idiotisch, daß er Jason Breen getötet hatte.

Ich beugte mich dicht über ihn und fragte: »Hören Sie, warum kam Jason hier heraus zu Ihnen?«

»Wegen Geld«, antwortete er apathisch. »Er rief mich um vier Uhr morgens über die Geheimnummer an. Hab' die Hunde losgemacht und ihn im Wäldchen erwartet. Er wollte Zwanzigtausend.«

»Warum?«

»Hat rumgeschnüffelt und alles rausbekommen. Er hat beobachtet, wie die *Christina* ohne Jack zurückkehrte. Sagte mir, daß er Cal mit einem Draht umgebracht hätte und er verduften müsse. Wenn ich ihm kein Geld gäbe, würde er aussagen, ich hätte ihn dafür bezahlt, daß er Cal tötete. Ich war einverstanden. Er war ziemlich nervös. Dann sagte er, er wolle mich auf jeden Fall fer-

tigmachen — wegen des Dobrowsky-Mädels. Er schlug auf mich
ein, und ich schlug zurück. Ich kriegte ihn an der Kehle zu fassen.
Irgendwas knirschte. Er griff sich an seinem Hals, versuchte Luft
zu kriegen, fiel auf die Knie, röchelte. Fiel in weniger als zwei Minuten tot um. Im ersten Dämmerlicht sah ich, daß sein Gesicht
schwarz angelaufen war und ihm die Augen rausquollen. Schleifte
ihn zu den Ställen. Fuhr sein Fahrrad dorthin. O Gott, alles . . .
alles ist so weit weg.«

Er sah jetzt noch fürchterlicher zugerichtet aus. Sein Gesicht
schwoll an, die Zunge wurde immer dicker. Seine Lippen waren
aufgedunsen. Er war nahe daran, ohnmächtig zu werden.

»Er hat mir mal erzählt, ein Bienenstich könne ihn todkrank
machen«, sagte Jane. »Wo bleiben sie nur!«

Einen Augenblick später hörten wir den fernen Sirenenton, mit
dem sich ein Funkstreifenwagen seinen Weg durch den Highway-
Verkehr bahnte. Als der Wagen wenig später hinter der Baumgruppe sichtbar wurde, stand ich auf und schwenkte die Arme.
Der Wagen holperte den Feldweg entlang und kam dann quer-
feldein auf uns zu. Er stoppte neben uns. Zwei Polizisten — sehr
schmuck anzusehen in ihren hellblauen Hemden, dunkelblauen
Hosen und Reiterhüten — wieselten heraus. Sie waren hochge-
wachsen, jung und von gesunder Frische. Ihre Lederhalfter knarr-
ten.

»He, Miz Jane!« sagte einer von ihnen.

»Na so was, Harvey!«

»Wer ist denn das da, Miz Jane?«

»Sie kennen ihn! Es ist Frederick van Harn.«

Harvey riß die Augen auf. »Sie machen Spaß«, sagte er mit
ehrfürchtiger Stimme. »Was um alles in der Welt ist denn mit
ihm passiert?«

»Er ist von Feuerameisen angefallen worden«, mischte ich mich
ein, »ist nahe an einem Allergieschock. Können Sie einen Funk-
spruch an die Krankenhaus-Notaufnahme absetzen?«

»Ja, aber . . .«

»Sie gehn jetzt besser und erzählen denen, daß sie wie die
Feuerwehr da sind. Klären Sie sie auf, daß es ein Schock ist, der
von Insektengift herrührt.«

»Aber . . .«

Jane trat näher an ihn heran. »Ist es Ihnen lieber, meinem Onkel erklären zu müssen, daß Sie Frederick sterben ließen?«

Das ist das Interessante an der Macht. Der, der sie hat, scheint genau zu wissen, wie er sie gebrauchen muß. Die, die nur vorgeben, Macht zu besitzen, machen die falschen Bewegungen.

Während er am Funkgerät war, hoben der andere Polizist und ich Freddy auf den Rücksitz des Funkstreifenwagens. Der Polizist meinte: »Hier soll eine Leiche sein?«

»Ja.«

»Harv, ich bleib' hier und seh' mir die Sache an. Du kommst zurück oder schickst mir jemanden, okay?«

Jane war mit hinten eingestiegen, sie kniete auf dem Boden und hielt Freddys Hand. Harvey beschrieb einen engen Bogen, und sie rumpelten davon. Wir hörten, wie der Wagen wenig später mit Sirenengeheul den Highway entlang der Stadt zubrauste.

Der Polizist, der zurückgeblieben war, brummte: »Diese seltenen Ameisen sind gemein.«

Ich besah mir die Bißstellen auf meinem Handrücken und zwischen den Fingern. »Auf jeden Fall überzeugend.«

Er zückte sein Notizbuch. »Wer hat angerufen?«

»Ich. Travis McGee.«

»Mein Name ist Simmons. Frank Simmons.« Er war drauf und dran, mir die Hand zu schütteln, entschied dann aber offensichtlich, daß das nicht professional sei.

»Sie Sie schon lange Polizist?«

»Ein bißchen über drei Wochen. Ihre Adresse, Mr. McGee?«

Ich schrieb ihm meine Personalien auf, langsam und sorgfältig.

»Also, wo ist jetzt die Leiche?«

»Drüben, in der Grube.«

»Ist's eine alte Leiche? Ich meine . . . liegt sie schon lange?«

»Erst seit vergangener Nacht.«

Wir gingen zu der Gruft. Seine Stimme klang ungläubig, als er sagte: »Das da ist ein totes Pferd! Wollen Sie mich vielleicht auf den Arm nehmen? Was macht denn der Jeep da drin?«

»Frank, da ist noch ein kleineres Loch, vor dem Jeep, ich möchte, daß Sie einen Blick reinwerfen.«

Er ging zu dem kleineren Loch. Auf dem gebräunten Arm saßen Fliegen. Er geriet leicht ins Schwanken, drehte sich um, tat zwei große Schritte und erbrach sich. Langsam richtete er sich auf: »Das kam jetzt so ganz plötzlich über mich.«

»Kann passieren.«

»Meine erste Leiche im Dienst. Jesus! Sagen Sie, wären Sie so nett, Harv nichts davon zu erzählen, daß ich gekotzt habe, ja?«

»Seh' keinen Grund dazu, ihm's zu erzählen.«

»Er piesackt mich. Meint, ich schaff's nicht. Ich schaff's schon. Also, wer entdeckte die Leiche? Sie, Miz Schermer oder Mr. van Harn?«

»Ich.«

»Wer hat sie hier vergraben?«

»Mr. van Harn.«

»Sagen Sie bloß!« Er bückte sich und schlug an seine Waden. »Überall sind Ameisen. Machen wir, daß wir hier rauskommen. Gibt's hier irgendwo Wasser?«

»Bei den Ställen.«

»Gehn wir rüber. Haben Sie irgendeine Ahnung, wer der Tote ist?«

»Meiner Meinung nach ist es Jason Breen.«

»Der vom Westway-Bootshafen mit dem Bart?«

»Genau der.«

»Ich laß mich hängen«, murmelte er vor sich hin und hielt lange genug an, um den Namen in sein Notizbuch zu schreiben.

17

Captain Harry Max Scorf verhörte mich vor Ort. Als er damit zu Ende war, hatten sie Jason und sein Fahrrad, die eingedrückte Gitarre und die Rucksäcke ausgegraben. Ich folgte Scorf zur Grube und warf einen Blick auf die Leiche. Jasons Augen blickten starr gen Himmel. Der Bart war voller Kalkstaub, und ich konnte mir vorstellen, wie er als alter Mann ausgesehen hätte, wenn es ihm vergönnt gewesen wäre, so lange auf dieser Erde zu weilen.

Mr. Smith hatte ziemlich lange gebraucht, mitzukriegen, daß etwas nicht in Ordnung war. Er kam über die Felder dahergeeilt, gerade, als sie Jason verluden. »Was soll das, daß diese verdammten Wagen hier ein- und ausfahren? Ist der Bursche tot? Sieht so aus. Wo ist Mister Fred? Wer hat hier eigentlich was zu sagen?«

Scorf beruhigte Smith bewundernswert schnell. Dann schlug er mir vor, daß ich ihn in meinem Mietwagen zum Krankenhaus führe, was ihm die Möglichkeit gab, meine Story noch einmal mit mir durchzugehen.

Wir drehten die Seitenfenster so, daß die heiße Luft herein-wehte. Ich fuhr langsam, ging unseren Kampf Zug um Zug noch einmal durch. Er lachte in sich hinein. Ich wies ihn darauf hin, daß es zu der Zeit gar nicht so lustig gewesen sei und es mir auch jetzt, wo alles vorüber war, nicht gerade zum Lachen zumute sei. Ich riet ihm, sich statt dessen was Nettes auszudenken, wie er es Onkel Jake beibringen könne, daß er Frederick van Harn zu verhaften habe.

»Da wir beide schon so vor Witz sprühen, McGee, könnten Sie mir noch verraten, wie Sie entdeckten, daß Breen unter dem toten Pferd begraben lag.«

»Wie ich schon sagte, Captain, ich scharrte im Dreck, versuchte, mich abzustemmen, zu dem Jeep zu kriechen, um mir da einen Halt zu verschaffen und auf die Beine zu kommen. Das gelang mir schließlich auch. Aber vorher entdeckte ich das Handgelenk von Breen und ein Stückchen von dem Fahrrad.«

»Sie können's nur nicht beweisen. Ich bin gespannt, wie sich van Harns Aussage mit der Ihrigen deckt. Die Geschichte mit der Ermordung von Jason nehme ich ab, Jane Schermer hat sie schließlich auch gehört. Vermutlich wird sie durch die Autopsie bestätigt. Aufgrund der Autopsie wissen wir ja auch, wie Bird-song zu Tode kam. Ich wäre aber ein glücklicherer Mensch, wenn ich sicher wüßte, daß Breen den Mord begangen hat. Er stand auf meiner Liste, und mit jedem Tag sah's besser aus mit ihm. Aber die Sache ist eben nicht solide genug.«

»Ich kann Sie zu einem glücklicheren Menschen machen. Ich glaube, Cindy Birdsong ist willens, Ihnen, ohne daß Sie sie groß drängen, zu Protokoll zu geben, daß einmal, als Cal sie geschla-gen hatte, Breen zu ihr kam und ihr anbot, Birdsong auf die leise Tour aus der Welt zu schaffen, so daß niemand einen Verdacht fassen würde. Sie war entsetzt darüber und sagte ihm, er solle sich das aus dem Kopf schlagen. Am Tag meiner Ankunft hier wurde Birdsong unverschämt zu mir. Er ging dabei auch seine Frau an und schlug sie besinnungslos. Jason Breen war derjenige, der sich um sie kümmerte und sie vom Fußboden aufhob.«

Er bewegte sich auf seinem Sitz, und ich konnte spüren, wie er mich ansah. »Das heißt, daß ich Sie nicht zu ihr zurücklassen kann. Sie könnten sie präparieren. Ich möchte auf alle Fälle, daß sie damit von sich aus bei mir ankommt.«

»Bloß, was macht's für einen Unterschied, Captain? Sie haben nicht die Anklageerhebung gegen Jason Breen zu untermauern. Er muß nicht mehr vor Gericht. Damit dürfte Birdsong von Ihrer Liste gestrichen sein.«

»Ich bin ein penibler Mensch, McGee. Ich möchte, daß Leute, tot oder lebendig, nicht unschuldig etwas aufgelastet kriegen, was sie gar nicht getan haben.«

Im Krankenhaus wurde uns gesagt, Frederick van Harn liege auf der Intensivstation. Scorf und ich fuhren in den vierten Stock. Ein junger Arzt saß in dem kleinen Warteraum vor den geschlossenen Doppeltüren bei Jane Schermer und sprach leise auf sie ein. Tränen rannen ihr über ihr zu früh ältlich gewordenes Gesicht. Der Arzt kam auf uns zu und sprach auf dem Korridor mit uns. Er sagte, sie hätten es versucht, aber sie hätten dem schweren Schock nichts entgegensetzen können, nicht einmal mit den radikalsten Behandlungsmethoden. Er hatte schwach auf massive Digitalisgaben angesprochen, war dann aber wieder bewußtlos geworden, bis sein Herzschlag aussetzte. Die Herztätigkeit war nicht wieder in Gang zu bringen gewesen. Es habe sich um eine hochgradige allergische Reaktion gehandelt, meinte er. Totale Störung des Serum-Gleichgewichts.

Harry Max Scorf blickte empört drein. Einen Toten kann man nicht verhören. Die Leute entzogen sich ihm. Das war nicht fair, ein schmutziger Trick.

Der Mord und seine poetische Sühne durch den makabren Tod waren vierundzwanzig Stunden lang *die* Sensation. Die Nachrichtendienste stürzten sich darauf. Die passenden Ausschmückungen wurden gewählt: prominenter Anwalt. Zu großen politischen Hoffnungen berechtigend. Erpressung wahrscheinlich. Mögliche Verwicklung in Rauschgiftschmuggel. Der Ermordete soll mit Ex-Modell intim gewesen sein, das vor kurzem durch eine Bombenexplosion auf Hausboot ums Leben kan.

Und doch ist eine Zeitungsmeldung eine kurzlebige Angelegenheit, einem Heißluftballon vergleichbar. Wird der Ballon nicht ständig mit heißer Luft, sprich neuen Enthüllungen, neuen Vorkommnissen, neuen Verdachtsmomenten aufgeblasen, kühlt er ab, schrumpft, sinkt zur Erde und verscheidet mit einem letzten Seufzer.

Judge Schermer veranlaßte, daß jeglicher Nachrichtenfluß versiegte. Das Sagen hatten er und seine Günstlinge. Offensichtlich waren die lokale Radiostation, die Bayside Television Station und die einzige Tageszeitung unter ihrer Kontrolle. Ihr Einfluß reichte in die Stadt- und Distriktpolizeidienststellen hinein, die Banken, die Handelskammer, die Klubs, kurzum jegliche Institution von lokalem Einfluß.

Niemand konnte irgendeine Auskunft geben. Ein großäugiges Staunen war besser als gar kein Kommentar. Die Reporter, die von Jacksonville, Miami und Orlando angereist waren, hatten es eilig, wieder aus der Stadt zu kommen und der nächsten Story nachzujagen. Die Leute konnten sich kaum noch daran erinnern, wie van Harn ausgesehen oder was er gemacht hatte. Schließlich riß die Kette der schlimmen, traurigen, grausamen Ereignisse innerhalb des Landes und auf der ganzen Welt nicht ab; sie waren wie ein fortgesetztes Feuerwerk.

Sonnabend früh, als Harry Max Scorf uns an Bord der *As* besuchte, war die Story gestorben, so, als sei sie vor Jahrzehnten passiert.

Er saß in der kühlen Lounge, nahm seinen makellosen weißen Hut ab und wischte mit einem großen, karierten Taschentuch über das Schweißband. Bedächtig setzte er ihn wieder auf, verpaßte ihm exakt den richtigen Sitz.

»Ich hab's im Gefühl«, sagte er zu uns, »daß ich euch zwei Brüder um und um drehen und dazuhin noch so ganz auf die Delikate federn müßte, damit ihr was ausspuckt, das ins Bild paßt. Der Sache Sinn gibt. Aber es ist kein Gefühl, das ich mag.«

»Handelt es sich um Anweisungen?« wollte ich wissen.

»Nach der offiziellen Version ist alles geklärt. Alles ist gelöst und ad acta gelegt. Das mit dem Milligan-Mädel war ein Unfall. Jason killte die Freeler mit einer Bombe und Birdsong mit einem Draht. Danach brachte Freddy Jason um die Ecke, und ihn haben die Ameisen auf dem Gewissen. Das wär's, Boys. Ihr beiden wißt so gut wie ich, daß das nichts weiter ist als ein Haufen Scheiße.«

»Wir können Ihnen wirklich nicht behilflich sein«, sagte Meyer.

Scorf seufzte. »Na, wie dem auch sei, eine Sache sieht gut aus. 's kommt ganz hübsch Gras zu einem vernünftigen Preis herein. Jemand hat diese ganzen Amateurhändler fest an die Kandare genommen. Professionals sind über Nacht ins Geschäft eingestiegen und haben den Distrikt hier übernommen. Rein polizeilich gesehen stellt das eine Erleichterung dar. Die Amateure sind's, die alles durcheinanderbringen. Mit den Profis, da weiß ich, wie der Hase läuft und wie sie spuren und wie nicht. Wenn sie das Geschäft sauberhalten, lehnen wir uns zurück und lassen die Sache laufen. Übernimmt aber ein Kunde zweiundvierzig Tonnen auf einmal an der mexikanischen Grenze, ist das ein Signal. Dann wird der Umsatz zu groß, als daß er sich noch kontrollieren ließe. Sollten sie also hier in der Umgebung eine dickere Kiste landen wollen, machen wir ihre Operationen so teuer, daß wir ihnen die Butter vom Brot nehmen und sie zurückstecken. Die Amateure sind's, die einen verrückt machen. Dieser Walter J. Demos, der macht jeden meschugge, dieser verdammte Idiot. Jedesmal, wenn ich mit diesem Hurensohn ein paar Worte sprechen will, fängt der das Weinen an. Setzt sich hin, schlägt die Arme um seinen Kahlkopf und flennt los. Warum ich gekommen bin, ist übrigens dies: Sie würden jeden hier sehr glücklich machen, wenn Sie dahin zurückkehren würden, woher Sie gekommen sind, und zwar sobald Sie die Leinen losmachen und Ihre Maschine starten können.«

»Soll das ein Rausschmiß sein, Captain?« fragte ich.

»Noch nicht. Es könnte sich zu einem auswachsen, wenn ich jemandem erzähle, daß Sie keine Anstalten machen, zu verschwinden. In diesem Falle wird dieser Jemand sämtliche städtischen und Distrikstellen, die etwas mit Booten und Seefahrt zu tun haben, mobilisieren. Dann kreuzen sie hier auf und überprüfen euch und euer Boot aufgrund jedes noch so kleinen städtischen, Distrikt-, Staats- und Bundesparagraphen, und wenn sie zurückgraben müssen, bis in die Tage, als Lincoln ermordet wurde. So muß jedes Boot, das sich in Distriktsgewässern aufhält, zur Reserve mit zwei Messingkerosinlampen, vierzehn Zentimeter hoch, ausgerüstet sein, eine mit grünem, die andere mit rotem Glas. Können Sie diese dem Inspektor nicht vorweisen, kostet Sie das hundert Dollar pro Tag, ob sie nun vor Anker liegen oder in See stechen. Das kommt einem Rausschmiß gleich. Sonst noch was?«

»Wenn Sie wollen, daß wir abhauen, Captain«, sagte ich, »geben Sie die Losung aus, und wir verschwinden. Sie haben uns überzeugt.«

Er sah uns verdutzt an. »Ich dachte, ich hätte Ihnen die Losung soeben gegeben.«

Meyer räusperte sich. »Wie ich vermute, könnten Sie die offizielle Version, die Sie beschrieben haben, modifizieren, wenn Sie mit was Neuem aufzuwarten hätten?«

Scorf runzelte die Stirn. »Das müßte schon ziemlich gutes Beweismaterial sein. Sehr gutes. Wie ich Ihnen schon gesagt habe, die Leute wollen die Sache vergessen, und zwar so bald wie möglich. Wenn nur Staub aufgewirbelt wird und nichts dabei herauskommt, werde ich ohne einen Pfennig Pension in den Ruhestand versetzt.«

»Manchmal kann man nicht umhin, nachzudenken«, bemerkte ich.

»Über was?«

Meyer sagte: »Wir haben letzte Nacht eine Menge nachgedacht und alles durchgesprochen, Captain. Wir waren entschlossen, der Sache noch etwas mehr nachzugehen und dann damit zu Ihnen zu kommen. Aber Sie drängen uns zu sehr. Bis jetzt ist alles nur Theorie.«

»Theorie«, echote er und schien sich nach einem Plätzchen umzusehen, wohin er spucken konnte.

Ich sagte: »Carrie Milligans Anteil an den unrechtmäßigen Einnahmen betrug etwas mehr als hunderttausend Dollar.«

Sein Kopf fuhr herum, seine Augen lagen auf mir. »Das klingt mir mehr nach Tatsache als nach Theorie, McGee.«

»Sie hat sie mir zur Aufbewahrung übergeben. Ich sollte sie ihrer Schwester zukommen lassen, wenn ihr etwas passieren sollte.«

»Kommen wir später darauf zurück«, erklärte Scorf. »Was schließen Sie daraus?«

»Es waren ihrer vier, die das Geschäft zusammen betrieben. Carrie Milligan, Freddy van Harn, Jack Omaha und Cal Birdsong. Carrie Milligan hatte ihre eigene Auffassung von Moral. Sie hätte sich nicht mehr genommen, als ihr zustand. Aber sie hatte Angst, daß ihr jemand ihren Anteil wegnehmen könnte. Freddy stellte die Maschine zur Verfügung, Jack die Jacht, und wahrscheinlich hatten beide auch die Finanzierung übernommen. Hätte Carrie da mit einem Viertel des Kuchens rechnen können? Ich würde sagen: nein. Höchstens mit zwanzig Prozent. Jack war der Bankier. Er bewahrte das Geld in seinem Bürosafe auf. Carrie war für die Buchhaltung verantwortlich und spielte den Kurier. Neue Geschäfte wurden mit dem Geld aus dem Safe finanziert. Sollten Sie die Sache einmal aufgeben, würde das Geld nach einem bestimmten Schlüssel verteilt werden und jeder damit seiner Wege gehen. Wenn Hunderttausend gleich zwanzig Prozent sind, wären dann in dem Safe noch Vierhunderttausend verblieben, nachdem sie sich ihren Anteil genommen hatte.«

»Vierhunderttausend!« wiederholte Scorf langsam.

»Kann auch mehr sein«, meinte Meyer. »Es ist schwer, die Motive eines toten Mannes zu analysieren, dem man nie begegnet ist. Letzte Nacht jedenfalls fiel uns ein, daß Jack Omaha dabei war, sich abzusetzen, daß er Haus und Herd verlassen wollte, alles zu Bargeld machte, seine Geschäftspartnerschaft auflöste. Vielleicht ließ er das Geld im Safe, zusammen mit dem Geschäftskapital, oder vielleicht hat er es auch irgendwo versteckt, wo er rasch dran konnte.«

»Sagen wir also, er nahm es aus dem Safe«, sagte Scorf, »und van Harns und Cal Birdsongs Geld dazu.«

»Oder es war so, wie ich schon gesagt habe: ein Sack mit Gras fiel ihm auf den Kopf und tötete ihn. Freddy hat mir schließlich gesagt, daß Jason die *Christina* ohne Jack Omaha hereinkommen sah.«

Scorfs Stirn legte sich in Falten. »Damit . . . van Harn wollte also sein Geld. Er wußte, wo es war und wer es ihm aushändigen konnte.«

Ich sagte: »Es kann auch sein, daß er es da lassen wollte, wo es war, um den richtigen Augenblick abzuwarten. Jack und Carrie kannten die Kombination. Jack war tot. Er vertraute Carrie. Er konnte es jederzeit holen, wenn er es brauchte.«

»Sie meinen, es könnte noch immer da sein?« fragte Scorf verwirrt.

»Nehmen wir mal an«, warf Meyer hin, »dieser Harry Hascomb kommt dazu, als Carrie sich in der Nacht nach Jack Omahas Tod ihren Anteil aus dem Pott nimmt. Er würde also wissen, daß da das große Geld lag, hatte aber keine Möglichkeit, dranzukommen. Harry war der Mann im Außendienst. Omaha und Carrie hatten mit den Rechnungen zu tun, sie wickelten die finanziellen Dinge ab. Sie waren also die einzigen, die die Safe-Kombination wissen mußten. Versicherungsfachleute pflegen darauf hinzuweisen, daß die Zahl derer, die Zugang zu einem Safe haben, möglichst klein gehalten werden soll. Zwei Personen gelten als ideal. Da Harry Carrie dabei überrascht hatte, als sie das Geld an sich nahm, fühlte sie sich nicht mehr wohl in ihrer Haut. Sie brachte es zu Travis McGee nach Lauderdale – für alle Fälle.«

Scorfs flinkes Kriminalistengehirn schaltete sofort. »Und nachdem er herausfand, daß Omaha geplant hatte, ihn auszuschmieren, aus den Reaktionen des Milligan-Mädels aber schloß, daß Omaha tot war, war der einfachste Weg, an den Safe zu gelangen, der, die Milligan durch einen Unfall umkommen zu lassen und die Safe-Hersteller anzurufen, daß sie den Tresor aufbrachen. Die würden sich nichts dabei denken.«

Ich nickte. »Wir können annehmen, daß sich van Harn zu Harry begab, sobald er von dem Unfall gehört hatte. Alles, was Harry zu tun hatte, war, sich dumm zu stellen hinsichtlich des Geldes, das in dem Safe sein sollte. Van Harn würde sich nicht trauen, ihm deswegen die Daumenschrauben anzusetzen. Außerdem hatte Onkel Jake bereits die finanziellen Sorgen von ihm genommen.«

Scorf seufzte. »Nichts als graue Theorie. Schöne Theorie.«

»Wie wär's mit einigen Tatsachen?« fragte Meyer. »Als Zulieferer für Bau- und Konstruktionsbedarf hatte Hascomb auch mit Dynamit, Sprengkapseln, Draht und Batterien zu tun oder wußte, wo er kriegen konnte, was er brauchte. Er war mit der Außentätigkeit betraut, nicht der Mann am Schreibtisch, zudem verfügt er offensichtlich über eine technische Ausbildung oder die Fähigkeiten hierzu.«

»Und«, fiel ich ein, »Joanna Freeler sagte mir, sie könne sich zur Ruhe setzen, wenn sie es richtig anfange.«

»Wollen Sie damit sagen, daß sie davon gewußt haben könnte, daß Hascomb Carrie umbrachte und daß sie ihn erpr . . .«

»Nein! Es schüttelte sie richtig, als ich ihr sagte, ich sei der Meinung, Carrie sei vor diesen Lastwagen gestoßen worden. Ich nehme an, Carrie vertraute Joanna an, daß da ein Haufen Geld im Safe sei. Sie waren die beiden einzigen Mädchen im Büro. Mit diesem Wissen könnte sie auf Harry Hascomb Druck ausgeübt haben. Das hätte für sie das Sich-zur-Ruhe-Setzen bedeutet. Wenn sie ihr Spiel richtig gespielt hätte.«

»Hat sie aber nicht«, bemerkte Scorf.

Meyer sagte: »Wir waren uns letzte Nacht darin einig, daß, wenn Harry Joanna um ein Treffen gebeten hätte, diese akzeptiert hätte. Sie waren einige Jahre miteinander intim. Dann hätte er vorgeben können, daß es ihm nicht möglich sei, die Verabredung einzuhalten, um dafür ein ›Trostpflaster‹ in Form einer Kiste Wein und Käse zu schicken.«

»Ein explosiver Wein mit Käse«, sagte Scorf. Er stand auf und durchquerte die Lounge, hielt inne, blickte um sich. »Das hier war eine furchtbare Schweinerei, als ich mit den Untersuchungen anfing. Machte mich ganz krank. Tote Mädchen gehn mir an die Nieren. Eine Bombe ist etwas Schmutziges und Grausames. Der Tod ist immer schmutzig und grausam, meine ich. Es sei denn, er bedeutete das Ende qualvoller Leiden. Das Schlimmste sind Bomben, Feuer und Messer. Schauen Sie, ich weiß Bescheid mit den Bürodamen. Von Jack Omaha und dem Milligan-Mädel nehmen Sie an, daß sie als einzige die Kombination wußten. Wetten, daß Joanna Freeler sie ebenfalls kannte oder zumindest wußte, wo Mrs. Milligan sie sich aufgeschrieben hatte. Wissen Sie, wo sich fast jeder in Amerika die Safe-Kombination notiert? Man schreibt sie auf einen Klebstreifen und klebt diesen auf die Rück- oder Unterseite des Mittelschubfaches seines Schreibtisches. Die Hälfte der Safe-Einbrüche im Lande lassen sich leicht bewerkstelligen, weil man weiß, wo man nach der Kombination zu suchen hat.«

»Wir möchten die Heimfahrt nicht gerade jetzt antreten«, sagte ich.

»Was Sie mir da an die Hand gegeben haben — ich kann damit etwas anfangen«, stellte er fest. »Wohlgemerkt, das ist alles Theorie. Aber nehmen wir an, Joanna ließ Hascomb wissen, daß sie mit der Verabredung einverstanden sei, damit sie so ein kleines Schwätzchen darüber hätten, wie das Milligan-Mädel ums Leben kam, damit hätte sie sich bereits für Wein und Käse qualifiziert.«

»Wenn wir auf der richtigen Spur sind«, sagte Meyer, »wäre es . . . es wäre erfreulich, wenn wir dabeisein könnten, sollten Sie Mr. Hascomb befragen.«

Scorf sah ihn mürrisch an. »Erfreulich?«

»Es gibt so wenig Rechnungen im Leben, Captain Scorf, die sauber aufgehen, es wäre einfach beruhigend, dabeizusein, wenn dies einmal der Fall ist.«

»Sie sind also der Meinung, diese ungute Sache sei sauber zu nennen?«

Bekümmert schüttelte Meyer den Kopf. »Nicht im üblichen Sinn.«

Scorf überdachte das. »Es ist eine verdammte Sache, weiterzumachen. Ich möcht' nicht mit einer ganzen Kommission da anrücken, alles, was recht ist. McGee, Sie können mitkommen und Zeuge sein, wie ich die Sache hochgehen lasse. Meyer, Sie bleiben besser hier und machen alles fertig, damit sie in den Kanal auslaufen können. Die Order, die ich habe, ist klar. Ich muß Sie auf den Weg bringen. Und ich werde in Kürze zurück sein.

Ich hätte angenommen, daß Scorf bolzengerade hinter dem Lenkrad seines dunkelblauen Cougar sitzen und diesen mit großartigen Fünfzig dahinkutschieren würde. Statt dessen schnallte er sich, nachdem er sich seinen weißen Hut tiefer ins Gesicht gezogen hatte, an, lehnte sich im Fahrersitz zurück, legte seine Fingerspitzen an das Lenkrad und schlängelte sich wie ein Aal durch den Verkehr. Er schlüpfte in Lücken, hielt hart am Gegenverkehr vorbei, ohne daß er je beschleunigte noch mit dem Gas herunterging noch auf die Bremse trat. Auf mich hatte er zwar nicht wie ein Könner gewirkt, aber er war es fraglos. Ich sagte es ihm.

Mit einem freudlosen Lächeln erwiderte er: »Hab' 'ne Menge Zeit und Geld verplempert, um Pfosten auf dem Übungskurs zu rammen. Als Sie mich neulich mitgenommen haben, sind Sie prima gefahren. Nur in einem sind Sie nicht gut: die Straße von den Rücklichtern her aufzurollen.«

»Gibt es da ein Geheimnis, das mir nicht bekannt ist?«

»Immer ran an die Nummernschilder von älteren Wagen, die von jungen Spunden gefahren werden, sie so 'n bißchen ins Gedränge bringen, und schon fangen sie das Türmen an, und der Weg ist frei. Auch an die Lieferwagen ran. Bei dreispurigen Fahrbahnen die mittlere benutzen, auf die Außenfahrbahn überwechseln, wenn Sie den Vordermann nicht kriegen. Dreht der sich nach Ihnen um, sind Sie schnell an ihm vorbei.«

»Wohin soll's gehen?«

»Pineview Lakes Estates. Loblolly Lane einundzwanzig.«

Flachland. Acht Kilometer vor der Stadt. Ehemaliges Sumpfgelände war aufgeschüttet, und darauf waren Eigenheime vom Ranch-Typ errichtet worden. Es war elf Uhr vormittags, als wir in den mit Flußkieseln bestreuten Fahrweg von Nummer 21 einbogen. Vor uns lag ein langgestrecktes, niedriges Blockhaus aus Zypressenholz mit einem windigen Dach aus einer Art feuersicherer Zedernimitation.

Zwei sonnenverbrannte, klapperdürre Jungs werkten an einem ausgeweideten VW mit übergroßer Bereifung herum. Sie gönnten uns einen Seitenblick, nahmen dann aber keine weitere Notiz mehr von uns. Auch dann nicht, als wir näher an den VW herangingen.

»Ist einer von euch ein Hascomb?« fragte Scorf.

»Ich«, erwiderte der Dünnere von den beiden.

»Ist dein Daddy zu Hause?«

»Nein.«

»Mrs. Hascomb?«

»Nein.«

»Wenn es dein Köpfchen nicht zu sehr anstrengt, mein Lieber, könntest du mir dann sagen, wo dein Daddy zu finden ist?«

Der Junge richtete sich auf und starrte ihn in feindseligem Schweigen an. »Was soll der Mist mit Köpfchen anstrengen, Opa?«

»Ich bin Captain Harry Max Scorf, und ich hab' was gegen junge Spunde, die den harten Burschen markieren. Ich werd' mir schon 'ne Auskunft von dir zu verschaffen wissen und Manieren und Respekt, mein Lieber, sonst geht's ab wegen Behinderung eines Polizeioffiziers in Ausübung seiner Amtspflichten.«

Das feindselige Starren änderte sich keineswegs. »Schau einer an«, sagte der Junge ungerührt, »hab's gar nicht bemerkt. Ts, ts. Wie ich gehört habe, soll sich mein geliebter Vater an seiner Arbeitsstelle Superior Building Supplies, Junction Park, aufhalten. Wenn man's genau nimmt, ist's gar nicht mehr seine Arbeitsstelle. Der Blödmann hat sie sich durch die Lappen gehen lassen. War zu doof dafür, und sein Partner hat ihn aufs Kreuz gelegt und ist mit dem Geld abgehauen. Aber der olle Harry hat ein großes Maul wie immer. Er ist dort, weil irgendein Typ von Fort Pierce den Krempel kaufen will, der bei dem Ausverkauf nicht wegging. Wenn Sie mir jetzt gütigst erlauben würden, wieder an die Arbeit zu gehen.«

Scorf lächelte ein trauriges Lächeln und schüttelte den Kopf. »Besten Dank, mein Lieber. Ich bin sicher, daß wir uns eines Tages beruflich begegnen werden.«

»Worauf Sie sich verlassen können«, gab der Junge zurück.

Als wir von dem Grundstück fuhren, murrte Scorf: »Was macht sie nur in den letzten Jahren so verdammt böse über alles?«

»Ein neues Konservierungsmittel, das sie ins Hackfleisch tun.«

»Eine sehr befriedigende Antwort.«

Nur ein einziger Wagen parkte hinter den Superior Building Supplies, ein neues Ford-Modell, ein Kombiwagen mit örtlichem Nummernschild. Er war verdreckt und verschmiert, ein Fenster war zersplittert, in einem Reifen war zu wenig Luft. Eine der großen Schiebetüren, die von der Verladerampe in die Lagerhalle führten, war halboffen. Wir schwangen uns auf die Rampe und begaben uns in das hallende Halbdunkel des leeren Lagerraumes. Die Klimaanlage war ausgeschaltet.

»Hascomb?« rief Scorf.

»Jau? Wer ist da?«

Harry trat aus dem Halbdunkel, eine Zange in der Hand haltend. Er riß die Augen weit auf und rief: »Oh, he! Harry Max! Hab' Sie gegen das Licht nicht erkannt.« Sein Blick fiel auf mich. »Wie ist Ihr Name, mein Freund?«

»McGee.«

Hascomb war bis zur Taille nackt. Schweiß rann über seinen wabbeligen Oberkörper. Seine Cowboy-Hose, die von einem breiten Gürtel gehalten wurde, war um die Taille herum dunkel vom Schweiß. Sein volles rotbraunes Haar war sorgfältig nach der neuesten Mode gekämmt und gesprayt, wobei die Ohren bedeckt waren. Die Absätze seiner Stiefel klickten auf dem Zementfußboden.

»Sie haben mich erwischt, Harry Max«, sagte Hascomb. »Ich montier' gerade den Verteilerkasten ab, weiß nicht mehr, war's meiner, oder gehört er dem Besitzer. Im Zweifelsfalle nehm' ich ihn. Der Bursche von Fort Pierce hat zwanzig Scheinchen geboten. Zwanzig Scheinchen haben und nicht haben. Hat den Kleinkram genommen und wird einen Lastwagen vorbeischicken, um die Tische, den Safe, die Stühle und die zwei Generatoren da drüben abzuholen. Damit hab' ich alles draußen.«

»Tut mir leid, das zu hören«, sagte Scorf.

Hascomb seufzte und zuckte die Achseln. »Schwere Zeiten und dazu einen Partner, der ein Dieb ist.«

»Was werden Sie tun?«

»Nehm' an, wir gehn nach Wyoming. Der Minen wegen. Kann

alles zusammenmontieren, was nicht niet- und nagelfest ist. Neuer Anfang. Das, was als Eigenkapital im Haus steckt, ist unser Startkapital. Habt ihr zwei nach mir gesucht?«

Ich war neugierig, wie Scorf es angehen würde. Verdachtsmomente, nichts Beweisbares, sind eine gefährliche und schwierige Sache.

Scorf sagte: »Harry, ich hoffe, Sie fassen das nicht falsch auf, wirklich, ich will's hoffen. Muß eine Menge idiotischer Dinge tun, was meine Routinearbeit betrifft, aber ich glaube, da sind alle Routinearbeiten gleich. Na, wie auch immer, ich nehme an, Ihre Fingerabdrücke sind in ihrer Armeeakte. Es würde aber zu lange dauern, sie von Washington anzufordern oder wo zum Teufel sie sie aufbewahren. Deshalb soll ich Sie mal eben vorbeibringen, damit man Ihre Fingerabdrücke abnehmen kann. Sie brauchen sich deswegen nichts zu denken.«

»Ich? Überhaupt nicht. Zum Teufel, ich denk' mir dabei überhaupt nichts, aber was in aller Welt ist der Grund dafür?«

»Womöglich sollte ich's Ihnen gar nicht sagen, aber wir kennen uns nun schon so lange. Vielleicht wissen Sie's, vielleicht auch nicht, ein Teilabdruck ist so gut wie gar nichts wert. Das, was sie da haben, sieht aus wie ein halber Fingerballen vom dritten Finger der rechten Hand.«

»Worauf haben Sie den gefunden?«

Scorf schabte mit dem Schuh über dem Zementboden. Er schüttelte den Kopf. »Sie müssen ihre Gedankengänge verstehen, Harry. 's war ein offenes Geheimnis in der Stadt, daß zwischen Ihnen und Joanna Freeler 'ne Menge mehr war als nur eine Geschäftsverbindung. Verliebte können Streit kriegen miteinander. Wie dem auch sei, nehmen Sie's nicht tragisch. Die Bombenexperten haben ein Stückchen Batteriegehäuse, so groß ungefähr, mit einer chemischen Lösung präpariert, und es ergab sich dieser nicht komplette Fingerabdruck, den sie fotografiert haben. Wenn sie ihn mit dem Ihren vergleichen, sind Sie von der Liste, Harry. 's ist was, was mir gegen den Strich geht, es zu tun. Tut mir leid. Tut mir aufrichtig leid.«

Harry Hascomb schlug dem kleineren Mann auf die Schulter. »Um Himmels willen, Harry Max. Machen Sie sich nichts draus. Ich weiß, Sie müssen schließlich Ihre Pflicht tun, nicht wahr? Möchten Sie, daß ich jetzt gleich mitkomme? Muß nur mein Hemd holen.«

Ich bemerkte, daß Harry Max Scorf hinter Hascomb drein-
segelte, während dieser sein Hemd holen ging. Ich bemerkte ferner, daß Scorfs schweres, khakifarbenes Jackett aufgeknöpft war.
Drunter, dies stand zu vermuten, trug er im Bauchgurt seine
Kanone.

Hascomb schlüpfte in sein Hemd, stopfte es sich in die Hose
und knöpfte es im Hinausgehen zu. Er schob das große Tor zu,
hängte das schwere Vorhängeschloß in die Haspe und ließ es ein-
schnappen. Er lächelte uns an. »Muß also diesen Kasten später
klauen.« Wir hatten rechts neben dem Ford geparkt. Hascomb
wollte in den Cougar steigen, als er plötzlich auf seine Jackett-
tasche schlug: »Nur einen Moment, Harry Max. Lassen Sie mich
noch ein zweites Päckchen Zigaretten holen.«

Er lehnte sich in seinen Wagen und drückte mit dem Daumen
auf den Knopf, der das Handschuhfach öffnet. Er war schon sehr
gut. Scorf stand vor der offenen Tür des zweitürigen Cougar und
hielt die Lehne des Fahrersitzes nach vorn, damit Hascomb auf
den Rücksitz steigen konnte. Ich befand mich vor der Kühlerhaube, um zur Tür des Beifahrersitzes zu gelangen.

Hascomb schnappte sich aus seinem Handschuhfach eine alte
Handfeuerwaffe. Offiziere haben sie aus den letzten fünf Kriegen
mit nach Hause geschmuggelt. Den 45er Colt. Ich erhaschte einen
Blick darauf, als er sich umdrehte, um auf Scorf aus nächster
Nähe zu feuern.

Scorf hob die linke Hand, um den ersten Schuß abzufangen.
Er griff nach seine Pistole im Hüfthalter. Der Schuß ging durch
die Handfläche und traf ihn über dem linken Auge. Der Widerstand des Stirnbeins bewirkte, daß sein Kopf zurückgerissen
wurde, was ihm das Genick brach. Der weiße Hut segelte über
die Motorhaube zu Boden. Erbarmungslos durchschlug die Blei-
kugel das Gehirn und sprengte einen Teil des Hinterkopfes etwa
in der Größe eines Apfels ab. Es ging alles in Sekundenschnelle
vor sich und war eine scheußliche Sache. Blut und Gehirnmasse
spritzten über den Kühler des Cougar. Ich sah alles wie im Zeitlupentempo im harten und intensiven Mittagslicht ablaufen. Es
war ein Tag nahezu ohne Luftbewegung. Der Wind hatte zuvor
in einem fort geweht und Floridas Ostküste von Birmingham und
anderen Industriezentren her Wolken von Schmutz und Chemie-
rückständen zugetragen. Die Horizonte waren whisky-dunkel
überfleckt. Der Himmel über uns war nicht blau, sondern von

einem blassen Safrangelb. Die verschwommene Sonne warf ein scharfes Atelierlicht über die Parkplatz-Szene. Und Harry Hascomb sah den grauenvollen Tod von Captain Scorf unter diesem schrecklichen, zitronenfarbenen Himmel.

Scorf hing mit dem Oberkörper über der blauen Motorhaube. Meyer hatte so recht gehabt, was die lebendige Realität des Todes angeht. Harry Hascombs Gesicht war absolut ausdruckslos, seine Augen leer und stumpf. Er hatte seinen toten Vogel gewollt. Und nun lag da ein zerschmettertes menschliches Wesen, das sich verblutete. So ekelerregend lebendig war der Leichnam, eingehüllt in seinen Blutgeruch, daß Hascomb zu keiner Bewegung fähig war und in eisigem, ungläubigem Schrecken erstarrte. Ich ertappte mich dabei, wie ich mich einen Augenblick lang auf die Zehenspitzen reckte. Dabei war mir klar, daß wir uns auf einem wie ausgestorben daliegenden Parkplatz befanden, in einer ausgestorbenen Gegend, und Samstagmittag-Spaziergänger waren nicht zu erwarten.

Scorfs Jackett stand weit offen, der Pistolenknauf war zu sehen. Flink und fingerfertig und in vollem Bewußtsein dessen, wie aberwitzig mein Handeln war, lehnte ich mich in den Schußbereich der Automatik, riß Scorfs Waffe aus dem Halfter und ließ mich hinter dem Cougar auf den Zementboden fallen. Der wie versteinert dastehende Hascomb feuerte, als ich aus seinem Blickfeld verschwand. Wie ein Doppelecho des scharfen *Bum* hörte ich das Projektil in die Laderampe einschlagen. Einen Augenblick später rutschte Scorf von der Motorhaube und schlug dumpf auf der anderen Seite auf dem Boden auf.

Zweifellos war auch Harry Hascombs Weg vorbestimmt. Vielleicht sollte die Automatik in meiner toten Hand landen und Harry in Peru.

Ich bin keiner, der sich seinen Weg freischießt. Ich verspüre nicht die geringste Lust, in voller Größe mit Nerven wie Stahlsaiten dazustehen und dem Kerl, der versucht, mir meinen Kopf wegzublasen, eins draufzubrennen.

Ich legte mich so rasch wie möglich flach auf den Boden und stabilisierte die kurzläufige Waffe, indem ich den rechten Arm ausstreckte und das rechte Handgelenk mit meiner linken Hand umgriff. Ich zielte unter dem Cougar hindurch auf den Fußknöchel, der sich unter dem Leder des Westernstiefels abhob. Ich traf nicht daneben. Er schrie auf und fing an, herumzuhüpfen. Den zweiten Stiefel verfehlte ich beim ersten Versuch, beim zweiten klappte es. Harry Hascomb ging in voller Größe zu Boden, schrille Schreckenslaute ausstoßend. Er wollte das Feuer in der gleichen Weise erwidern, indem er unter dem Wagen durchhielt. Ich versuchte, seine Hand oder sein Handgelenk zu packen, stieß aber zufällig dabei an die Automatik. Ein Schuß löste sich, der Querschläger riß den Auspufftopf des Cougars weg, und der Colt flog ihm aus der Hand.

Ich wußte nicht, wieviel Zeit verstrichen war. Ich fand mich wieder, wie ich mich über Hascomb beugte und mir die Stelle genau zwischen den Augen aussuchte.

Dann vergegenwärtigte ich mir, was dies bedeuten würde: Ich würde die besten Jahre meines Lebens in Bayside verbringen müssen, damit beschäftigt, Formblätter und Fragebögen auszufüllen. Er konnte nirgendwohin mehr gehen. Um aber ganz sicher zu sein, nahm ich die Wagenschlüssel von den beiden Wagen an mich. Ich machte mich auf den Weg zu der Telefonzelle neben der Tankstelle, die Carrie frequentiert hatte.

18

Wind war aufgekommen und hatte den Smog in andere Himmel geblasen. Cindy und ich saßen Seite an Seite in den Deckstühlen auf dem Sonnendeck und blickten zum diamantenbestirnten Himmel auf.

»Du sagst, du hättest es gefunden, Trav, aber wo war es?«

»In einer Kiste mit der Aufschrift ›Campingherd‹. Er wollte sich gerade zum Camping verdrücken, um dann in den Wäldern zu verschwinden. Auf Nimmerwiedersehen.«

»Er hat zugegeben, daß er Carrie ermordet hat?«

»Kaltblütig. Er wartete auf das richtige Fahrzeug, nahm sie beim Genick und stieß sie vor den Lastwagen.«

Ich spürte, wie sie erschauerte.

Sie sagte: »Ich nehme an . . . ein Teil von dem Geld gehört mir.«

»Ja, schon. Aber deine Chance, es zu bekommen . . .«

»Ich weiß. Ich muß es irgendwie fertigkriegen.«

»Könntest du nicht verkaufen?«

»Sicher könnte ich das. Aber was dann?«

»Wie meinst du das — was dann?«

»Trav, Liebling, ich liebe meine Arbeit. Ich mag was zu tun haben. Und ich brauche Sicherheit. Ich muß noch eine Hypothek von Hunderttausend abbezahlen, die Anlage ist zehnmal soviel wert. Da muß ich mich wirklich anstrengen.«

»Und ich war drauf und dran, dich zu fragen, ob du nicht deine Sachen packen und mit mir auf Kreuzfahrt gehen würdest.«

»Eines Tages . . . vielleicht.«

»Du bist nicht gerade überwältigt von mir, wie ich merke.«

»Jetzt spricht die gekränkte männliche Eitelkeit. Kannst du nicht die Tatsache akzeptieren, daß ich an diesem Fleckchen hänge?«

»Du willst an ihm hängen.«

»Bitte. Ich möchte nicht mit dir streiten. Bitte, Liebling.«

Ich streckte mich, bis mir die Schultern krachten. »Okay, Cindy. Du bist sehr realistisch und fleißig und was weiß ich noch alles. Mag sein, ich hab' die Philosophie einer Heuschrecke, aber mich macht die Menge von Toten um uns herum nachdenklich. Vielleicht ist's eine Warnung. Sie hätten länger leben sollen.«

»Wir kennen uns nicht.«

»Wie soll ich das verstehen?«

»Durch dich hab' ich erfahren, daß ich das Körperliche mehr brauche, als ich dachte. Schön, das macht mich mißtrauisch, was mich selbst betrifft, und ungeduldig. Ich brauche Zeit, um ausgeglichen zu werden. Ich kann nicht hier herumtrödeln und herumträumen und Wichtiges schleifen lassen.«

»Herumtrödeln und träumen ist eine gute Sache.«

»Gewiß, gewiß, gewiß. Wir kennen uns in Wirklichkeit überhaupt nicht. Ich bin keine Drohne, sondern ein Arbeitstier. Ich muß etwas schaffen. Vielleicht lerne ich's eines Tages — das süße Leben. Aber zuerst muß ich was Solides im Rücken haben, alles muß fertig dastehen, bevor ich mich das getraue. Bitte, versteh das.«

Ich gab auf. Ich hob ihre Hand hoch, öffnete sie und drückte ihr einen Kuß in die Handfläche. Sie erbebte. Ich sagte: »Ruf mich an, wenn du alles so hast, wie du es willst. Wenn es dir danach ist, daß wir uns kennenlernen.«

»Könntest du mich nicht anrufen?«

»Freilich. Warum?«

»Es ist komisch, daß man sich jemandem gegenüber, mit dem man im Bett war, so schüchtern fühlen kann. Aber mir geht's so.«

»Cindy, ich werd' dich anrufen. Aber wann?«

Sie sog die Luft ein und stieß sie heftig aus, ein Zeichen dafür, daß sie erleichtert und zufrieden war, vielleicht auch ein Zeichen der Vorfreude.

»Versuch's halt irgendwann mal, okay?«

Es war okay, weil es okay zu sein hatte. Eine andere Wahl hatte ich nicht. Bisweilen ist es eine Erleichterung, keine andere Wahl zu haben.

Heyne
Taschenbücher

Vicki Baum

Hotel Shanghai
591/DM 7,80

Hotel Berlin
5194/DM 4,80

Clarinda
5235/DM 5,80

C. C. Bergius

Der Fälscher
5002/DM 4,80

Das Medaillon
5144/DM 6,80

Hans Blickensdörfer

Die Baskenmütze
5142/DM 6,80

Pearl S. Buck

Die beiden Schwestern
5175/DM 3,80

Söhne
5239/DM 5,80

Das geteilte Haus
5269/DM 5,80

Michael Burk

Das Tribunal
5204/DM 7,80

Taylor Caldwell

Einst wird kommen
der Tag
5121/DM 7,80

Alle Tage
meines Lebens
5205/DM 7,80

Ewigkeit will
meine Liebe
5234/DM 4,80

Alexandra Cordes

Wenn die Drachen
steigen
5254/DM 4,80

Die entzauberten
Kinder
5282/DM 3,80

Utta Danella

Tanz auf dem
Regenbogen
5092/DM 5,80

Alle Sterne
vom Himmel
5169/DM 6,80

Quartett
im September
5217/DM 5,80

Der Maulbeerbaum
5241/DM 6,80

Marie Louise Fischer

Bleibt uns
die Hoffnung
5225/DM 5,80

Wilde Jugend
5246/DM 3,80

Irrwege der Liebe
5264/DM 3,80

Unreife Herzen
5296/DM 4,80

Hans Habe

Die Tarnowska
622/DM 5,80

Christoph
und sein Vater
5298/DM 5,80

Jan de Hartog

Das friedfertige
Königreich
5198/DM 7,80

Willi Heinrich

Mittlere Reife
1000/DM 6,80

Alte Häuser
sterben nicht
5173/DM 5,80

Jahre wie Tau
5233/DM 6,80

Henry Jaeger

Das Freudenhaus
5013/DM 4,80

Jakob auf der Leiter
5263/DM 6,80

A. E. Johann

Schneesturm
5247/DM 5,80

Sachbuch-Bestseller als Heyne-Taschenbücher